U0131112

山河袈裟

李修文 著

目錄

自序

收錄在此書裡的文字，大都手寫於十年來奔忙的途中，山林與小鎮，寺院與片場，小旅館與長途火車，以上種種，是為我的山河。在這些地方，我總是忍不住寫下它們，越寫，就越熱愛寫，寫下它們既是本能，也是近在眼前的自我拯救。十年了，通過寫下它們，我總算徹底坐實了自己的命運：唯有寫作，既是困頓裡的正信，也是遊方時的袈裟。

十年之前，我以寫小說度日，未曾料到，某種不足為外人道的黑暗撲面而來，終使我陷入漫長的遲疑和停滯。我甚至懷疑自己，再也無法寫作，但是，我也從未有一天停止過對寫作的渴望，既然已經畫地為牢，我便打算把牢底坐穿，到頭來，寫作也沒有將我扔下不管。

有一年，我在醫院陪護生病的親人，因為病房不能留宿，所以，每每到了晚上，我就要和其他的陪護者一起，四處尋找過夜的地方。開水房，注射室，天台上，芭蕉樹下，以上諸地，我們全都留宿過。一個冬天的晚上，天降大雪，我和我的同伴們在天台上的水塔邊苦熬了一個通宵。半夜裡，在和同伴們一起被凍醒之後，我突然間就決定了一件事情：自此開始，我不僅要繼續寫作，而且，我應該用盡筆墨，去寫下我的同伴和他們的親人。

他們是誰？他們是門衛和小販，是修傘的和補鍋的，是快遞員和清潔工，是房產經紀和銷售代表。在許多時候，他們也是失敗，是窮愁病苦，我曾經以為我不是他們，但實際上，我從來就是他們。

就是這些人：病危的孩子每天半夜裡偷偷溜出病房看月亮，囊中空空的陪護者們想盡了法子來互相救濟，被開除的房產經紀在地鐵裡咽下了痛哭，郊區工廠的姑娘在機床與搭訕之間不知何從。由此及遠——一個母親花了十年時間等待發瘋的兒子甦醒過來，另一個母親為了謀生將兒子藏在了見不得人的地方，在河南，一隻猴子和牠的恩人結為了兄弟，在黃河岸邊，走投無路的我，也被從天而降的兄弟送出了危難之境。

是的，人民，我一邊寫作，一邊在尋找和讚美這個久違的詞。就是這個詞，讓我重新做人，長出了新的筋骨和關節。

也有一些篇章，關於旅行和詩歌，關於戲曲和白日夢。在過去，我曾經以為可以依靠它們度過一生，隨之而來的又是對它們持續的厭倦。可是，當我的寫作陷入遲疑與停滯，真實的謀生成為近在眼前的遭遇，感謝它們，正是因為它們，我沒有成為一個更糟糕的人，它們提醒著我：人生絕不應該向此時此地舉手投降。

這篇簡短的文字，仍然寫於奔忙的途中。此刻的車窗外，稻田綿延，稻浪起伏，但是，自有勞作者埋首其中，風吹草動絕不能令他們抬頭。剎那之間，我便感慨莫名，只得再一次感激寫作，感激寫作必將貫穿我的一生，只因為，眼前的稻浪，還有稻浪裡的勞苦，正是我想要在餘生裡繼續膜拜的兩座神祇：人民與美。

——是為羞慚而惶恐的自序。

羞於說話之時

大概在十幾年前，一個大雪天，我坐火車，從東京去北海道，黃昏裡，越是接近札幌，雪就下得越大，就好像，我們的火車在駛向一個獨立的國家，這國家不在大地上，不在我們容身的星球上，它僅僅只存在於雪中；稍後，月亮升起來了，照在雪地裡，發出幽藍之光，給這無邊無際的白又增添了無邊無際的藍，當此之時，如果我們不是在駛向一個傳說中的太虛國度，那麼，連我自己都不相信。

有一對年老的夫婦，就坐在我的對面，跟我一樣，也深深被窗外所見震驚了，老婦人的臉緊緊貼著窗玻璃朝外看，看著看著，眼睛裡便湧出了淚來，良久之後，她對自己的丈夫，甚至也在對我說：「這景色真是讓人害羞，覺得自己是多餘的，多餘得連話都不好意思說出來了。」

我一直記著這句話，記了十幾年，但是，卻也愛恨交織。它提醒我，當造化、奇境和難以想像的機緣在眼前展開之時，不要喧嚷，不要占據，要做的，是安靜地注視，是沉默；不要在沉默中爆發，而要在沉默中繼續沉默。多年下來，我的記憶裡著實儲存了不少羞於說話之時：聖彼德堡的芭蕾舞，呼倫貝爾的玫瑰花，又或玉門關外的海市蜃樓，它們都讓我感受到言語的無用，隨之而來的，是深深的羞愧。

害羞是什麼？有人說，那其實是被加重了的謹慎和緘默。可是，人為什麼要害羞呢？其中緣由，至今莫衷一是，美國人傑羅姆．卡格恩找了滿世界的人做實驗，最終還是無法確定害羞的真正緣由，或者說他已經找到了答案：任何存在都可以導致害羞。害羞竟然無解，難怪它席捲、裹挾了如此多的人群，「甚至害羞還沒有來，我的身體就有了激烈的反應，心臟狂跳，胃裡就像藏著一隻蝴蝶般緊張不安」，傑羅姆．卡格恩的患者如是說。

不不，我說的並不是這種害羞，這是病，是必然，就像不害羞的人也可能患上感冒和肝炎；我要說的，其實是偶然——不單單看自己的體內發生了什麼，而是去看身體之外發生了什麼：明月正在破碎，花朵被露水打濕，抑或雪山瞬間傾塌，窮人偷偷地數錢。所有這些，它們以細碎而偶然的面目呈現，卻與挫敗無關，與屈辱無關，如若害羞出現和發生，那其實是我們認同和臣服了偶然，偶然的美和死亡，偶然的衛星升空和仙女下凡，它們證明的，卻是千條萬條律法的必然：必然去愛，必然去怕，必然震驚，必然恐懼。

所以，我說的害羞，不是要強制我們蜷縮在皮囊之內，而是作為一段偈語，一聲呼召，讓我們去迎接啟示：世界何其大，我們何其小；我們站在這裡，沒有死去，沒有更加徒勞，即是領受過了天大的恩典。

就像有一年，我去了越南，那一日黃昏之際，在河內街頭，我目睹過一場法事：其時，足有上百個僧人陸續抵達，坐滿了一整條長街，綠樹之下，袈裟層層疊疊，奪目的夕光映照過來，打在僧人們的臉上，打在被微風吹拂的袈裟上，就像此地不是河內，而是釋迦牟尼說法的祇園精舍；隨後，吟誦開始了，這清音梵唱先是微弱，再轉為莊嚴，轉為獅子吼，最後又回到了微弱，當它們結束的時候，一切都靜止了，飛鳥也都紛紛停落在屋頂，在場的人足足有二十分鐘全都默不作聲，就好像釋迦牟尼剛剛來過，又才剛剛離開，但就在這短暫的聚散之間，地上的可憐人接受了祂的垂憐。

袈裟，綠樹，梵唱，夕光，還有羞愧得說不出話：此時言語是有用的嗎？乃至我們去看去聽的感官，難道不應該被取消嗎？應當讓這奇境和狂跳的心孤立地存在，像海市蜃樓一般地存在，如此，當我們回憶起來，才要一遍遍地去確認它的真實，確認我有過羞於說話之時。如果你沒有忘記，那麼，這些羞於說話之時，不管是寥落還是繁多，它們就是散落在你一場生涯裡的紀念碑。

是紀念碑，不是一口口的井，如若是井，你就有可能跌落下去，那便是執迷，乃至是喧譁，害羞不值得供奉，值得供奉的僅僅是你的害羞之物，它們的衣襟裡沒有藏著刀劍，也就不存在奔你而去的役使和閹割：梵谷害羞，在星空底下乞靈，求神饒恕他的罪，一轉身便割掉了自己的耳朵；卡夫卡，這個害羞到怯懦的保險經紀人，一邊迷戀刨花的香氣，錘子的敲打聲，說是這些才能令他感到安全，但是，當一次次的婚約逼近，他的拒絕也是幾近凶殘。這自然是極端的例證。再說今日，《永生樹》（*The Tree of Life*）的導演泰倫斯．馬利克，說起這個人，他一生裡可謂遍布著羞於說話的時刻，因為害羞，他幾乎不肯站在任何頒獎台上，可是，當他在拍攝這部堪稱傑出的電影時，害羞卻變成了驚人的偏執和專注，火山的爆發，星雲的飄移，潮浪的湧動，都被他繡花般記錄了下來，若非如此，便惡狼般不肯放過自己。

我一直記得這一幕：香港電影《蝴蝶》裡，名叫小葉的女孩子和名叫阿蝶的成熟女人並肩前行，空氣裡流動著情欲，因為青春總是容易叫人有恃無恐，小葉的挑逗幾乎算得上蠻橫，使得阿蝶的羞怯愈加突出，甚至引來了小葉的嘲笑，但是畫面一轉之後，在浴缸裡，當真實的魚水之歡上演，小葉就發現自己上當了，卻原來，她才是被挑逗的那一個——害羞不光只是手足無措，它也可能是一幅掛在牆上的卷軸畫，掀開它，牆壁要「轟隆隆」作響，一個遼闊的、嶄新的洞府就在眼前。

此處的害羞，不是看輕自己，而是格外看重了自己以外的東西；此處的不說話，其實是要叫話語站有站相，坐有坐相，能夠匹配得上被它描述的物事，猶如我們的一生：不是一味地去戰勝，也不是一經碰觸便潰逃遠遁，而是不斷地想出法子，使之恰如其分；如果此時是恰如其分的，那就請此時變作行船，送我們去往他處，去迎接其他時刻的恰如其分。

無情對面是山河：羞於說話的人，往往最安靜，也最無情，他既然可以忍受最枯燥的安靜，自然也能接受必須穿越眾多枯燥的無情：革命時的呼號，受冤時的哭訴，你們只管來，我都受得起，我都發得出聲，切莫說這小小的情欲，無非是幾聲歡好時的叫喊。

可是，天分四季，月有陰晴，一枚硬幣有正反兩面，人這一世，越是在反對什麼，你就越是被反對的東西限制得更深，反之亦如此：但凡物事，你越是增添愛欲，它便越是成為你的救命稻草，但，活在凡俗的日常裡，更多時候，我們要的只是一飯一蔬，而不是救命稻草，稻草多了，造化多了，都會壓垮自己。

《慾望街車》（*A Streetcar Named Desire*）的作者田納西．威廉斯如此回憶他的害羞生涯之起初：「上中學，幾何課上，我走神了，往窗外看，正好看見一個迷人的姑娘，我盯著她看，沒想到，她也在盯著我看，頓時，我的臉開始發燙，而且越來越燙，從此以後，只要有人盯著我看，不管男的女的，我的臉就開始發紅，發燙。」

——實在是悲傷的事，到了這個地步，害羞已經不僅是害羞，它是病，是逆風執炬，必有燒手之患。我也是。「這景色真是讓人害羞，覺得自己是多餘的，多餘得連話都不好意思說出來了。」十幾年下來，當初那個老婦人的話，我一直都記得，而且記得越來越牢，到最後，它就變成了怪物電影裡的猛獸：我先是飼養它，又再被它反噬。我越是想扎根於更多的羞於說話之時，那種純粹而劇烈的害羞便在我身上黏附得越緊：說話的聲音，翻動書頁的聲音，乃至碰杯的聲音，都要小，都要輕，不如此便不能放心，日漸加劇之後，它便成了病，病一發作，就叫人緊張難安。

幾年來，我一直都在寫劇本，實話說吧，寫劇本這樁事情並未給我帶來什麼痛苦，唯有一件事例外，那就是每一次的劇本討論會，每逢此時，我就如坐針氈，說到底，不過是十幾年前聽過的那句話又在作祟，時至今日，它已深入了我的骨髓：什麼是寫作？它就是寫，沉默地寫，不見天日地寫，它怎麼可以被說出呢？但我不說，自然有人會說，說橋段，說轉折，我一邊聽，一邊心驚肉跳；輪到我說了，我幾乎已經心如刀絞，之前的全部生涯都變作一片即將崩塌的堤岸，我每說一句話，一塊裂土就離開了堤岸，搶先落入水中。往往說到後來，巨大的虛無感降臨，我便覺得我自己是個叛徒，我不僅背叛了此前有過的羞於說話之時，也背叛了寫作，背叛了寫作中的困難、神祕、不可捉摸和一切不能被說出的東西。

我還沒有去寫，就先說出來了，這使我看上去好似一隻油滑的寄生蟲。

這便是人活於世的諸多悲哀之一種：想嫁給皇帝的人勉強做了壓寨夫人；練了十年長跑的人只能奔跑在送信的路上；其間還要夾雜多少明珠暗投，指鹿為馬，直把杭州作汴州。或早或晚，我們要活成最厭惡的那個自己，既然結局已定，我們越往前走一步，便越是在背棄自己的路上更往前了一步，而得救還遙不可及，我們仍須丟棄害羞，去爭吵，去斥責，去辯論，去滔滔不絕，唯有經過了這些，安靜下來，想起自己如何度過了無數虛妄裡的困頓和奔走，這才害羞，這才說不出話來；事實上，時代變了，你我也變了：世間照樣存在叫我們羞於說話的物事，但它們不再是雪和玫瑰花，也不再是袈裟和海市蜃樓，它們漸漸變作了我們日日製造又想日日掙脫的妄念與不堪。

我未能甘心。多少滔滔不絕的間隙，我還是想念札幌郊外的那場雪。《五燈會元》裡記錄過這麼一段——僧問：「如何是古佛心？」師曰：「東海浮漚。」曰：「如何領會？」師曰：「秤錘落井。」好吧，我既無法重回到十幾年前，暫且就不再將那羞於說話之時看作中心，看作一段行路的終點，而是看作浮漚，隨緣任運，無所掛礙，隨處漂流，時有時滅。說不定，到了最後，那些沉默、震驚和拜服反而會像秤錘般結結實實地落入了井中，就像十幾年前的那列火車，它沒有停，穿過太虛國度之後也沒有停，一直開進了我此刻的生活，只要我還能發現、遭逢和流連羞於說話的時刻，我就可以拿它們作為車票，不斷朝前走，一直不下車。

譬如幾年前在祁連山下。半夜裡，道路塌方，數百輛車全都堵在了一起，我下了車，在山路上閒逛的時候，突然看見了一群哭泣的羔羊。卻原來，賣羊的人不知道什麼時候才能趕進城裡，怕時間來不及，於是，便尋了一塊空地開始了屠宰。天上的星辰伸手可及，青草的香氣在曠野上飄蕩，香氣裡，又夾雜著血腥的氣息，數十張被剝掉的羊皮就攤放在公路邊，也攤放在待宰的羔羊面前，牠們除了流淚，甚至都不敢不踏過血汙，走向屠宰場的中心，但牠們全都在流淚，月光寒亮奪目，我看得真真切切。

終究有一隻羊發出了哀鳴，其後，暫且還擁有性命的羊羔們全都一起哀鳴起來，而月光照樣寒亮，青草的香氣照樣飄蕩，此時讓人羞怯的，不是美景，而是生死。但，在生死的交限，我，羔羊，乃至殺羊的人，卻都是無能的，我們既不能叫月光黯淡，以匹配死亡，也不能叫血腥之氣消散，以抵禦哀傷；不僅如此，就算離開這裡，我還要在更多的地方，長街和小巷，窮途和末路，我還要在更多的地方變得更加無能，一如那群羔羊，哀鳴不能使牠們離開死亡，反而讓牠們離死亡越來越近：我，我們，竟然置身在如此乖戾的一場生涯裡。不自禁地，我又想起了那句話：「這景色真是讓人害羞，覺得自己是多餘的，多餘得連話都不好意思說出來了。」

——只是這一回，要再說一次：讓人害羞的，說不出話的，不再是美景，而是生死，是面向生死的無能。無能的羔羊和屠宰，無能的月光和青草。無能的八千里路和十年生死兩茫茫。

又譬如更早一些時候。汶川地震之後，我們一行幾人，買了足足三輛車的食物和藥品，穿州過省，去往了距離汶川幾十公里之外的另一座小縣城。可是，當我們躲過了一路的餘震、塌方和隨時從山頂崩塌的碎石，終於趕到目的地的時候，竟然找不到可以交接的人，我接連去了好幾次官員們辦公的地方，但是，每次都被推說人手不夠，沒有人幫助卸貨，即使卸了貨，也要自己負責看管，而另外一邊，卻不斷有受了災的人來到我們的車輛邊求取藥品，如此，我的心裡便生出了怨怒，橫豎不管，開始就地卸貨，再給那些陸續湧來的人群發放藥品。

沒想到的是，來了一位官員，不光橫加阻攔，還要喝退求藥的人們，說是賑災貨物非得要統一發放不可。到了這個地步，我就再也無法忍住橫衝直撞的怨怒了，我拽住他，跟他動了手，對方當然也不會善罷甘休，叫來幾個人，追著我往四處裡跑，越是往前跑，我就越是怒火中燒，終於停下了步子，從地上撿起一根木棍，準備迎過去，我偏要看看，接下來到底會發生什麼。

終究沒有。我不僅沒有跟他們繼續毆打，而且還迅速地、滿面堆笑地跑回去，向那個官員認了錯，然後，一刻也不停地，摟緊了他的肩膀，叫他再不要出聲，他似乎也被這突至的親密嚇了一跳，懵懂裡，竟然變得順從，之後，再順著我的指引，跟我一起看十步之外的景象：一個孩子正在捕捉螢火蟲。月光下，蟋蟀在輕輕地鳴唱，灌木叢隨風起伏，一個孩子的手正在離螢火蟲越來越近。但是，這個頭上纏著繃帶的孩子卻只有一隻手。如果盯著他看一會兒，甚至能看清楚他的鼻青臉腫，這自然都是地震帶來的結果，除此之外，地震還帶走了他的另外一隻手。現在，這僅剩的一隻手正在從夜空裡伸出去，越過了草尖，越過了露水，又越過了灌木，正在離那微小的光亮越來越近，越來越近。

當此之時，言語是有用的嗎？悲傷和怨怒是有用的嗎？無論你是誰，親愛的，讓我們沉默下來，不說話，去看，去聽，去見證一隻抓住光亮的手，看完了，聽完了，我們還要再將此刻所見告訴別人，只因為，此刻所見既是慣常與微小，也是一切事物的總和，它們是這樣三種東西：天上降下了災難，地上橫生了屈辱，但在半空之中，到底存在一絲微弱的光亮。

——親愛的，如果它們都不能讓你羞於說話，那麼，你就是可恥的。

槍挑紫金冠

誰要看如此這般的戲？新編《霸王別姬》。霸王變作了白臉，虞姬的侍女跳的是現代舞，到了最後，一匹真正的紅馬被牽上了舞台。說是一齣戲，其實是一支催化劑：經由它的激發，我先是變得手足無措，而後又生出了深深的羞恥——所謂新編，所謂想像，在許多時候，它們並不是將我們送往戲裡，而是在推我們出去，它們甚至是鏡子，不過，只映照出兩樣東西，那便是：匱乏與愚蠢。

羞愧地離席，出了劇院，二月的北京浸在濃霾之中。沒來由想起了甘肅，隴東慶陽，一個叫作小崆峒的地方，滿眼裡都是黃土，黃土上再開著一樹一樹的杏花。三月三，千人聚集，都來看秦腔，《羅成帶箭》。我來看時，恰好是武戲，一老一少，兩個武生，要翎子，咬牙，甩梢子，搖冠翅，一槍撲面，一鐧往還，端的是密風驟雨，又滴水不漏。突然，老武生一聲怒喝，一槍挑落小武生頭頂上的紫金冠，小武生似乎受到了驚嚇，呆立當場，與老武生面面相對，身體也再無動彈。

我以為這是劇情，哪知不是，老武生一卸長髯，手提長槍，對準小的，開始了訓斥；鼓鑼鈸之聲尷尬地響了一陣，漸至沉默，在場的人都聽清了訓斥：他是在指責小武生上台之前喝過酒。說到暴怒之處，舉槍便打將過去。這齣戲是唱不下去了，只好再換一齣。換過戲之後，我站在幕布之側，正好可以看見小武生還在受罰：時代已至今天，他竟然還在自己掌自己的嘴，光我看見的，他就掌了足足三十個來回。

梨園一行，哪一個的粉墨登場不是從受罰開始的？但它們和唱念做打一樣，就是規矩，就是尺度。不說練功吊嗓，單說這台前幕後，遍布著多少萬萬不能觸犯的律法：玉帶不許反上，韋陀杵休得朝天握持，鬼魂走路要手心朝前，上場要先出將後入相。講究如此繁多，卻是為何？那其實是因為，所謂梨園，所謂世界，它們不過都是一回事：因為恐懼，我們才發明了規矩和尺度，以使經驗成為眼見得可以依恃的安全感。越是缺乏安全感，恐懼就越是強烈，尺度就愈加嚴苛。

歐陽修之〈伶官傳序〉既成，寫到後唐莊宗李存勖，「及其衰也，數十伶人困之，而身死國滅，為天下笑」之句既出，伶人之命就被注定，自此，兩種命數便開始在伶人身上交纏：一種是著蟒袍，穿霞帔，扮作帝王和棄女，扮作良將和佞臣，過邊關，結姻緣，擊鼓罵曹，當鐧賣馬。如若是有命，就花團錦簇，傳與遍天下知道，如若無命也不妨，你終是做了一輩子的夢，這夢境再作刀劍，將多少勞苦繁雜趕到了戲台之外，你和塵世之間的窗戶紙，只要你不願意，可以一直不捅破；一種卻是，三天兩頭就被人喝了倒采，砸了場子，不得科舉，不得坐上席，甚至不得被娶進門去。在最是不堪的年代裡，伶人出行，髮上要束綠巾，腰上要紮綠帶，不為別的，單單是為了被人認出和不齒；就算身死，也難壽終正寢，死於獨守空房，死於杖責流放，死於黥字腰斬，哪一樣何曾少過？

煙塵裡的救兵，危難之際的觀音，實際上一樣都不存在，唯有回過頭來，信自己，信戲，以及那些古怪到不可理喻的戒律，豈能不信這些戒律？它們因錯誤得以建立，又以眼淚、屈辱和僥倖而澆成，越是信它，它就越是堅硬和無情，但不管什麼時候，它總能賞你一碗飯吃，到了最後，就像種田的人相信農具，就像打鐵的人相信火星子，它們若不出現，你自己就先矮了三分；更何況，鐵律不僅產生禁忌，更產生對禁忌的迷戀和渴望，除了演戲的人，更有那看戲的人，台上也好台下也罷，只要你去看，去聽，去喜歡，你便和我一樣，終生都將陷落於對禁忌的迷戀與渴望之中，我若是狐媚，你也是狐媚的一部分，如此一場，你沒有贏，我沒有輸。

西蒙娜·薇依有云：所謂勇氣，就是對恐懼的克服。要我說，那甚至是解放，我們在恐懼中陷落得越深，獲救的可能就反而越大，於人如此，於戲也如此。在江西的萬載縣，鄉村場院裡，我看過一齣贛劇《白蛇傳》，說起來，那大概是我此生裡看過用時最長、記憶也最刻骨的一齣戲。

恰好是春天，油菜花遍地，在被油菜花環繞的村莊裡，桃花和梨花也開了，桃花梨花最為繁盛之地，便是舞台，這不是無心插柳，而是存心將枯木與新綠、紅花與白花全都納入了戲台之內。但這只是由頭，時間才是真正的主角。這齣戲總共五回，每一回竟然長達一個小時，稍有拖延，就可以演到一個半小時。先說武戲：小青與法海。一場打鬥，被細密地切分了，如果時長十分鐘，則每兩分鐘之間都有轉換，由怨懟轉為憤懣，再轉為激烈，最後竟是傷心和哭泣。可能是我想多了，但我確實在想——編排這齣戲的人才是看透了人世，人活一世之真相，都在戲台上：但見翎子翻飛旗杆挑槍，但見金盔跌落銀靴生根，可是小青，可是法海，你們究竟從哪裡來，又要到哪裡去，你們是誰？在上下翻騰之中可曾想過，你們究竟是打鬥的主人，還是打鬥的傀儡？而壞消息是：時間還早，你們仍要將這一場打鬥幾乎無休止地進行下去，持續下去，既認真，又厭倦。

再說白素貞和許仙。他們說著西湖，說著芍藥，身體便挨近在了一起，端的是：隔牆花影動，金風玉露一相逢。就要挨在一起之時，既不急促，也未太慢，有意無意地閃躲開了。我們都嗅到了他們的呼吸，我們都已經聽見了衣襟擦撞的聲音，就像一根冰涼的手指經過了滾燙的肉體，然而，他們竟然就這麼錯過了。端莊，天真，而又淫靡。一切開始在微小之處，且未拚死拚活，但這微小卻激發出了兩個陣營：他涼了，我熱了；他在如火如荼，我卻知道好景不長；她蓮步輕移，我這廂敲的是急急鑼鼓；她在香汗淋漓，我看了倒是心有餘悸。到了最後，這許多的端莊、天真和淫靡只化作了山水畫上的濃墨一滴，剩餘處全是空白，演戲的人在走向殘垣，走向斷牆，看戲的人卻火急火燎，奔向了空白處的千山萬水。

這便是戲啊——「始於離者，終於和」，到了此時，老生和花旦，鳳冠和金箍棒，都不再是孤零零的了，時間先是折磨了他們，現在又讓他們聚攏，再使他們翻手為雲，造出幻境：紅臉的是關公，白臉的是曹操，這一方戲台之內，江河並無波濤，不事耕種也有滿眼春色，所謂「強烈的想像產生事實」，所謂「離形而取意，得意而忘形」，真正不過如此。到了這時候，還分作你看戲我演戲？不，唯有時間是最後的判官，害怕時間，我們發明了鐘錶；為了與之對抗，我們發明了更多的東西：酒，藥，戰爭，男歡女愛，當然還有戲，譬如這一齣漫長的《白蛇傳》，六個小時演下來，何曾為入場退場所動？我演我的，你走你的，因為我根本不是他物，乃是時間的使節和親證，我若不能證明時間才是寫戲排戲又演戲的人，我便是失敗的。

我還清楚地記得散場之後的夜路。全然未覺得自己已經離開了戲台，反而，那一隅戲台被空前擴大，連接了整個夜幕：在月光下走路，折斷了桃樹枝，再去動手觸摸草葉上的露水，都像一場戲。只因為，稍稍去看，去聽，去動手，都橫生了無力感和曖昧，和六個小時演出裡的癡男怨女一樣，離開戲台，我們也在深受時間的折磨，因為萬事看不到頭的絕望，我們去親密、曖昧和離別，反過來，又因它們加重了絕望。實在是，這一齣戲已經改變了此前的滿目風物，就像一片雪，一棵剛剛鑽出地面的新芽，都在使世界不一樣。

先作如此想，再去看這滿目風物：哪裡不是戲台，哪裡沒有青蛇和白蛇？一如元雜劇《單刀會》裡的關公唱詞，他先唱：「水湧山疊，年少周郎何處也？不覺的灰飛煙滅，可憐的黃蓋轉傷嗟。破曹的檣櫓一時絕，鏖兵江水猶然熱，好教我心情慘切！」唱到此處，流下淚來：「這也不是江水，二十年流不盡英雄血！」

這麼多年，每到一處，逢到有戲開演，如果沒去看，總歸要茶飯不思，好在是機緣常有，除去大大小小的劇院，田間村頭也看了不少，這一次看徽劇《單刀會》，就是在安徽的一個小縣城，長江裡一艘廢棄的運沙船上。那只不過是個尋常的戲班子，農閒之後，以運沙船作戲台，招得二三十個看客，消磨一兩個時辰，風大一點，天黑得早一點，也就不演了，所以，我連看了好幾天都沒看完一整齣。

可是，在十二月的寒風裡，這一齣零散小戲，我還是聽得面紅耳熱。實在太好了，要麼不演，一演起來就像是七軍合縱，去打一場激烈的、快去快回的仗：頃刻之間，鼓聲頻發，鑼聲緊急，散板，哭板，疊板，齊刷刷像冰雹一樣砸下來；低落時唱吹腔，激憤時唱撥子，緊跟著餘姚腔，青陽腔，甚至能聽見京調和漢腔，虛虛實實，相生相剋，輕重緩急卻是不錯分毫，好似真正的戰役正在進行，該殺人的殺人，該割首的割首。就在這快速行進的頃刻之間，生旦淨丑輪番演過，馬戰，行船，翻台，滾火，更是一樣都沒落下。我站在人群裡，豈止要叫好，簡直就像被一盆熱水澆淋過了，濕漉漉的，通體卻都生出了熱氣，再頹然低頭，兀自想：那個美輪美奐的古代中國，橫豎是不會再有了。

這卻不是這齣戲的要害。要害是，這裡的關雲長，全然不是人人都見過的那個關雲長。說起關公戲，大小劇種大小劇碼加起來只怕有上百種，《古城會》、《走麥城》、《灞橋挑袍》，不一而足，大多的戲裡，關雲長先是人，後是神，最終只剩下一副面具——他非如此不可，萬千世人越是缺什麼，就越要將他裝扮成缺失之物的化身，他只能在言說中變得單一和呆板，乃至是愚笨，只因他絕不是劉玄德一人的二弟，他其實是萬千世人的二弟。他的命運，便是被取消情欲，再被我們供奉。可是，且看這齣戲裡的關雲長：雖說逃脫了險境，驚恐，忐忑，僥倖，卻是一樣都沒少，就算置身在回返的行船上，卻反倒像一個孩子，一遍遍與船家說話，唯有如此，他才能分散一點惶恐。

這一齣鄉野小戲，因為幾乎照搬了元雜劇，竟然僥倖逃過了修飾和竄改，就像一個被滅國的君王，傳說葬身火海，實則遁入了空門，風浪平息之後，再在人跡罕至之處娶了妻，生了子；不僅如此，這齣戲，還有更多的小戲，其實就是典籍和歷史，只不過，修撰者不是翰林和同平章事，而是人心，人心將那些被抹消的、被鏟平的，全都放置於唱念做打裡殘存了下來，這諸多頑固的存留，就是未銷的黑鐵，你若有心，自將磨洗認前朝。別人未見得知道，《單刀會》裡的關雲長卻是知道這一天必然來臨，你看他，戲終之前，一歎再歎：「昏慘慘晚霞收，冷颼颼江風起，急颭颭雲帆扯。承管待、承管待，多承謝、多承謝。」

還是二月的北京，看完了新編《霸王別姬》，沒過幾天，我再入劇院，去看《戰太平》，又是要命的新編，可是既入此門，也只好繼續這一夜的如坐針氈：聲光電一樣都沒少，就像是有一群人拎著滿桶的狗血往舞台上潑灑，管他蟒袍與褶衣，管他鐵盔與冠帽，都錯了也不打緊，反正我有聲光電；謀士的衣襟上繡的不再是八卦圖，名將花雲的後背上倒是繡上了梅蘭竹菊，都不怕，反正我有聲光電。

唯有閉上眼睛。閉上眼之後，卻又分明看見一個真實的名將花雲正在怒髮衝冠，正在策馬狂奔。我若是他，定要穿越河山，帶兵入城，闖進劇院，來到沒有畏懼的人中間，一槍挑落他們頭頂的紫金冠，再對他們說：這世上，除了聲光電，還有三樣東西——它們是愛、戒律和怕。

每次醒來，你都不在

去年三月的一天早上，我喝酒通宵歸來，在社區的入口處，突然看見旁邊的圍牆上寫了好多花花綠綠的字，事實上它們早已存在，但我從未留心，酩酊之中，我赫然看見一句話，只有八個字：每次醒來，你都不在。

一時間，這八個字打動了我，讓我想起前年冬天，我遊蕩甘肅青海，在酒泉更往西的茫茫戈壁灘上看見過一句話，這句話不知是什麼人花了多長時間，頂著可以把人吹翻的西風，用堪稱微小的戈壁石碼起來的，每個字站起來都有一人高，這句話是：趙小麗，我愛你。

此後長達一個月的時間裡，我只要後半夜回家，都坐在那堵圍牆對面抽一會菸，果然讓我等到了他。

但我還是大吃一驚：來者不是別人，是給我裝過寬頻的電信局臨時工老路，我和他已經一年不見。只聽說他不在電信局幹了，不料他就在離我千步之內的地方當油漆工，工作之餘，在後半夜的工地圍牆上專事創作。

到今天，又過去一年多了，老路早就不做油漆工了。昨天，他正式離開了武漢，實際上，他是土生土長的武漢人，以他的年紀再出外謀生，結果可想而知。原本，他是來找我陪他去歸元寺求籤，於是就陪他去了，老路求了一個上上籤。直到回來的路上，老路依舊沉浸在激動之中，車過黃鶴樓，他告訴我，這是他這輩子第一次求到上上籤。

老路，一九六〇年生人，出身軍人家庭。初中畢業後參軍，不到一年便去參加南部邊境戰爭，從戰場歸來，當工人，結婚，生孩子，下崗，離婚，前妻遠走高飛，臨走之前賣了房子，沒辦法，他只好又回到父母屋簷下，靠打零工過活，「一個活到四十多歲還沒有自己的房子的男人，是可恥的。」有一次，他對我這麼說。

自打在工地的圍牆邊上重逢，在他頻繁的找工作之間，他有時候會來找我借書，我從未看見一個四十五歲的男人像老路那樣手慌腳亂。當他坐下，身體便開始焦灼地扭動，似乎隨時都在準備起身走人，他的眼神憂懼，總是心神不寧地往四處看；當他跟我進書房找書，一路上他不是碰翻桌子上的茶杯，就是褲兜裡的鑰匙三番五次掉落在地。

一個無論坐在什麼地方都被拒絕的人，叫他怎麼可能不慌張？我每次遇見他，他似乎都是在找工作，油漆工的活做完之後，他當過洗碗工，推銷過一種古怪的治療儀器，去鄉下賣過菜籽，最後，又回城裡賣電話卡。在最艱難的時候，他還想過和我一樣寫小說。

我和老路重逢的圍牆，早已煙消雲散，他的毛病卻依然沒有消退，在離開武漢之前，他隨手帶著一支圓珠筆，無論走到哪裡，他都要下意識地在能寫字的地方寫寫畫畫，我大約能夠理解他：如果寫寫畫畫能好受些，那就多寫寫多畫畫吧。

只要稍加辨認，就能看清楚老路寫的都是古詩詞，譬如「十年生死兩茫茫」，譬如「問姓驚初見，稱名憶舊容」，全是「殺人」的句子，這倒也不奇怪，老路本來讀過很多書。我感興趣的是，我當初看到的那八個字——「每次醒來，你都不在」——為什麼再也沒見他寫過了。

那一次，在東亭二路的小酒館裡，我跟他開玩笑，說他沒準真能寫小說，普普通通的八個字，被他寫來竟然如此煽情，不知道是想起了哪個女人。

老路不說話，他開始沉默，酒過三巡，他號啕大哭，說那八個字是寫給他兒子的，彼時彼刻，誰能聽明白一個中年男人的哭聲？讓我套用里爾克的話：如果他叫喊，誰能從天使的序列中聽見他？那時候，天上如天使，地上如我，全都不知道，老路的兒子，被前妻帶到成都，出了車禍，死了。

阿哥們是孽障的人

時近正午，凍雨砸向小城，半個小時過去，黃河堤岸上僅有的一株蠟梅便消失不見，全然被灰濛濛的雨霧覆蓋了進去，但是，畢竟已是大年三十，孩子們終於忍耐不住，開始當街呼喊奔跑。最後一批打年貨的人們也在雨霧裡漸次顯露身影，直至「砰」的一聲，一只巨大的爆竹在半空裡鳴響，凍雨驟然而止，炊煙升上屋頂，一個荒涼地界的農曆新年，總算是掀開了序幕。

然而，爆竹越響，我便越是躁亂不堪——我來此地，原本是為一個劇組救急，幫他們再改一遍劇本，沒曾想到，我前腳才到，劇組後腳就宣告解散了，我也只好收拾行李準備離開，正在收拾行李的時候，竟然被人直接關在了劇組借住的一幢小樓裡，再也走不出去了。卻原來，劇組欠了拍攝地不少錢，不知何時，製片人竟然帶著大部分人逃跑了，未及跑出的，不過寥寥數人，其中就有我一個。

接下來，我只好化身為一個邊城囚徒，每日裡足不出戶，除了一遍遍給製片人打電話，也想不出別的辦法，直到製片人徹底關機不再接聽，他所許諾的解救也仍然遠在天邊。如此，時間便來到了大年三十，看守我們的人們總要回家過年，也是吃準了我和同犯們逃不出此地，出乎意料地，我們竟然獲得了在街上遊蕩的機會——就此逃脫的確是不可能的：此地被群山環抱，唯一通往外界的道路，是黃河上的渡船，而黃河已經上了整整三天的凍了。

就像一群鬱鬱寡歡的遊魂，一行人在破落的街道上來來回回走了好幾遍，或許是因為憤懣，也或許僅僅只是對彼此的厭棄，幾乎無人說話，漸漸地，大家便都走散了。我給遠在幾千里外的親人打完了電話，一邊將揮之不去的淒涼之感推出體外，一邊信步走上了黃河堤岸，下意識裡，大概是想去見一見那株隱藏在濃重霧氣裡的蠟梅。全然不曾想到，一踏上堤岸，就聽見有人在不遠處唱歌：「出門遇上了大黃風，閃花的草帽兒落圈，緋紅花兒你聽，你的大哥哥們走哩，肝花妹妹坐吆，阿哥們是孽障的人……」

猶如被一道閃電擊中，我原地站住，心臟竟然激烈地狂跳起來：如果我沒記錯，上次聽見這首花兒[1]還是在十年前的青海，也是在冬天的山梁上，一群莊稼人站在積雪裡給我唱起過；此刻突然聽見，我還以為我的魂魄錯亂了，定了定神，四處張望，而確切的歌聲卻再度衝破了霧氣：「阿哥們世下的太寒酸，這麼價活人是可憐，緋紅花兒你聽，

1 花兒：又名少年，流行於中國西北甘肅、青海和寧夏的一種民歌。

你的大哥哥們走哩，肝花妹妹坐吆，阿哥們是孽障的人……」

剎那之間，我不再有半點猶豫，面朝歌聲響起的方向狂奔了過去，僅僅只跑了三兩分鐘，就在堤岸下面一座幾近廢棄的船塢裡看見了唱歌的人：一群男人，有老有少，更多的則是青壯年，要麼坐在鋼梁上，要麼靠在船舷邊，看見我狂奔而至，也就沒有再唱，只是微笑著，甚至是羞澀地看著我，然而，幾乎就在一瞬之間，在那些黑紅的膚色和刀削般的臉映入我眼簾的一瞬之間，我便大致明白，他們應當就是來自甘肅或者青海，他們的父兄，也許正好是站在十年前的積雪裡唱歌給我聽的人。

當此窮途末路之際，不由分說，我先在心裡將他們認作了我的遠親，緊接著，再結結巴巴地告訴他們，我差不多可以算作西北風土的義子，既唱過湟中河谷的花兒，又趕過河州城裡的夜路，在賀蘭山下的一個村莊，我盤桓半月之久，臨別時已經差不多能認清村莊裡的每一隻羔羊；這麼說著，眼前的遠親們便又笑了起來，那種源自於埋首勞作的羞澀，也在這突至的機緣裡慢慢褪去了，最當頭的走近我，道了一聲：「弟兄麼。」隨後，遠處的也圍攏上前，我們就在一條鏽跡斑斑的大船上說起了西北——靖遠的羊肉，蘭州的皮筏子，還有靈武的枸杞，西寧的酥油糌粑。

漸漸地，風大了起來，我終不免開口問他們，何以會像我一般，大年三十還流落在這荒僻小城？還有，這麼多的弟兄聚在一處，哪怕再寒磣，一頓團年飯總是該備下的吧？話說到這裡，我才總算知道了答案，卻原來，眼前的遠親們和我一樣，身陷此地都是被迫的困守——春天裡，他們跟隨一個當家人從家鄉出來，承包了我們此刻置身的修船廠，一年裡出入平安，一切還算順利；唯一的例外，發生在二十多天前：一個弟兄生了重病，如果想要保住性命，就非得要去省城裡救治不可，但是，哪怕當家人變賣了修船廠裡所有能夠變賣的東西，治療費也遠遠不夠，於是，在場的這些遠親們，老的老，少的少，每個人都把自己壓鞋底的錢拿出來了，雖說已經走了二十多天，那個身患重病的弟兄，連同他們的當家人，卻都還遠遠沒有回來的跡象，而修船廠卻已經賣掉了，他們沒有了棲身的地方，只好分頭打些零工餬口，分頭找些屋簷睡覺，如此零星收入，回家的盤纏當然不夠，就連手機話費也全都充不起了，所以，今日裡雖說是大年三十，大家在修船廠聚首，為的卻並不是吃團年飯，只是像每日裡一樣，說幾句話，一起往黃河對岸看一看，他們就會散去，也是突然想家了，他們這才唱起了花兒。

已是正午時分了，天氣越來越冷，可是，我一邊聽他們說話，某種巨大的熱切乃至滾燙之感，卻從心底裡猛然滋生了出來——這寒風中的示現，我實在一點都不陌生：武威城裡，陌生人曾經給困倦已極的我遞過滿滿的一碗熱酒；湟中野外，放羊的老者曾經容留我睡在他的帳篷裡，而他自己卻在羊群裡睡了整整一夜。是啊，在那些荒瘠河川裡，諾言像石頭一般堅硬，情義像刀子一般乾脆，一如眼前的這些遠親，已然將千里之外的石頭和刀子搬遷到了這裡：懷抱著諾言與情義，他們就此甘心在貧寒與等待中畫地為牢，所以，此處不是他處，就是青海、甘肅和寧夏，就是西海固、賀蘭山和河西走廊。

如此，一個念想便從腦子裡浮了出來：我應當和我的遠親們一起吃頓團圓年飯。一念既出，我就馬上告訴他們：雖說我也算是窮愁潦倒，而且還正身處在一場莫名的關押之中，但是，一桌飯菜，幾瓶燒酒，我尚且還請得起，同在這天遠地偏之處，我們便活該親近，更何況，我早已將自己認作了西北風土的義子。當頭的剛要反對，我卻早已扔下手機給他，要他和眾弟兄向千里之外報個平安，又二話不說地拉起兩個小夥子，頂著西風跑上了堤岸，滿心只想著趕在店鋪關門之前買來更多的酒菜。

這麼多年，這是唯一一個我沒有在親人身邊度過的農曆新年，但是，我可以肯定，在此後的時光裡，這個農曆新年卻定然會像岩畫一樣雕刻在我的身體之上，因為它不是別的，它是委屈被抹消，是底氣被托舉，是走投無路之後的天無絕人之路。

事實上，在那艘鏽跡斑斑的大船上，飯菜剛剛做好就全都被風吹涼了，好在我們有酒，三兩杯喝下去，身體暖和了，家常話也就多了起來。說來湊巧，其中一對父子，我竟然踏足過他們的村莊，父親一把抓緊了我的手，趕緊吩咐兒子給我倒酒，又連說了好幾遍：「真是弟兄麼，真是弟兄麼。」如此便要再次舉杯，我當然一飲而盡，轉而再去敬別的弟兄，幾番敬過，竟然毫無醉意。這時候，天色將晚，黃河上交錯的冰層正在一點點碎裂開來，就在我對著黃河稍一愣怔的時候，剛剛那個將我喚作弟兄的父親，竟然扯著嗓子唱起了花兒：「貴德的黃河往南淌，虎頭的崖，又落了一對兒鳳凰，朝你的方向上哭一場，有心來，沒個落腳的地方……」

手捧熱酒，置身於上天送來的弟兄們中間，我又怎麼能不開口唱起來呢？於是，不管聽沒聽過的，我都跟著唱，唱了河州令，再唱東鄉令，唱了〈交親親〉和〈下四川〉，再唱〈妹妹的山丹花兒開〉和〈老爺山上的刺梅花〉，一句一句唱下來，整個身體都熱烘烘地，一時之間，全然不知今夕是何夕，就像是被甘肅的沸水澆淋了，又像是被青海的月光照亮了，但我不曾停止，一唱再唱，反覆縱容著自己陷入這小小的放浪。這時候，天色黑定了，醉意也慢慢襲來，我正陷入懵懂的猶豫，想著是否再喝一杯，那句我熟悉的調子便又響了起來：「又背了沙子又背了土，又背了大石頭了，緋紅花兒你聽，你的大哥哥們走哩，肝花妹妹坐吆，阿哥們是出門去的人……」一霎時間，我便眼紅耳熱，倉皇著再喝盡一杯，趕緊跟著唱：「又受了孽障又受了苦，還受了旁人的氣了，緋紅花兒你聽，你的大哥哥們走哩，肝花妹妹坐吆，阿哥們是出門去的人……」

——這夜幕裡響起的調子，不是別的，它是落難，是拿刀子挖自己的心。

那一晚，直到凍雨再次齊刷刷尖利地落下，神蹟降臨般的團圓年飯才算宣告結束，無論有多麼不願意，我也只好與我的弟兄們在江堤上作別，他們還要去找各自過夜的地方，而我，則只好回到我借住的小樓裡去繼續我的囚徒生涯，只是我並沒有告訴他們，在各自分散之後，我又折回了船上，也沒有喝酒，逕自走來走去，拚命回憶著此前唱過的每一句，其時情境，就像是一個遠道而來的憑弔客，正在敗落的遺址裡尋找自己的身世；又像是一個失憶症患者，再三確認著他是否真正是從一場難以言說的神蹟裡走出來的。

我當然是從神蹟裡走出來的。因為直到第二天清晨，這場神蹟還在延續。清晨，我被凍雨落在屋頂上的敲擊之聲驚醒，起了床，剛一推開窗子，迎面便看見了足以驚人的景象：樓下的鐵門之外站著兩個人，不是別人，正是昨日船上的那對父子，兒子的手裡拎著一瓶白酒，父親雖說撐著一把雨傘，但是那把傘太殘破了，擋不住雨，所以，兩個人的身上都已經淋得濕透了。

震驚了一瞬間，我趕緊問他們，為何會到這裡來找我。全然不曾想到，父親竟然回答我，既然我拿他當了弟兄，他就應當拿我也當弟兄，按照他們家鄉的禮數，大年初一，當小輩的應當帶上禮物，去給長輩磕頭，而我一人在外，自然沒人給我磕頭，所以，他便帶著兒子來給我磕頭了，說話間，兒子已經在濕漉漉的地上跪下，接連給我磕了三個頭，磕完了，又將那瓶白酒從鐵門的門縫裡塞了進來，再重新站好，對著我笑。

沒有人看見我的戰慄，然而，我是真正的滿身戰慄了起來。站在窗子前，懵懂與哽咽將我輪番衝擊包裹，除了瞠目結舌，我根本未能說出一句話，直到父子二人離開，看著他們的背影在雨霧裡越來越小，我還是不知道是否應該對著他們呼喊一句。終於沒有，愣怔了一小會，如夢初醒一般，我飛奔下樓，撿起了鐵門邊的白酒，想了又想，竟然掀開蓋子喝了起來——我早已知道，我的弟兄囊空如洗，可是，他仍然在大年初一的早晨送來了這瓶白酒，所以，喝下它，就是喝下了貧苦，喝下了從貧苦裡長出的情義。

多年以後，我依然能夠清晰地回想起喝下滿瓶白酒的那一天：跌跌撞撞，卻又飄飄欲仙，雖說鐵門緊鎖，我卻並沒有心生怨懟，正所謂，不知道可以原諒什麼，但覺世間萬事都應該被原諒。

這一天，雨霧儘管仍然沒有散，但是，當我重新站在窗子前，竟然覺得山河浩蕩，覺得黃河堤岸上全都長滿了蠟梅，而且，一朵一朵，全都怒放。這當然是我的狂想，然而狂想一旦開始就不曾休歇，我甚至想，說不定，在黃河的對岸，某處隱祕的地界，也有一個人如我般被關押，弟兄啊，我對他說，不要緊，無論深陷何時何地，儘管安之若素，要不了多久，哪怕霜寒夜重，你也會迎來命定的弟兄，命定的弟兄一定會找到你。

我當然不會想到，那些白日裡的狂想，剛剛入夜就驗證在了自己身上。

入夜之前，看守我們的人來了，畢竟是大年初一，他們各自也都喝了酒，可能是因為製片人的電話仍然無法接通，也可能僅僅只是因為想起了自己的命運，一個個的，竟然全都不由分說地暴怒，站在院子裡，對著我和我的同犯們一頓辱罵，但是，我們之中，並無一人出來回應，所以，對方辱罵了一會，也就鎖上鐵門，繼續回家過年了。

看守們走遠了之後，沒過多長時間，我竟然聽見有人叫我的名字，我恍惚了一小會，迷惑著打開窗子，先是雨幕撲面而來，然後，我就在雨幕裡看見了我的弟兄們：不僅僅只有那對父子，而是所有的弟兄都來了。

我當然趕緊跑下了樓，來到鐵門邊上，不料，我還未及開口，當頭的弟兄竟然劈頭告訴我，雖說雨還在下，但氣溫已經沒有那麼低，黃河正在解凍，差不多可以行船了，而修船廠裡恰好還有一條沒有損壞的小船，所以他們商量過了，決定現在就帶我過河逃離此地，以免明天看守們來了，我就又走不了了。

——當我狂奔著下樓，怎麼會想到事情竟然是這樣呢？聽當頭的弟兄說完，我站在鐵門之內，某種錯亂迅速襲來，這錯亂幾乎使我疑心自己根本沒活在這世上，也不是活在某部電影抑或傳奇小說之中，而是活在幾千年裡所有情義的要害裡：千里送京娘的夜路，黑旋風劫法場的黎明，抑或羊角哀找到了左伯桃棲身的樹洞，范無救奔走在解救謝必安的河水中。不過是一剎那，電光石火紛至沓來，我在電光石火裡看看背後黑黢黢的小樓，再看看眼前寡言的弟兄，除了陷入比白日裡更加巨大的震驚，根本無法知道該如何是好。但是，滿天的凍雨，還有森嚴的鐵門，它們都可以證明：正在等候我的，確切是我昨日才相識今日便過命的弟兄。就在當頭的弟兄說話間，兩個青壯的小夥子已經翻越了鐵門，跑上樓，將我的行李拎了下來，再在我身邊站住，笑著看我，不發一言，到了此時，我再也沒有片刻猶豫，三兩步便攀上了鐵門。

沒想到的是，一行人剛剛要跑上黃河堤岸的時候，看守們來了，而且，他們還叫來了更多的人，隔了老遠也能聽見他們興奮的咒罵聲，隨後，咒罵聲越來越近，他們將摩托車和小貨車的車燈都打開了，燈光遠遠照射過來，就像正在照射一群待宰的羔羊。我站在弟兄們中間，看看這個，再看看那個，和眾弟兄一樣，既然事已至此，我倒也和他們一樣並不慌亂，這時候，仍然是那一對父子，走到我的身前，父親叮囑兒子，將我照顧好，又對我說：「修船的麼，水性好，放寬心。」

一語說罷，弟兄們竟然一起朝車燈亮起的方向走了過去，只剩下了我和另外三四個人停留在原地，這時候，給我磕過頭的少年勸說我，趕緊跑上堤岸，去上船渡河，我當然不願意，逕自告訴他：現在是過命，既然是過命，我就不能不過自己的命。

哪知道，少年竟然一把拽著我就往前奔跑，我剛想要掙脫，另外幾個弟兄又一併將我拉扯著往前奔，一邊跑，少年一邊對我說：「給你磕過頭了，不能扔下你。」

就這樣，一路踉蹌著，不過幾分鐘的時間，我們就奔到了黃河岸邊，未曾有半刻停留，少年便拉扯我坐進了一條鐵皮小船，一入黃河，少年立刻端坐在船頭，持槳敲擊冰層，冰層應聲碎裂，我們的船就從簇擁的冰層裡穿行了出來，並沒有走多遠，冰層便消失不見了，水流也不急緩，似乎正在預示著一個即將來臨的大好晴天，而我卻未發一言，頹然蜷縮在船艙裡，只覺自己是個臨陣脫逃的叛徒。倒是船頭的少年，開口唱了起來：「牛頭跟馬面倆兩邊裡站，把我倆，押給了閻王的殿前，好花兒我倆唱翻了閻王殿，把好少年，我倆漫紅了陰間……」再停下來，對我說：「唱麼。」然而我卻沒有唱，一個勁地回頭張望，可是，黑暗已經將我剛剛離開的堤岸完全籠罩，依稀可見的，只有河面上零星漂浮的冰層，顯然，我離我的弟兄們是越來越遠了。

然而，就在這個時候，一句歌聲從身後廣大無邊的黑暗裡響了起來，只這一句，我便騰地從船艙裡站了起來，因為唱歌的不是別人，正是少年的父親，我過命的弟兄。現在，他回來了，和他一起的弟兄們也都回來了，他們全都扯開了嗓子，用歌聲為我送行，那歌聲，既猝不及防，又撕心裂肺，就算有妖孽正在經過，那歌聲也足以使它低頭認罪，還等什麼呢？如遭電擊之後，我也扯開嗓子，跟著弟兄們一起嘶喊：「一身的脂肉兒苦乾了，壓彎了脊梁骨了，緋紅花兒你聽，你的大哥哥們走哩，肝花妹妹坐吆，阿哥們是離鄉的人；拿著的乾糧吃完了，出門人孽障死了，緋紅花兒你聽，你的大哥哥們走哩，肝花妹妹坐吆，阿哥們是離鄉的人……」

唱完了一遍，再唱一遍：「沒風沒雨的三伏天，脊背上曬下的肉卷，緋紅花兒你聽，你的大哥哥們走哩，肝花妹妹坐吆，阿哥們是孽障的人；一年三百六十天，肚子裡沒飽過一天，緋紅花兒你聽，你的大哥哥們走哩，肝花妹妹坐吆，阿哥們是孽障的人……」

唱完了一遍，從頭開始，又唱一遍：「出門遇上了大黃風，閃花的草帽兒落圈，緋紅花兒你聽，你的大哥哥們走哩，肝花妹妹坐吆，阿哥們是孽障的人；阿哥們世下的太寒酸，這麼價活人是可憐，緋紅花兒你聽，你的大哥哥們走哩，肝花妹妹坐吆，阿哥們是孽障的人；又背了沙子又背了土，又背了大石頭了，緋紅花兒你聽，你的大哥哥們走哩，肝花妹妹坐吆，阿哥們是出門去的人；又受了孽障又受了苦，還受了旁人的氣了，緋紅花兒你聽，你的大哥哥們走哩，肝花妹妹坐吆，阿哥們是出門去的人；一身的脂肉兒苦乾了，壓彎了脊梁骨了，緋紅花兒你聽，你的大哥哥們走哩，肝花妹妹坐吆，阿哥們是離鄉的人；拿著的乾糧吃完了，出門人孽障死了，緋紅花兒你聽，你的大哥哥們走哩，肝花妹妹坐吆，阿哥們是離鄉的人；沒風沒雨的三伏天，脊背上曬下的肉卷，緋紅花兒你聽，你的大哥哥們走哩，肝花妹妹坐吆，阿哥們是孽障的人……」

郎對花，姐對花

——「郎對花姐對花，一對對到田埂下。丟下一粒籽，發了一顆芽，麼稈子麼葉開的什麼花？」

這一段黃梅小調，我自然聽過不少回，但在後半夜的大排檔裡聽見，還是第一次。春天的夜晚，啤酒喝個沒夠，不自覺間，就已經飄飄欲仙，正巧這時候，鄰桌裡響起了歌聲，郎對花姐對花，唱得真是好，醉眼迷離之中，我看清楚唱歌的是個女孩子，二十幾歲的樣子，唱完了，還沒落座，就被一個中年男人一把扯入了懷中。

我們都明白是怎麼回事：鄰桌上的人都是剛剛從夜總會出來的，那個女孩子，還有旁邊的姊妹，所從事的，都是晝伏夜出的工作。

她叫小翠還是小梅？我從來都沒聽清楚她的名字，就算聽清楚了，風月場上，用的只怕也是假名。這是我第一次見到她，隱隱約約裡，她的話音傳來，聽過幾句之後就知道，她大概不夠聰明：總是被開玩笑，該喝的不該喝的酒卻是一杯也沒有躲過。

這也沒辦法，誰叫她是初來乍到？領頭的女孩子一遍遍介紹著她，說她來夜總會上班才剛剛三天，說她以前是職業唱黃梅戲的，丈夫坐牢了才來到此地；至於她自己，卻是話少得很，不時笑著，害羞的笑，賠罪似的笑，被人斥責酒沒倒滿的笑，最後才是些微她自己的笑：像是和身邊的姊妹說起了哪個韓國明星。沒說幾句，被領頭的女孩子打斷了，因為又有人要她唱那段黃梅小調，她沒聽見吩咐，領頭的女孩子就不耐煩了。

卻也是個烈女子。唱就唱。郎對花，姐對花。因為實在唱得好，姊妹們都在鼓掌，周邊的食客們也在鼓掌，但她只是笑著朝四處張望一下，馬上就縮進了姊妹們的中間，她應該也明白，周邊幾乎所有人都見慣過此刻所見，都知道她是幹什麼的，所以，她急忙閃躲了，沒有在此處接受掌聲。

我也繼續喝酒。繼續看他們那邊的男男女女猜拳行令。過了半個小時，她突然活躍起來，舉著酒杯給一個男人賠罪，說是要連喝十六杯。卻原來，一個姊妹不知何故得罪了在座的人，被罰喝下十六杯，但剛剛才吐過，實在喝不了，這時候，她站了出來，一杯杯地仰頭喝下，也不多說話，喝到最後，幾乎站立不住，差不多是倒在了旁邊姊妹的懷中。

後來，我去巷子口的小店買菸，轉來看見她，蹲在巷子裡，扶住牆，身體幾乎蜷縮在一起，顯然，她在嘔吐，恰好這時，她的手機響了，她迅速地清理了自己，對著話筒說話，雖然聲音很小，但是絕對聽不出醉意。稍後，她的聲音大了起來，先叫了一個名字，然後就連說了好幾遍：「叫媽媽！叫媽媽！」

天上起了大風，吹得滿街大排檔的鍋碗瓢盆咣噹作響，滿街人都在奔忙著收撿，隨後就下起了雨，轉瞬就似瓢潑，但她全都視若不見，這風雨之下的烈女子。

直到一個多月之後，我才再次遇見她，這一次，我醉得厲害，原本沒有看見她，但她又唱起了黃梅小調，我聽到最後一句，如夢初醒，趕緊轉過身去，看見她就坐在街對面，哦不，是站在街對面，跟上次一樣，她都是站著唱。唱完了，還未及坐下，掌聲像上次一般響起來了，緊接著，十幾只酒杯伸過來，都在誇她唱得好，如此場面她顯然不會再陌生，一一碰杯，再仰頭喝盡。

我一直都在打量她。她似乎比一個多月前伶俐了不少，時而勸著酒，時而又哈哈笑出聲來，身邊男人說話的時候，她先是聽，聽完了，再輕輕地推對方一下，分寸火候都是恰恰好。這一次，當初帶頭的女孩子沒在，她差不多成了小小的中心，不說身邊的男人，單說女孩子們，反而動不動就找她碰杯，她也一概都喝下了。

我以為這尋常所見不過會以誰醉倒而結束的時候，哪知道，突然的一幕發生了：從巷子裡奔出一群人，被一個女人帶領，逕自在那一桌前站定，又一指正端起酒杯的她，頓時，她就被來人踹倒在了地上，而且，是臉先著了地，等她站起來的時候，臉已經腫了，額頭上還滲著血；還沒站穩，再次被來人踹倒，半天沒有起來，對方仍然不肯依饒，圍攏上去，可以想見，她又被踹了多少腳。之前她身邊的那些男人們早就煙消雲散了，她的姊妹倒是都上去幫忙，但也都紛紛被推開，被打倒，其中一個姊妹，滿臉都是血。

這一幕發生得太快，一開始，因為沒有人知道是怎麼回事，周邊的食客們幾乎都是在沉默著旁觀，但是，因為那群人的不肯休止，漸漸惹怒了旁觀的人們，紛紛前去阻止，我和同伴也上去了，對方當然不肯罷手，三兩句吵過之後，好幾十人乾脆跟他們動起了手，這一次，他們才算是被趕走了。

之後，人群陸續散去，各自退回到自己的酒桌前，我也拔腳就要走的時候，看見她被姊妹攙扶著坐了起來，頭髮蒙住了她的臉，身上也被潑了一鍋魚湯，不光臉上有血，頭髮上，袖口上，都有血，隔在好幾步之外，我也能聽見她大口大口的喘息之聲；恰在這個時候，大概到了每晚固定通話的時間，她的手機響了，她似乎是想要去到一邊接電話，但是動彈了一下之後，很快就放棄了，而是快速地、下意識地先整理了頭髮，露出已然腫脹到駭人的臉，再困難地將耳朵湊在手機邊，這一次，她差不多是帶著哭音對著話筒喊：「叫媽媽！叫媽媽！」

這便是我的第二次遇見她。

第三次差點跟她錯過了。那已經是大雪紛飛之時，當此時節，來大排檔喝酒需要鼓足勇氣。這一回，她和姊妹們來得比我早，我才剛剛坐下，就看見她們起身離去，不曾想，沒多大一會，她又和姊妹們回來了，吵吵嚷嚷地，但卻不是吵架，聽過幾句之後就知道了，她們重新回來是因為她，她的手機丟了。

在此地，她顯然已算得上常客，馬上向四周店家打聽，但店家們紛紛搖頭，都說沒看見她丟掉的手機。沒辦法了，她就選了一處中間的地帶，焦灼地站住，對所有的食客們發出籲告：要是有人撿到了她的手機，請一定還給她，手機並不值什麼錢，但裡面有她孩子的照片，她願意拿錢出來感謝。結果卻並不好，沒有一個人說撿到，反而都紛紛跟她開起了玩笑：誰知道是不是孩子的照片？豔照吧？不知道哪個男人又要倒楣了。

她並沒有生氣，風月場上見慣，豈能逢到開玩笑就生氣？沒有別的辦法，她乾脆領著四五個姊妹當街找了起來，這條擠滿了大排檔的巷子並不短，大約有一公里路，她們便開始彎腰尋找，從酒桌邊開始，再找到路邊的溝渠。當此深夜，每一張酒桌都在熱烈地碰杯和談笑，唯獨她們幾個安安靜靜，落葉，廢紙，都被翻開來，幾乎每一寸土地都沒有放過。天上的雪下得越來越大，經過路燈發出的漫天光暈，飄灑下來，有的落在了她們身上，沒有立即融化，使她們看上去更加安靜，甚至肅穆。

她們慢慢地找遠了。大概一個小時之後，她再找回來的時候，姊妹們沒跟著回來，大概都被她勸說回去了。我知道她其實是個烈女子，但沒想到她竟然執拗到這個地步，藉著路燈的光，一遍遍、來來回回地找，我喝第三瓶啤酒時她在找，我喝第十三瓶啤酒時，她還在找。

我完全相信，只要找不到，她就會在此處找上整個晚上，而天氣越來越冷，我的酒宴不得不潦草地結束，是離開的時候了。我還記得，當我離開的時候，她正站在一盞路燈下，狠狠地跺了幾下腳，再往手上吹氣，隨後，彎下腰，去翻垃圾桶。

人活一世，誰不是終日都在不甘心？誰不是終日懷揣著一點可憐的指望上下翻騰，最後再看著這點指望化為碎屑和齏粉？不知道她是不是，反正我是。於是就越來越頻繁地去大排檔喝酒，可是說來也怪，我竟然再也沒遇見她，直到第二年，春風再起的時候，我才第四次看見了她。

很意外地，再次見到的她，其實遠遠低於我的期待，來到這座城市已經半年還多，她並沒有過得好一點，至少，沒有上次好。上次見她，已經初露了長袖善舞的跡象，並且儼然是姊妹們的中心，但不知何故，這次再見，卻發現她老了不少，就像是生活裡出現了一個難以接受的真相，一舉就將她擊垮了，至於那真相究竟是什麼，我也不得而知，反正是，人人總歸都有那麼幾樁日日趨近又日日恐懼的物事。

她是最後來的。滿桌子的人坐定了，酒都過了三巡，她才從巷子裡急急忙忙奔跑過來，不用說，立刻遭到了訓斥，訓斥她的，竟然是我第一次見她時那個領頭的女孩子，可以想見這期間發生了什麼：她自然想過法子，走過路子，但繞了一圈之後，最終還是得回來成為那個女孩子的手下；一如世間眾人：不甘心，不忍心，上梁山，下揚州，忙了一場，只證明了「悔恨」二字確實存在，「一種行動的存在，就像存在本身一樣毫無用處。」她才坐下沒幾分鐘，趁人沒注意，竟然悄悄離席，跑進了巷子，過了三兩分鐘，再從巷子裡跑回來，如此反覆了好幾次，她做賊似的行徑自然也就被同桌的人發現了。

不過是喝酒。喝就喝吧。十幾杯喝下去之後，有個姊妹心疼她，要幫她喝，沒料到，她看都沒有看，一把便打開了姊妹的手——她果然還是那個烈女子，只不過，有的貞烈要用龐大的牌坊來證明，而有的貞烈卻只能用一只酒杯來證明。喝完餘下的幾杯，她似乎是不行了，捂著胸口，趔趄著，要往地下倒，卻也給再次回到不遠處那條巷子裡找到了理由。

也是湊巧得很。我的菸又沒了，便去巷子口的小店裡買，站在小店門口，依稀可以看見小巷子裡的她，她蹲在地上，既沒有嘔吐，也沒有打電話，卻是正在跟一個孩子玩耍——是啊，有一個小女孩，應該是她的女兒，就在一盞昏黃的路燈之下，纏著她，抱著她，手裡還拿著一本畫冊。玩耍了三兩分鐘，她起了身，急匆匆再往大排檔裡跑，小女孩叫了她一聲，她停下步子，但沒有回頭，只是答了一聲，繼續往前跑。

她跑遠了之後，我悄悄地走到小女孩的身邊，隔著街去看她，這才發現，可能是怕她走丟了，也可能是怕她被過路的人拐走，她其實是被鎖在路燈的燈杆上，是那種鎖自行車的鎖，為了讓她能在路燈下多走出去幾步，用紅色塑膠包裹起來的鎖鏈特意被加長了。這個小女孩，見我在看她，她也看著我，看著看著，她就笑了。見她笑了，我也笑了。

這時候，跟每年春天一樣，天上又起了大風，一棵菠菜被大風席捲著，吹到大街上，再輾轉來到小女孩的跟前，她蹲下身去，將它撿在手裡，即使這只是一棵菠菜，也足以使她好好把玩一會兒，直到母親回到她的身邊；而她的母親，那春風裡的烈女子，已經在不遠處開始了歌唱：「郎對花姐對花，一對對到田埂下。丟下一粒籽，發了一顆芽，麼稈子麼葉開的什麼花？」

韃靼荒漠

每天黃昏，我結束寫作，對著窗外喊一聲他的名字，他就會歡快地答應著，穿過二十多隻孔雀，朝我住的吊腳樓狂奔過來。他不會跑進我的房間，而是怯生生地站在窗口，看著我收拾好桌子上的雜物，他的嘴唇動了幾次，終於沒能說出話來，最後，看我收拾好了，他才帶著慌亂和一絲雀躍指著遠處說：「你看！」

有時候我會看，有時候我就不看。太陽底下並無新事，何況我來這被群山與大水阻隔的荒島上已經足足一月，不用抬頭我也早已熟知他一再對我指點的那些事物：無非是野貓追趕著三兩隻鳥雀奔入叢林，遠處江面上的一隻小木船在旋渦裡打轉；無非是，登高望遠，撥雲見日，孔雀開屏，豌豆開花。是啊，它們存在，甚至正在發生，但它們不會帶領我離開此刻的荒島，最終我們尚需在各自的世界裡癡呆、受苦和癲狂，借我一雙翅膀，我也飛不進豌豆花的花蕾。

我更願意和眼前的他散步，從島上下來，下六百多級台階，在亂石叢中沒有目的地往前走。經過大大小小十幾個船塢，天色黑了下來，那時我們再折回。山區之夜星光明亮，他就忍不住在星光下歌唱，剛唱了一句，便把餘下的歌詞硬生生吞了回去，他應該是羞澀地偷看了我一眼的，但是夜幕深重，我們都看不清對方的臉。

哪怕看不清臉，他也是我的小弟兄。儘管他瘦，他膽怯，他只有十五歲，他是來自安徽的童男子。

他的名字叫蓮生。

奇蹟發生在漲水之夜，我們照常散步到了很遠，回來的路上，仍然一前一後地走著，耳邊一直回響著江水拍打防浪堤的聲音。突然，蓮生大聲唱了起來，我詫異地回頭，但他全然不理會我，面朝江水，中了魔障一般使出全身力氣，不光我受了驚，就連一艘原本在夜幕下沉靜航行的機動船上也亮起了電燈，兩個漁夫從燈火下現出身影朝岸邊不斷張望，他們說不定還以為這裡要發生凶案。而我，乾脆就被這突如其來但卻沒有理由的歌聲震動得不知所以，剎那間，我手足無措，忘記了眼前的人又是誰，也不知道他想做什麼。如果我沒記錯，上次聽見這樣的嗓音和歌聲還是在山西，在讓人懷疑一輩子也走不到頭的焦渴群山之中。

我等待了一陣子，蓮生終於唱完了，我們繼續深一腳淺一腳地朝前走，沒有說話，耳邊回響的仍然只有江水的拍打聲，我不曾問他突然唱起來的原因，但我知道，就在他歌唱之時，我莫名其妙地想起了二十年前中學操場上的荒草、電台裡播放的京劇和幾段難堪直至不堪的往事；最後，散步結束，在我住的吊腳樓前，看得出來，蓮生是想了又想，終了，他還是告訴我：「我其實和那本書中的人也差不多。」

這是我帶到荒島上來的唯一一本書，義大利作家布札蒂所著：一個年輕的軍人接到命令，前往與敵國交界的北方荒漠等待伏擊敵人，殊不料，終其一生他也沒見到自己的敵人是什麼樣子，在沒有敵人的戰場上，他能做些什麼呢？他只好迷戀上了枯燥，並且一再告誡自己要相信「等待是必要的」，就這樣，年華老去，直至最後被他的同胞如此宣告死亡：「他和我們一樣，都沒遇到敵人，也沒有遇到戰爭，然而，他卻是死在戰場上。」

蓮生果然和小說裡的那個年輕人差不多嗎？我和他共同棲身的小島竟然等同布札蒂筆下的韃靼荒漠？在許多寂寥的時刻，我已經聽他說起過自己的來歷：小學畢業之後，他從蕪湖的一個小村莊裡跑出來，到此地投奔做廚師的舅舅，舅舅也只夠餬口而已，於是將他送到了這個島上。據說，打清朝起這個島的名字就叫孔雀島，但那不過是地貌形似，別無其他原因。大概是五年前，一幫人突發奇想，要把它變成真正的孔雀島，先建了幾幢吊腳樓，再引進來非洲孔雀，以求遊人光顧，結果事與願違，從開始到結束，從來就沒有多少人知道這個地方，到最後，島又重新變回荒島，吊腳樓的房梁上都長滿了苔蘚，可是，要有一個人伺候那些當事者不知如何處置的孔雀，於是，蓮生上了島，轉瞬便是兩年。

兩年裡，他沒離開過這個島，也沒有人上島來看過他，每隔半個月，會有人託船家給他捎來吃喝的東西，每隔半年，那些看不見的雇主還會為他捎來微薄的工錢。在我來之前，他的糧草已經斷了兩個月，原因據說是雇主們徹底鬧翻，不再過問這個荒島的事情，如此，他和他伺候的孔雀被遺忘了，兩個月來，他的吃喝全靠過路船家施捨，幸虧那些孔雀暫無性命之憂，就在我的房間隔壁，堆滿了牠們的糧食，只怕吃上十年也吃不完。但是，蓮生的一堆問題卻不可能指望過路船家給出答案，譬如，糧草斷絕之後，他是否應該為自己種上一片菜園？譬如，如果他離開，這裡的孔雀會在多長時間裡死去？問題還有更多：他現在的雇主究竟是誰？他在為誰伺候那些五彩斑斕的同伴？還有，他到底會在這裡待多長時間？雇主們會有一天重新過問起這座荒島嗎？

「人間亦有癡於我，豈獨傷心是小青？」幾乎是掙扎著，用了一個月時間，小學畢業的蓮生看完了一部繁體直排的小說，並且在書裡找到了自己，也就是說，他明白了自己的處境，只有天知道，這對他究竟是壞是好：不是每個人都能認清並且認同自己的處境，就像個別的酒鬼，讓他糊塗也好，讓他執迷也好，偏偏不要叫醒他，閉上眼睛只當是睡著了，一叫醒偏偏就要發瘋。可是，小弟兄蓮生，卻全然不作這等想，下一個黃昏，當我們散步，他一點也不似往日的怯生生，看著我，告訴我：「我想過了，我得動起來。」

於是他就動起來了。既然太陽底下無新事，他就從種菜園開始，連續一個星期，他終日蹲在防浪堤上求告過路船家，結果不錯，他找他們要來了蘿蔔籽、紅薯籽，甚至還要來了西瓜籽。每當得手，他就趕緊狂奔上島，奔向叢林裡的一小塊空地，那是他的菜園，是他的小小烏托邦；豈止他的小小烏托邦，我們的沉默之島，在他的歌聲與日漸奔走中越來越顯露出理想國的模樣：過去的日子裡，我曾給過他一些錢，現在，他用這些錢拜託船家買來了一群鵝，並且順利地安排牠們在孔雀中間招搖過市；他還買來了絲線，他說，他要織一張漁網，這樣，他就不用為自己的嘴巴發愁了；他還和自己打賭，賭自己還會不會臉紅，因為他暗自定下了一個目標，希望我每天教會他認識十個繁體字，臉紅怎麼能行呢？

而那突出的、使我驚駭的，仍然是他的歌唱，我懷疑，這些日子以來，他已經唱完了自己能唱出來的所有的歌，無論是在江水邊織網，還是在孔雀與鵝群之間嬉鬧，他都張開嘴巴漲紅了臉，但那還算不上奇蹟，奇蹟發生在另外一個漲水之夜：這一晚，天降大雨，我再次被蓮生的歌聲驚醒，打開窗戶，藉著閃電，看見他正全身上下濕漉漉地守護他的烏托邦——為了菜地裡的新芽不被摧毀，他將自己的被褥高懸於樹木之上，而他自己，和新芽們坐在一起，放聲歌唱，嗓音粗澀，曲調生硬，那些歌詞就像是一塊塊石頭般從他的胸腔裡迸了出來，但它們又分明像匕首般刺破了夜幕，看上去，全似一個苦役中的小小十二月黨人。

我突然感到一陣厭倦，那厭倦只針對我自身：如果我能哭，我就會哭著告訴蓮生，其實，我也在漫無邊際的韃靼荒漠中，但是，當我想起荒草、京劇和往事，而你已開始張開了嘴巴，我為什麼就不能告訴你，其實，我一個字也寫不出來，即使從荒漠逃到荒島，我也還是一個字都寫不出來，我每日的寫作，無非是一波未平一波又起的發呆與癡狂？

是啊，在我們眼前，或有一片荒漠，或有一座荒島，我們的肉身與心魄只能任由其包裹與浮沉，即使借我們一雙翅膀，我們也飛不進豌豆花的花蕾。我們到底能怎麼辦？卡夫卡說，一切障礙都在粉碎我；黑格爾說，人僅有一個世界是不夠的；蘇東坡說，長恨此身非我有，何時忘卻營營；耶和華說，天國近了，你們應當悔改；唯有你，我的小弟兄，你說：「我想過了，我要動起來。」

——就是這樣，即使在風雨如磐的後半夜，你也可能遭遇自己的定數：它是命定的閃電、歌唱和新芽，它是命定的小弟兄，小弟兄會對你說，我想過了，我要動起來。什麼都不要管了，走上去，抱住他，哭出來，因為他是你韃靼荒漠上的小弟兄。

長安陌上無窮樹

很長一段時間了，每天後半夜，我從陪護的小醫院出來，都能看見有人在醫院門口打架。這並不奇怪，在這城鄉接合部，貧困的生計，連日的陰雨，喝了過多的酒，都可以成為打架的理由。無論是誰，總要找到一種行徑，一種方式，來證明自己的存在，可能是喝酒，戀愛，也可能就是純粹的暴力。

今晚的鬥毆和平日裡也沒有兩樣：喊打喊殺，警察遲遲沒有來，最後，又以有人流血而告終，這都不奇怪。舉目所見：一條黯淡的、常年漬水橫流的長街，農貿市場終日飄蕩著腐爛瓜果的氣息，夾雜著粗暴怨氣的對話不絕於耳，人人都神色慌張，罔顧左右而言他，唯有彩票站的門口，到了開獎的時刻，還擠滿了一臉厭倦又相信各種神話的人。難免有打架、將小偷綁起來遊街、姊夫殺了小舅子等等稍顯奇怪和興奮之事發生，但是很快，這諸多奇怪都將消失於鋪天蓋地的不奇怪之中，最終匯成一條匱乏的河流，流到哪裡算哪裡。

實際上，當我經過鬥毆現場的時候，架已經打完了，只剩下被打得渾身是血的人正趔趄著從地上爬起來，我看了一眼，就趕緊奔上前去，攙住他，因為他不是別人，而是我熟得不能再熟的人。這個不滿二十歲的小夥子，是醫院裡的清潔工，打江西來，熱心快腸到匪夷所思的地步，許多次，我在搬不動病人的時候，忘記了打飯的時候，他都幫過我。

而現在，他已經不再是我平日裡認識的他：臉上除了悲憤之色再無其他，狠狠推開了我，逕自而去，身上還淌著血，但那血就好像不是他身上流出來的，他連擦都不擦一下。我只能眼睜睜地看他離開，但心裡全然知道，這個小夥子受到了生平最大的欺侮，他一定不會就此甘休。

果然，沒過多久，等他再從醫院裡出來的時候，左手右手各拿著一把刀，就算進了醫院，他也沒去包紮一下，憤怒已經讓他幾乎歇斯底里，在這憤怒面前，之前圍觀的人群都紛紛閃避，莫不如說，人們對接下來要發生的事情其實更加期待——毆打小夥子的人幾乎都住在這條街上，只要他找，他就一定能找得見他們。

這時候，一聲尖利的叫喊在小夥子背後響起來，緊接著，一個老婦人狂奔上前，緊緊地抱住了他，再也不肯讓他往前多走一步。但我知道，那並不是他的母親。那只是他的工友，跟他一樣，也是清潔工。這個老婦人，平日裡見人就是怯懦地笑，也不肯多說話，我印象裡似乎從來就沒聽見過她說一句話，沒想到，在如此緊要的時刻，她卻使出了全身的力氣，抱住小夥子，再用一口幾乎誰都聽不懂的方言央求小夥子，要他不做傻事，要他趕緊回去縫傷口，自始至終，雙手從來都沒有從小夥子的腰上鬆開。

我一陣眼熱：在兒子受了欺負的時刻，在需要一個母親出現的時刻，老婦人出現了，當此之際，誰能否認她其實就是他的母親？

她矮，也瘦，所以，終究被小夥子推開了，但是，小夥子還沒走出去幾步，老婦人又追上前來，仍要抱住他的腰，小夥子閃躲，但她還是抱住了他的腿，頓時，小夥子翻臉了，高喊著要她鬆手，甚至開始咒罵她，終究沒有用，她好歹就是不鬆手。這反倒刺激了小夥子的怒氣，就拖著她，生硬地、緩慢地朝前走，走過水果攤，走過滷肉店，再走過一家小超市，終於挪不動步子了。只好停下來，低下頭，兩眼裡似乎噴出火來，就那麼直盯盯地看著老婦人，大口大口喘著粗氣。

看了一會兒，小夥子丟下了手中的刀，頹然坐在地上，號啕大哭；那老婦人一開始並沒有摟住他，卻是趕緊從口袋裡掏出碘酒，先擦他的臉，再去擦他的手；然後，才將他拉過來，拍著他的肩膀，輕聲對他說話，還是一口全然聽不懂的方言。小夥子根本沒聽她在說什麼，只是哭——哭泣雖然丟臉，但卻是度過丟臉之時的唯一辦法。他的身上還在淌著血，所以，老婦人再沒有停留，強迫著，幾乎是命令般將他從地上拉扯起來，再跌跌撞撞地朝醫院走去。

看著他們離去，我的身體裡突然湧起一陣哽咽之感：究竟是什麼樣的機緣，將兩個在今夜之前並不親切的人共同捆綁在了此時此地，並且親若母子？由此及遠，夜幕下，還有多少條窮街陋巷裡，清潔工認了母子，髮廊女認了姊妹，裝卸工認了兄弟？還有更多的洗衣工，小裁縫，看門人；廚師，泥瓦匠，快遞員；容我狂想：不管多麼不堪多麼貧賤，是不是人人都有機會迎來如此一場福分？上帝造人之後，將人一個個的扔到這世上，孤零零的，各自朝著死而活，各自去遭逢疾病，別離，背叛，死亡，這自是一出生就已注定的大不幸，但好在，眼前也並不全都是絕路，上帝又用這些遭逢，讓我們一點點朝外部世界奔去，類似溺水者，死命都要往更遠一點的水域裡掙扎，最終，命中注定的人便會來到我們的眼前；如此，那些疾病和別離，那些背叛和死亡，反倒成了一根蠟燭，蠟燭點亮之後，漸漸就會有人聚攏過來，他們和你一樣，既有驚恐的喘息，又有一張更加驚恐的臉。

我常常想：就像月老手中的紅線，如此福分和機緣，也應當有一條線繩，穿過了幽冥乃至黑暗，從一個人的手中抵達了另外一個人的手中。其實，這條線繩比月老的紅線更加準確和救命，它既不讓你們僅僅是陌路人，也不給你們添加更多迷障糾纏，愛與恨，情和義，畫眉深淺，添花送炭，都是剛剛好，剛剛準確和救命。

就像病房裡的岳老師。還有那個七歲的小病號。在住進同一間病房之前，兩人互不相識，我只知道：他們一個是一家礦山子弟小學的語文老師，但是，由於那家小學已經關閉多年，岳老師事實上好多年都沒再當過老師了；一個是只有七歲的小男孩，從三歲起就生了骨病，自此便在父母帶領下，踏破了河山，到處求醫問藥，於他來說，醫院就是學校，而真正的學校，他一天都沒踏足過。

在病房裡，他們首先是病人，其次，他們竟然重新變作了老師和學生。除了在這家醫院，幾年下來，我已經幾度和岳老師在別的醫院遇見，這個四十多歲的中年女子，早已經被疾病，被疾病帶來的諸多爭吵、傷心、背棄折磨得滿頭白髮。可是，當她將病房當作課堂以後，某種奇異的喜悅降臨了她，終年蒼白的臉容上竟然現出了一絲紅暈；每一天，只要兩個人的點滴都結束了，一刻也不能等，她馬上就要開始給小病號上課，雖說從前她只是語文老師，但在這裡她卻什麼都教，古詩詞，加減乘除，英文單詞，為了教好小病號，她甚至要她妹妹每次看她時都帶了一堆書來。

中午時分，病人和陪護者擠滿了病房之時，便是岳老師一天中最是神采奕奕的時候，有意無意地，她就要拎出許多問題，故意來考小病號，古詩詞，加減乘除，英文單詞，什麼都考。最後，如果小病號能在眾人的讚歎中結束考試，那簡直就像是有一道神賜之光破空而來，照得她通體發亮。但小病號畢竟生性頑劣，病情只要稍好，就在病房裡奔來跑去，所以，岳老師的問題他便經常答不上來，比如那句古詩詞，上句是「長安陌上無窮樹」，下一句，小病號一連三天都沒背下來。

這可傷了岳老師的心，她罰他背三百遍，也是奇怪，無論背多少遍，就像是那句詩活生生地在小病號的身體裡打了結，一到了考試的時候，他死活就背不出來，到了最後，連他自己都憤怒了，他憤怒地問岳老師：「醫生都說了，我反正再活幾年就要死了，背這些幹什麼？」

說起來，前前後後，我目睹過岳老師的兩次哭泣，這兩場淚水其實都是為小病號流的。這天中午，小病號憤怒地問完，岳老師藉口去裝開水，出了走廊，就號啕大哭，說是號啕，但其實沒有發出聲音，她用嘴巴緊緊地咬住了袖子，一邊走，一邊哭，走到開水房前面，她沒進去，而是撲倒在潮濕的牆壁上，繼續哭。

哭泣的結果，不是罷手，反倒是要教他更多。甚至，跟他在一起的時間也要更多。她自己的骨病本就不輕，但自此之後，我卻經常能看見她跛著腳，跟在小病號的後面，餵給他飯吃，遞給他水喝，還陪他去院子裡，採了一朵叫不出名字的花回來。但是，不管是送君千里，還是教你單詞，她和他還是終有一別——小病號的病更重了，他的父母已經決定，要帶他轉院，去北京，聞聽這個消息之後的差不多一個星期，她幾乎每天晚上都耿耿難眠。

深夜，她悄悄離開了病房，藉著走廊上的微光，坐在長條椅上寫寫畫畫，她跟我說過，她要在小病號離開之前，給他編一本教材，這個教材上什麼內容都有，有古詩詞，有加減乘除，也有英文單詞。

這一晚，不知何故，當我看見微光映照下的她，難以自禁地，身體裡再度湧起了劇烈的哽咽之感：無論如何，這一場人世，終究值得一過——蠟燭點亮了，驚恐和更加驚恐的人們聚攏了，但這聚也好散也好，都還只是一副名相，一場開端；生為棄兒，對，人人都是棄兒，在被開除工作時是生計的棄兒，在離婚登記處是婚姻的棄兒，在終年蟄居的病房是身體的棄兒，同為棄兒，遲早相見，再遲早分散，但是，就在你我的聚散之間，背了單詞，再背詩詞，採了花朵，又編教材，這絲絲縷縷，它們不光是點滴的生趣，更是真真切切的反抗。

其實，是反抗將我們連接在了一起。在貧困裡，去認真地聽窗子外的風聲；在孤獨中，乾脆自己給自己造一座非要坐穿不可的牢房；這都叫做反抗。在反抗中，我們會變得可笑，無稽，甚至令人憎惡，但這就是人人都不能推卸的命，就像一隻鸚鵡，既然已經被關在籠子裡了，我能怎麼辦？也唯有先認了這籠子，再去說人的話，唱人的歌，哪怕到了最後，我也沒有逃離樊籠，直至死亡降臨，我仍然只是一個玩物，可是且慢，世間眾生，誰不都是在一生裡上下顛簸，到了最後，才明白自己不過是個玩物，不過是被造物者當作傀儡，在一波未平一波又起的徒勞中度過，直至肉體與魂魄全都灰飛煙滅？

但是，有一樁事情足以告慰自己：你並不是什麼東西都沒有剩下。你至少而且必須留下過反抗的痕跡。在這世上走過一遭，反抗，唯有反抗二字，才能匹配最後時刻的尊嚴。就像此刻，黯淡的燈光反抗漆黑的後半夜；岳老師又在用如入無人之境的寫寫畫畫反抗著黯淡的燈光，她要編一本教材，使它充當線繩，一頭放在小病號的手中，一頭往外伸展，伸展到哪裡算哪裡，最終，總會有人握住它，到了那時候，躲在暗處的人定會現形，隱祕的情感定會顯露，再如河水，湧向手握線頭的人；果真到了那時候，疾病，別離，背叛，死亡，不過都是自取其辱。

後半夜快要結束的時候，岳老師睡著了，但是我並沒有去叫醒她，護士路過時也沒有叫醒，她遲早會醒來——稍晚一點，天上要起風，大風撞擊窗戶，窗玻璃會在她的腳邊碎裂一地，她會醒來；再晚一點，骨病會發作，疼痛使她驚叫了一聲，再抽搐著身體睜開眼睛，她會醒來；醒來即是命運。這命運裡也包含著突然的離別：一大早，小病號的父母就接到北京的消息，要他們趕緊去北京，如此，他們趕緊忙碌起來，收拾行李，補交拖欠的醫藥費，再去買來火車上要吃的食物，最後才叫醒小病號，當小病號醒來，他還懵懂不知，一個小時之後，他就要離開這家醫院了。

九點鐘，小病號跟著父母離開了，離開之前，他跟病房裡的人一一道別，自然也跟岳老師道別了，可是，那本教材，雖說只差了一點點就要編完，終究還是沒編完，岳老師將它放在了小病號的行李中，然後捏了他的臉，跟他揮手，如此，告別便潦草地結束了。

哪知道，幾分鐘之後，有人在樓下呼喊著岳老師的名字，一開始，她全然沒有注意，只是呆呆地坐在病床上不發一語，突然，她跳下病床，跛著腳，狂奔到窗戶前，打開窗子，這樣，全病房的人都聽到了小病號在院子裡的叫喊，那竟然是一句詩，正在被他扯破了嗓子叫喊出來：「唯有垂楊管別離！」可能是怕岳老師沒聽清楚，他便繼續喊：「長安陌上無窮樹，唯有垂楊管別離！」喊了一遍，又再喊一遍：「長安陌上無窮樹，唯有垂楊管別離！」

離別的時候，小病號終於完整地背誦出了那兩句詩，但岳老師卻並沒有應答，她正在號啕大哭，一如既往，她沒有哭出聲來，而是用嘴巴緊緊咬住了袖子。除了隱約而號啕的哭聲，病房裡只剩下巨大的沉默，沒有一個人上前勸說她，全都陷於沉默之中，聽憑她哭下去，似乎是，人人都知道：此時此地，哭泣，就是她唯一的垂楊。

認命的夜晚

向日葵綿延千里，橄欖樹漫無邊際，陽光像刀子一般扎下來，無休無止的山間行路越來越近似一場苦役，在偶爾到來的蔭涼下，剛剛停下腳步，幾乎便可以聽見皮膚碎裂的聲音——過了塞維亞，過了安特克拉，那座山谷裡的小城，格拉納達，已經近在眼前，誰能想到，我像苦行僧一般趕來，為的只是在夜幕底下聽見自己的哭泣？

是在白色的岩洞裡，對面山崖上的摩爾人宮殿像一頭巨大的怪獸埋伏在叢林中；是沉默的父親和旁若無人的女兒，這一對吉普賽父女，將燈火熄滅，帶來了幽光中的佛朗明哥之夜。父親長著一張刀砍過般瘦削的臉，手撥吉他，低頭吟唱，偶一抬頭，滿眼裡只有女兒，像旁人一樣迷狂地仰望：在此刻，那女兒彷彿不是他的女兒，她是塞維亞菸廠大門前被歡呼的卡門，她是巴黎聖母院廣場上被簇擁的埃斯梅拉達。

她不曾像別的舞蹈者一樣跳躍，卻彷彿是來自至高的某處，因此，她雖就在我們中間，卻只有她聽見了神諭的沉默，又接受了旨意去挑釁：擊掌，踢踏，以至用眼神逼視著我們，這方寸之地偏偏是她的國土，我們唯有退縮，變得弱小，一邊被她吸引，忍住狂暴的心跳去加重對她的迷狂，一邊又無望地收緊自己，去想像著摩西在草棘中看見上帝般的解救。

擊掌聲更急促，踢踏聲更激烈，突然，她停止舞步，提起裙角，直盯盯地看過來，不管別人了，只說我，我的羞愧與她無關，但是我羞愧：不是那些犯過的錯誤正在回過頭來尋找我，折磨我，也並非此刻的熱烈恰好反證了生涯之苦，單單只是覺得，一樁人事從那至高之處降臨了，或是聖物，或是聖人，單單只為他的到來，我就活該羞愧；而火焰般的女孩子仍然不曾放過我，以及我們，挑釁變得愈加裸露，眼神銳利而持續，似乎她不再是她，她是那聖物或聖人的代言人，她被他們驅使，來到我們中間，只是要迫切地告訴我們天庭景象和人間消息。

如此一夜，明明是火焰邊的一夜，我卻好多次覺得自己正在被暴雨澆淋，又有好多次，我喉嚨發緊，直至哽咽；散場之後，我跟隨人群走出洞窟，在露天酒吧裡坐下來，這才發現：多少年來第一次，並非因為天大的疑難，並非因為親人的亡故，我的眼眶濕了。可是，到底為什麼會如此？我並不覺得傷心，為什麼，一股清晰的悲痛仍然不請自來？我吃驚而且努力地想分辨清楚，這悲痛究竟是緣何而起，夜空裡星光閃爍，城牆下人影婆娑，即使上窮碧落下黃泉，內心裡也只依稀湧出兩個念頭，一個是：失去，再失去，我們每個人都在經受的一生，不過是在喪失中輾轉的一生，我們未曾離開，不過是因為那至高之物的不屑摧毀；另外一個：這一番人世，眼見得的兩種結果，艱苦和甜蜜，它們原本可能都不需要我們，而我們終需靠近，先是我們需要，而後，被摧毀也不是一件多麼大不了的事。

就是這樣：狂野而哀愁的佛朗明哥，還有送信人般的吉普賽舞娘，她們喚醒了被埋藏的神經，而些微的清醒並不能阻止悲痛源源不斷，它就在身體裡湧動，卻又好似不屬於我的身體，身體和悲痛，就像是那兩條圍繞摩爾人宮殿流淌的河流，在夜幕下奔湧，如影隨形，永不靠近。

在我的記憶裡，我其實目睹過這樣的哭泣，經歷過這樣的悲痛之夜——那年冬天，我在密不透風的雪幕裡到了青海，過了當年吐谷渾人的都城，過了日月山和橡皮山，與此同時，暴雪終於成災，隔絕了向前的道路，我只好在一個牧區裡寓居下來，像每年冬天都要去青海湖轉湖的藏民們一樣，去寺廟裡燒香拜佛，指望著雲開日出。

是在寺廟裡燒香的時候，我認識了多吉頓珠，這個三歲起就當了喇嘛的年輕人，因為屢破戒律，最後被寺廟開除，但他拒不承認這樁事實，跟著哥哥跑運輸之餘，在姑娘們的帳篷前流連之餘，他照舊在寺廟裡打轉，終日裡跟下了功課後的喇嘛們鬧作一團，若是遇到中意的姑娘，他就迅速地從人群中消失，跟上前去，有時候半途上就折回，有時候便逕自跟回了姑娘家裡，不用說，最後的結果，他還是只有鼻青臉腫的回來。

就是這個眾人提起來都會搖頭的小夥子，我卻對他滿懷了好奇，甚至是，滿懷了羨慕。一天到晚，他的腰上都繫著酒壺，想要在他清醒的時候跟他說話，無疑是困難的，而我又比他更強烈地盼望著他的酩酊大醉，因為一旦酒過三巡，他便要唱起讓人戰慄的情歌，譬如：「我們相愛的心，像一張潔白的紙，有人想把它撕爛，寫了真金的字是撕不爛的。」譬如：「一只戒指裡，伸不進兩根手指，一個正直的人，永遠不會生二心。」好幾次，我和他在雪地裡痛飲，當他唱起情歌，恍惚之間，我以為自己回到了康熙四十五年：在我身邊唱歌的人，不是小夥子多吉頓珠，而是投水尋死之前的倉央嘉措。

那一晚，暴雪再度降臨冰凍的草原，我和多吉將喝酒的地方轉到了帳篷裡，他幾乎唱完了他會唱的所有情歌，半夜裡，他起身出了帳篷，去馬廄裡給他的牲口餵夜草，一去不回，久等之後，我便出了帳篷去找他。雪幕重重，好在多吉的馬燈在遠處尚能散出絲毫亮光，我循著這光前行，走近了，這才發現他將身子伏在馬廄的欄杆上哭泣。我走上前去，問他這是為何，沒想到他的哭聲卻更大了。我也就不再問，靠在欄杆上等他哭完，這時候，他突然調轉頭來，用他夾生的漢語對我說：「我看見我的命了，我看見我的命了！」

哭泣的真相，並非是篡越了戒律，也並非是姑娘的捨離，那只是因為，他看見了自己的命運，那命運就隱藏在滿目可見的尋常之物中：漫無邊際的大雪，暴風捲襲的馬廄，幾匹沉默的棗紅馬，幾百隻嬰兒般的羔羊。這是他的此時此刻，也許，他等待了好一陣子，甚至是好幾年，他才重新發現了此時此刻，此時此刻不是牢獄，也不是仙境，無需逃離，無需淪陷，但它正是我等待自己的時間，它正是我等待自己的地點。如此，多吉才會流下眼淚，並且告訴我：他一點也不傷心，他之所以哭泣，只是因為他發現自己好好地活在他的牲口邊上，活在牲口邊上，就是活在一輩子裡了。

格拉納達的夜晚，熱烈而又短暫，當地人，外來客，猶太人，吉普賽人，全都縱酒宴樂，全都不知歸路，似乎是，人人都想當那個最後送走夜幕的人，半條街以外有人唱歌，半條街以內有人跪下表白，而那股清晰的，甚至是欣喜的悲痛，它依然還在。也許，它在這滿街的每一顆人心裡奔湧，咆哮嗚咽，逕自向前，在奔湧中，每一顆人心都將依次辨認出，哪裡是命定的時間，哪裡又是命定的地點，而命運裡的我早晚都要認取前身，又或者視而不見，再埋頭找尋可以安營紮寨的長生殿，果有此時，再回頭看那悲痛之夜，它們實際上全都是安息日和花果山，就像猶太人，經過流浪，他們回到了耶路撒冷；也像佛朗哥時期的西班牙吉普賽人，為了流浪，他們認定了逃亡。

青見甘見

櫻花盛放之季，最驚人心的，是收場。其時是離別的時刻，花瓣們急促墜下枝頭，半空裡紅白廝磨，落地之後，已是層層翻覆，偏偏有不馴服的魂靈，在微風裡輾轉，不肯加入沉睡者的陣營，看上去，就像是都有話要說。

沉睡的說：來也來了，死則死矣，既然如此，我又何必再多一言？輾轉的卻說：一年裡，這一日最是陡峭，生出了最多漩渦，你一定要束手就擒，甘願被裹挾進去，化為齏粉，再引火焚身。

這收場的一日，是指望變作了現實，不管來自何處，它都是真切的施捨；又因為不似尋常的絢爛，它就像從來不曾存在。所以，應當將這一日從三百六十五日裡抽離，作那第三百六十六日，好似日語裡的「花見」一詞，不是說的賞山茶賞杜鵑，它單單說的是賞櫻花——唯有見到櫻花，才算是花開了。實在沒有辦法：我們的好多字詞，都是在日語裡明心見性。

我要說的，並不是櫻花，而是四年前的青海與甘肅之行：自蘭州租車，沿河西走廊前行，過了烏鞘嶺和胭脂山，再越漫無邊際的沙漠與戈壁，直抵敦煌；之後，經大柴旦和小柴旦，進了德令哈，再翻橡皮山和日月山，遙望著青海湖繼續往前；最終，過了西寧城和塔爾寺，歷時一月之後，我重新回到了蘭州。

一路所見，雖說都是些隻言片語，我好歹記錄了下來，今日再看，並且整理它們，只是時過境遷後的惋惜，我注定不會再有這樣的行旅：一路狂奔，欲辯忘言，卻想刺入河川花草的內裡，觸及龐大世界的玄機；也被玄機籠罩，恨不得消失在神賜的漩渦裡，一去永不回，就此碎骨於閃電，斷魂於雪山。

是啊，這是應當從我注定庸常的生涯裡抽離的時光，見了甘肅，再見青海，見了戈壁，再見羔羊，這青見甘見不是別的，就是刻在我魂魄裡的迷亂「花見」——

風與河。從小宛到布隆吉，我一直在被暴風驅逐、追趕和裹挾，舉目所見，少有人跡，這便是暴風裡的安西縣，它的內部終年翻騰，如果站在祁連山上往下看，它卻只能成為看不見盡頭的荒漠和戈壁的一部分，所以，它首先是一個有口難辯的被告，又像是自絕後路的孤兒。

即使遠在漢唐，這座沉默之城便陷落在了如此暴風裡：無論樹木還是行人，是柴垛還是牲畜，一年四季裡，大多數時間都是身形踉蹌，不由自主，如果我不是行經此地，而是生葬於此，我懷疑我要在親近神靈之前先認定了宿命：「誰，此時沒有房屋，就不必建築；誰，此時孤獨，就永遠孤獨。」

離窘迫如此之近，離徒勞如此之近，但是，所謂宿命，並非只是躲閃和順受，它也可能是抵擋和奔湧，唯有荒棘與繁花同生，方能算作是有血有肉的宿命，若不如此，便不值一顧。就像安西縣裡的疏勒河，唯有一意孤行，它才能棄暴風於不顧：和幾乎所有的河流都不同，它的流向並非是自西往東，而是由東往西，直至深入新疆。黃昏裡，我經過疏勒河大橋，橋上橋下，四野裡仍是空無一人，時間似乎停止了，滿世界僅剩的兩樣生機，一是暴風，再是緩慢向前的河水，不由得人不信：這果真就是大唐的西域，玄奘踏足過的地方。我雖不是信徒，卻也在寡言的決絕裡見證了慈悲。事實上，過了安西，風暴更激烈，荒漠更廣大，疏勒河終將迎來斷流，但是，慈悲就在奔流當中，就在與更多風暴和荒漠的遭逢中，哪怕它是死於它們，就像人間的玄奘，還有西天的地藏菩薩：地獄不空，誓不成佛。

畏懼產生了。除了在疏勒河上，還有在前往戈壁灘的時候：越往戈壁深處裡去，之前隱約可見的月光就越昏暗，漸至於無。暴風和塵沙幾乎將我抹消，突然，從風聲裡傳來了整個世界的聲息：有人初生，有鬼號哭，有馬群狂奔，有城池陷落，其中猙獰全然無法被語言說盡，奇異的是，我竟然絲毫不害怕，因為我已經在亂石沙礫之上看見了巨大的發電風車，風車們就在我身邊，綿延百里，不見邊際，它們的槳葉急速旋轉，似乎是在世一日就絕不止息。於是，害怕在更莊重的畏懼前退避了，是的，我先於害怕，低首在了風車槳葉的呼嘯和旋轉裡。

在今夜，這呼嘯和旋轉，這刺破了塵沙的風車，不僅是我一路前來想要打探的祕密，它更是讓人叩首的、滿天的法力，宿命裡的些微運轉，就是這個世界的全部道理；因此，在今夜，只有鐵石心腸的人才不會深入猙獰，在風車旁邊，做一個受到驚嚇的人，是有福的。

阿克塞。就算死在這鋪天蓋地的藍與白裡，也不錯：白楊站立在公路兩邊，就像一支清潔的朝覲隊伍，一路鋪展，朝著阿爾金山行進過去，在它們頭頂的天空裡，別無其他，只有藍，透明和深不見底的藍；這大海倒懸般的藍也在阿爾金山的頭頂，映照下來，卻使得山頂上的白雪橫添了淡藍光芒，所以，這不光是我未曾遇見也從未聽說過的淡藍白雪，而且，隨著陽光漸漸強烈，在那天際處，白的愈加白，藍的愈加藍。

但是，阿克塞，這片哈薩克人聚居的疆域，並非只是讓人驚歎的方外之地，它就在我棲身的塵世，有帳篷，也有清真寺，有奔跑的孩童，還有從田野裡走出來的母親，目力所及，盡是叫我忍不住親近的煙火氣。站在入城的路口，我甚至覺得，它就是一個從曠野裡迎接過來的弟兄，心中不禁暗自盤算：在弟兄的地界，如果沒有喝醉，我只怕要愧對這雪山和白楊，待到明日，湛藍天空之下，我只怕不配一個體面的離開。果然，在冬歇的牧場邊上，白楊樹底下，我酩酊大醉，頭上有候鳥飛過，酒桌下卻是金黃的、幾乎將腿腳都覆蓋進去的落葉。酒宴遠遠還未結束，我竟然逕自鑽進落葉堆裡睡著了，直到黃昏，我醒轉過來，這才看見，在落葉堆裡睡著的不止我一個人，一個哈薩克老人就在我身邊說著我聽不懂的夢話。

入夜之後，在一頂帳篷裡，當哈薩克小夥子彈奏的冬不拉[1]接近了尾聲，我又醉了，恍惚中，想到我只會在此留宿一晚，一個更真實和貼己的阿克塞卻有可能正在發生，我又怎能不去對它的白晝和夜晚全部洞悉？於是，我出了帳篷，飄飄欲仙，跌跌撞撞，回到了來時的公路上。月光下，牧場空寂，雪山莊嚴，哈薩克人生火，漢人煮飯，馬匹正在吃夜草，山谷裡的葡萄園隨著微風起伏，全都安安靜靜，清清白白；但是，它是真實的，有七情六欲在流動，就是我們手邊的日子，只有天知道，月光下的阿克塞，多麼像我們的一生：才剛踏足，就要離開；近在眼前，卻又終將遠在天邊；它催促我們在塵沙裡趕路，不斷奔往翻湧的外部，恨不得念念有詞，一遍遍確信它的存在，可是，當你在外部的疊嶂裡無法自拔，它又消逝不見，變成念想，變成你身體裡最磨人的內傷。

在後半夜的醉鬼眼裡，那些得到過又喪失了的愛、願望和庇佑，它們不是別的，全都是燈火閃亮的阿克塞。

曠野。青海的夜幕下，我繼續在山川裡趕路，零星陣雨之後，生靈們迎來了潔淨的時刻，行走其間，不由得湧起如此之念：眼前所見，端正，樸素，一覽無餘，明明都隱居在清淨與沉默裡，過路人卻往往能隱約聽見它們發出的獅子吼；這許多的風物，都先於字詞存在，不用說，它們袒露出的真相和真理，定然比嬰兒更加赤裸，現在，如果我要記錄下來，最好只叫出它們的名字，只須辨認，不加訴說。它們是：積雪與山岡，烽燧與村莊，星空和芨芨草，湖水和龍捲風；它們是：羔羊與雲團，舅舅與外甥，少女和白犛牛，火車和野鴿子；還有沙礫與月亮，彩虹與老鷹，經幡和泥石流，峽谷和小喇嘛；鹽花與熱泉，馬匹與蘆葦，柵欄和嘛呢堆，冰川和轉經筒。此時此地，如果有人聽我說話，我要對他說，你看，這就是你我的人間，可是，你知道，在你我的人間，只有曠野裡才有神！

二十六日。這一日，是放生的一日，是神靈降臨的一日。凍雨自清晨降下，不肯休歇，天氣便愈加寒涼，我被凍醒之後，乾脆出了投宿的小旅館，在鎮子裡轉悠，途經一座木橋之時，我遇見了那個俊美且靦腆的年輕喇嘛，他懷抱著一籠野鴿子走過來，遠遠看去，就像青年時代的釋迦牟尼。他告訴我，這籠野鴿子，是他從過路人手裡買下的，現在，他要將牠們全都放生。我跟隨喇嘛前去，登上鎮子外的山梁，打開籠子，將牠們重新送入了天空，卻有一隻，似乎受到太多驚嚇，連續跌落，無法起身。年輕的喇嘛伏低身去，捧起牠，先將牠放入懷中焐熱，又貼著臉親近，終於，牠從喇嘛的手掌裡飛了出去。

「我這是和菩薩親近呢。」喇嘛用生澀的漢話對我說。見我不解，他又指著那群就在我們頭頂上徘徊不去的野鴿子說：「牠們，可能是菩薩和活佛的化身啊！」我心裡驀

1 中亞地區流行的彈撥樂器。

然一震，問他：「你怎麼知道哪一個是菩薩和活佛的化身？難道牠們都是嗎？」年輕的喇嘛稍作沉吟，似乎是在想出合適的漢話回答我，隨後，他微笑起來，笑容仍然靦腆，漢話也仍然生澀：「如果牠們都是，不是很好嗎？」

正午時分，凍雨愈加密集，我的行路也愈加泥濘、濕滑和艱困，汽車在盤山公路上拚命攀爬的時候，我可以清晰地看見：對面的山坡上，泥石流正在呼嘯而下，不由分說地摧毀著滿目樹木與青稞。幾乎就在同時，尖利的煞車聲響徹了整座山谷：我們的汽車突然打滑，再三踉蹌之後，終於還是翻倒，左邊便是懸崖，如果跌落下去，我必死無疑，但是沒有，汽車倒在了右邊的岩石上，不再動彈——在生死的交限，我活了下來。

這一日，在等待救援的盤山公路上，也是在密不透風的雨幕裡，直到天色黑定，我都深陷於震驚，頭腦裡只剩下空白和蒙昧，但是，機緣到了，或早或晚，就在這一日，我要迎來清醒、洞見和正信：神靈不在天庭裡，不在供桌上，祂們從來就沒有打我們的三尺之內離開。這升騰的雨霧，還有拍打翅膀的翠雉，全都可能是祂們降臨的跡象；和我們一樣，神靈也會淪於困頓，需要搭救，你一伸手，祂就完成，就在你伸手之際，神變做了人，人也變做了神，欲人欲神，殊難再分；果然如此，償報的時刻到了，應驗的時刻也到了，神蹟便要和人心一起顯現，就像我：清晨才去放生，不過午後，就被留下了性命。

閃電與暴雪。一生中，我還會再遇見如德令哈這般的大雪嗎？這大雪裡藏著黑暗，漩流重重，自成樓宇和洞窟，將那群山、河流及至世間的一切全都隔離在外。置身其中，除了看見狂暴、浩瀚和詭譎，再也一無所見，因為雪在，一切都不在了。在柴達木河邊，我下了車，去後備廂裡取出行李，準備添加衣物，可是，當我站在雪幕裡，摸黑一般抓住了衣物，轉瞬之間，我卻看不見汽車了，它明明就在我身邊，我伸手便可以觸到，但我就是看不見它了。這時的我還懵然不知：這場大雪要從德令哈下到日月山，整整三天裡，那個生老病死和花鳥蟲魚的世界消隱不見，我將在一個從來不曾踏足的世界裡東奔西走，又寸步難行。

沒有其他，唯有彌天大雪可以作證：這靜止和白茫茫的千山萬水該有多麼的好。就像是：每個人的眼睛都瞎了，每頭牲畜的眼睛也瞎了，但是，萬物都好好的，因為我們瞎了，不去侵犯，也不去役使，少得可憐的庇護也就來臨了，萬物蒙福，躲進庇護，在喘息裡得到了養育；當此天地不分之時，當此言語無用之際，欲望和苦楚被包藏起來，不堪和恥辱被包藏起來，那折斷過的損傷過的，一夜之間被暴雪治癒，再也不露端倪；無論是黝黑的鐵軌，還是棗紅的馬匹，誰要是從白茫茫裡現出了身形，誰就是可恥的。

只有都蘭縣的閃電可以讓積雪下的疆域甦醒，我這一生裡，也定然無法再遇見如都蘭縣這般的閃電。還是在夜幕之下，道路完全斷絕，雖說我離一個牧區近在咫尺，但是，道路重新打通之前，我也只好繼續留在車裡過夜。這一晚，我被天地間的聲響驚醒，一睜開眼睛，心就提到了嗓子眼裡：十萬閃電當空而下，像火焰，像探照燈，此起彼伏，千里傳音。而在它們頭頂的天幕裡，更多奇蹟正在造化，全部的人間都被騰空高懸：深藍出現了，猩紅也出現了，這些深藍和猩紅的電光時而分散，時而簇擁，直至畫出了高聳的樹木、連綿的城牆和更多的人間景象。可它們仍然不是別的，全都是閃電，全都要從天降下，狂暴的中途折返，清冽的單刀直入，去敲擊積雪下的河流、草原和沉睡者。儘管如此，此刻的世界卻並不是一場劫難，反倒是命令、儀式和恩典：甦醒的時刻到了，如若河水沒有解凍，草原上沒有鑽出新芽，十萬顆心臟沒有開始狂跳，那麼，它們全都是可恥的。

果然，就有一群馬匹，好像是天地被撕開了一條口子，牠們聽見命令，從牧區裡衝出來，加入了這場恩典，整整一夜，或是嘶鳴著飛奔，或是平靜地抖落積雪，全然不見驚恐，如入無人之境。有許多次，閃電逕直而來，眼看就要落上牠們的身體，好在是，事到臨頭，閃電退避，刺入積雪，竟然生出滋滋聲響。再看馬匹們，仍然不見驚恐，仍在無人之境，就好像，此刻不是恐嚇，也並非是纏鬥，而是一個深知的約定，既然有約定，牠們便要踐行。

在這神賜的一夜裡，我蜷縮在閃電與奔馬的旁邊，身體不時戰慄，竟至於手足無措，只有天知道，我多麼想跳下車去，管他東奔西走，還是寸步難行。我只要在雪幕裡拉扯住一個人，不管他是誰，都要跟他說，你和我，必須度過此刻般的一生：雪地裡安之若素，當它是囚牢，也當它是溫床；可是，閃電若來，你我卻都要捨得發足狂奔，玉石俱焚！

結束了，這一場歷險、磨洗和帶髮修行，全都結束了，我的青春也結束了。話說是，人間別久不成悲，這麼多年，無數清醒與酩酊之時，我都想念它，它不僅是安慰，更是無能的自恃：那些河川裡的消磨，還有花草前的哽咽，那一場青見甘見，是我的，不是旁人的，我有過這場遭遇，就像我有過被神靈搭救之前的性命，而現在，假使神蹟重現，小鎮上放生的野鴿子飛臨到我的頭頂，除了可疑的形跡，除了一顆漸入委頓的心，牠們還能看見什麼？而我又怎麼能夠指望在書房裡爬上雪山，在長街上打開圍滿了牲畜的柵欄？只能是：誰教歲歲紅蓮夜，兩處沉吟各自知。

可又是為什麼，當我翻撿出當年的隻言片語，讀下去，並且寫下來，那久違的戰慄，又重新回到了我的身體？有一剎那，當我凝視此刻的周遭：偏頭痛和百日咳，禽流感和毒奶粉，正在發生的生離和死別，還有即將展開卻注定不見菩提的道路，為什麼，我又開始蠢蠢欲動，那些早就熄滅了的火焰又在死灰復燃？莫不是，就在我日日廝混的地界，還躲藏著另外一個青海和甘肅？果然如此，安西縣的暴風，都蘭縣的閃電，還有阿克塞的白楊，你們可以繼續作證，我終需再次上路，去看見，去親近，去不要命——「我怎麼能制止我的靈魂，讓它不向你的靈魂接觸？我怎能讓它越過你，向著其他的事物？」

驚恐與哀慟之歌

即使沒有這場地震，一年裡，我總有幾次要去往甘肅，從河西戈壁，直至隴東窯洞，這片漫長而狹窄的焦渴風土，大概是我除了湖北之外踏足最多的省分。再三的苦行，並非是歡樂的排遣，而是刻意、救命般地要吞下猛藥，指望著自己耳聰目明，清晰地聽見這西域天空裡降下的一聲棒喝，所以，關於那些道路和溝壑，只要我曾經在此流連，它們都好像是刻在我的身體裡。

但這並不是我認識的道路——過了武都，滿目都是從山頂滾落的巨石，為了提防可能的滑坡，我們的貨車，越是到了亂石聚集的地方，越是要猛烈加速，如此才能擺脫懸掛在頭頂的險境；偶爾可以看見沾染在石頭上的血跡，至於淌血至此的人是死是活，趕路的人來不及有些微思慮；在道路兩旁，是無人收割的麥田，如果雨水就此連綿下去，起伏的麥浪只能腐爛在田地裡，它們的殘存的主人，已經顧不上它們，頭纏著繃帶，要麼在樹蔭下照顧傷者，要麼在臨時搭起的帳篷前豎起了獻給死者的花圈，那可能是世界上最寒磣的花圈。

有許多次，我們都疑心自己到不了文縣，一段十公里的路竟然有十幾處塌方，更何況，前面還有霧氣籠罩的高樓山；好不容易從山岩的縫隙間擠過去，路並沒有走出去多遠，卻接連聽見前方傳來急煞車的聲音，急促，尖利，又戛然而止，就像是深山裡傳出的一聲呼喊，而此時，完全有可能，在周邊的山谷裡，在人跡罕至的山石間，恰恰就有倖存者在發出呼喊。

終歸是到了，我們終歸會在大雨瓢潑的文縣過夜。一隊滾石般結實的小夥子跑過來，開始卸下我們運來的藥品和麵粉，如果沒有更多的人手，他們起碼要幹到天亮，才能將這滿載的兩車貨物卸完。我們離開貨車，深一腳淺一腳，去尋找可以睡覺的地方，有人奔跑過來，迎候著，將我們帶進一家旅館，這是僅剩的最後的旅館，還沒進門，早已得到消息的老闆娘就為我們安排好了房間，原本已經在地鋪上入睡的夥計們，也都匆忙起身，招呼我們坐下，又給我們燒來了熱水。

我絲毫也不想隱瞞我們的恐懼，就在進門之前，我們已經定下了主意：絕不在旅館的客房裡過夜，實在頂不住的時候，便在門外尋一片空地，睡在我們自己帶來的睡袋裡。可是，等到吃完了泡麵，我們好像全然忘記了害怕，上了樓，進了客房，置身在之前毫不相識的人群之間——我們棲身的這家旅館，此時此刻，恐怕是我們國家最古怪的旅館：燈光大亮，房門洞開，當地的也好，過路的也罷，這些地震中活下來的人們，這些已經不將餘震放在心上的人們，只要他們願意，他們儘管可以隨便推開一扇房門，倒頭就睡。

我竟然和他們一樣，倒頭就睡了，直到凌晨四點的餘震發生，我們的旅館，我身下的床鋪，全都劇烈地搖晃起來，我頓時清醒，卻是一片茫然，甚至連慌亂都來不及，腦子裡唯一閃過的念頭，是比地震更強烈的無法置信：難道死亡就這麼來到了眼前？樓下傳來並不喧嚷的叫喊聲，漸至於無，長夜仍將繼續，快要耗盡心血的人們，仍把短暫的睡眠狠狠地攥在手心裡，直到天亮時再相見。

事實是，即使到了天亮，我們也只能與哀慟和驚恐相見，我懷疑，一生中，我再也無法忘記那個從清晨的霧氣裡走來的女孩子，我沒有打聽過她的名字，只知道她每天都要站在從縣城前往碧口鎮的路口上碰運氣，看看有沒有車搭她去碧口，事實上，有好幾次，她已經坐上了去碧口的車，但道路的崩壞往往就在轉瞬之間，她也只好無望地折返；這個女孩子，父母早逝，和哥哥一起長大成人，地震發生的時候，雖說她也被塌下來的房子埋了進去，但是並沒有受傷。誰也沒想到，當她被人從瓦礫中救出來，看見他們兄妹二人的棲身之處變作了一片廢墟，之前受到的驚嚇終於發作，她再也說不出話來了，旁人看上去的一線生機，只剩下她全身上下止不住的戰慄。

更壞的消息還在後面：地震之時，這個女孩子的哥哥，正在從碧口到縣城的一輛貨車上，先是被亂石擊中，再也沒有活過來，緊接著，又被一面垮塌的山坡徹底掩埋了進去，而道路必須搶通，三天兩天，根本就收拾不完這座崩潰之山。於是，救援的隊伍只好從鄰近的山坡上運來土石，在貨車被掩埋的地方鋪出了一條新路，非得要等上幾天，等到情形稍微好轉，她哥哥的屍體，才有可能從這條新路底下被拽出來。

我看見她時，儘管時間已經過去了這麼多天，她的身體仍然還在顫抖不止，不斷有人走過去，圍住她，拉扯著她，要她去喝口水，或是吃上一個饅頭。她體察到了人們的好意，紅著臉，侷促地推辭大家的好意，她終究還是說不出話來，一個年邁的婦女，撲過去，一把攥住了她的手，也不說話，死命往前走，好像是要把她帶回家。就是這剎那之間，她驚呆了，或許是之前受到的驚嚇再度發作，或許是她根本就從骨子裡抵制著這發自肺腑的哀憐——一旦接受了這哀憐，哥哥便是千真萬確回不來了——她突然就含混不清地叫喊起來，抽出被攥住的手，發足便往前奔跑，沒有人知道她會跑向哪裡，但是人人都知道，無論她跑到哪裡，她從現在開始要度過的，注定又是無望的一日。

需要一尊金剛，怒目圓睜，至少喝斷不肯休歇的雨水；如果可能，還需要另外一片世界，撲面而來，盛住此一塵世裡漫溢出去的悲哀，除非特別的變故，我們來的時候，高樓山下的文縣並沒有太多眼淚。我問過旅館老闆，你的窯場塌了，你的蜂窩煤廠也塌了，即使最後的一點家業，這間旅館，崩塌也在指日之間，你為何還能擺開八仙桌來招待過路客？當此之際，怨懟應該被菩薩允許，痛哭不僅是必須，它更是天理，你為何還能坐在哀戚的人身邊，記起一兩個笑話，笨拙地講出來，直至他們的臉上現出一絲苦笑？

第二夜，我們的另外一車貨物也運抵了文縣，旅館老闆陪我們前去卸貨，凌晨三點，他竟然對我說起了他的心，「誰知道這是怎麼了？」他說，「心裡全都空了，性命是還在，幾十年的身家全都完了，不瞞你說，心裡不光發空，還發黑，覺得活下去幹什麼，乾脆再來一場大點的餘震，趁我睡著了來，不光我死，還有我放不下的人，全都死了算了。」他說，這些天，他甚至想勸說他的妻子放棄持續了十年的吃齋，「要是菩薩有眼，我們怎麼會遭這麼大的罪？」他也在想，這場地震結束之後，他要不要帶著家人遠走高飛，讓債主們再也找不到；他還說，以前再好的道理，再好的規矩，他現在都想給它們一耳光，一句話，不信了，現在就想恨個什麼，人也好，畜生也好，要是讓我恨得起來，弄不好，我心裡還要好過些。

天氣寒涼，潮濕而蜿蜒的長街之上，注定在黑夜裡消磨的人們燃起了火堆，零星的行人奔著火堆圍聚過來，看上去，就像是一座座分散的、小小的烏托邦，這可能是世界上最缺吃少穿的烏托邦；回去的路上，旅館老闆突然問我，他的那些雜念，究竟是對還是錯，我全然無法作答。一個真切的疑問也在愈加逼近我——可以斷定，天一亮，他又會拎著水壺，笑呵呵地出現在鬱鬱寡歡的人群中間；同樣可以斷定，那些雜念、廝纏和折磨，照舊還會與他如影隨形；世間之事，總歸逃脫不了有無，逃脫不了是非和善惡，有在左邊，無便在右邊，善在左邊，惡就定然是在右邊，那麼，到底是怎樣一種機緣，從天降下，施加於人，讓本能、火堆和拎著水壺的手不越雷池，一直停留在災難的左岸？

沉沉霧靄裡，身邊的白龍江咆哮不止，我當然知道，等到天光熹微，可以清晰地看見，除了奔流的河水，白龍江的波浪裡還夾雜著碎裂的木椽、牲畜的屍首和蓋著花被子的床榻。這些不得不的遭逢，刺刀般地袒露出一種真實：之前的清寧，加上此刻的作魔作障，才是全部的白龍江。一如旅館老闆，還有更多耿耿難眠的人：無論有多麼不堪，他也只好領受這種真實——此處不是別處，是生涯的淵底，是連連噩夢、壓抑得快要忘記的號啕和無法收回的魂魄。也許，許多人就此便陷入了漫長的苦鬥：是繼續閉上眼睛，還是慢慢甦醒？是打開店門燃起火堆，還是任由這全部的生涯將肉身碾為齏粉？

「五．一二」之後，寫詩是困難的，言說也是困難的，至於我，我早早地閉上了嘴巴，恨不得消失。是的，就是消失，在生死的交界，些微清醒，絲毫指點，便有可能是不義，甚至是可恥的，活下來的人理當不能自拔，合適的擔當，便是珍重他們的本能，跟他們一起忘記，或是不忘記。

而哀慟仍在持續。我要說起一條碧口鎮的狗，那個對我講述這個故事的人，並未目睹過這條狗，但是，哪怕從縣城到碧口的路有大小幾百處塌方，這條狗的傳奇也終將翻山越嶺，被越來越多的人知曉。這條狗的主人，是現在已長眠於地下的幼小亡魂，和更多死去的同伴一樣，都是在「五．一二」那天閉上了眼睛，活著的人要搶救糧食，要忙著用彩條布搭起棲身的帳篷，所以，只能給他一個潦草的墳墓。自此之後，接連好幾天，貨倉裡都會丟失一小塊彩條布，看上去，就像是被什麼動物先用利爪撕破，然後再席捲而去，難道，是山中的猛獸們也在搭帳篷？在此地，彩條布已經是比鑽石更貴重的東西，不找出真相怎能甘休？事實上，人們將會很快發現真相：那個幕後的凶手，只是一條瘦弱的老狗，有人追隨著牠，看看牠究竟將這些彩條布送到了哪裡，最後的結果，是還沒走出兩里地便不再往前走了——牠不過是將它們送往了主人的墓上，風吹過來，花花綠綠的彩條布散落得遍地都是。

我還要說起那個沉默寡言的中年男人。十六歲的女兒罹難之後，他被親戚接到了城裡，我們離開文縣的那天早上，又一次的餘震之後，他被安置到了旅館樓下的大廳裡，認識的，不認識的，圍坐在一起，都在勸慰他，他卻始終沒有表情，兩隻眼睛只是死死盯著門外過路的汽車。自始至終，我只聽見他說了一句話，大概是有人勸他想開些，實在想不開的話，便要學會忘記，一年忘不掉，來年再接著忘，女兒十六歲，那就忘記她十六年。這時候，他突然滿臉都是淚，扯開嗓子問：「怎麼忘得掉？怎麼忘得掉？一千個十六年也忘不掉！」

還有驚恐，那些分散在各人心頭的、無邊無際的驚恐，仍舊還在持續。不說旁人，直說我們：暮色中，我們離開了文縣，行至臨江鄉，規模六點四的餘震發生了，汽車開始劇烈地抖動，頭疼和暈眩襲擊了車上的所有人，司機幾乎控制不了方向盤，而四周的山頂上已經冒出了滾滾塵煙，沒有人知道該如何是好。慌亂中，我們竟然忘記了停車，還是一如既往地往前狂奔，就在最緊要的時刻，不遠處，兩個當地的婦女跑上公路，對我們拚命搖手。我們，連同我們的汽車，這才如夢初醒，戛然而止，舉目看去，就在前面不到四十米的地方，一面山坡正在傾覆，大大小小的石頭就像一面瀑布般急速地跌落，一輛警車，已經被砸了進去，再也動彈不得——我們離死亡，只有不到四十米的距離。

那天晚上，緊隨餘震而來的，又是滂沱大雨，為了遠離四周的山岩，我們穿著雨衣，和當地的村民一起，全都站在了一片菜地的田埂上。暮色越來越沉，雨也下得越來越大，漸漸地，雨幕之外的任何景物都再也看不見，除了後來的汽車響起的急煞之聲，滿耳聽見的，便只有山坡崩塌的聲音，轟鳴作響，就像得了人身的妖魔正欲出世。一個牽著孫女的老人，手舉雨傘朝我走過來，焦急地跟我說話，我沒能聽懂，同樣，我說的普通話他也聽不懂。情急了，他乾脆不由分說，一把將我拉過去，跟他們一起站到了傘下，原來是，因為從來不曾見過，他也就不知道，我的外套其實就是一件雨衣。我並沒有推辭，三個人，安靜地站在雨傘下，等待著我們能夠重新上路的時刻。

在這連燭火也甚為缺少的地方，天色黑定之前，眼前最後的一絲奪目，是一座新墳上被雨水淋濕的紙幡。突然之間，我悲不能禁：死去的人不是我的親人，我卻是和他的親人們站在一起，那些停留在書本上的詞句，譬如「今夜扁舟來訣汝，死生從此各西東」，譬如「相思墳上種紅豆，豆熟打墳知不知」，全都變作最真實的境地降臨在了我們眼前，無論我們多麼哀慟，多麼驚恐，夜幕般漆黑的事實卻是再也無法更改：有一種損毀，注定無法得到償報，它將永遠停留在它遭到損毀的地方。

好在是，我身邊的小女孩已經在祖父的懷抱裡入睡，許多年後，她會穿林過河，去往那些花團錦簇的地方，只是，定然不要忘記田埂上的此時此地，此時是鐘錶全無用處的時間，此地是公雞都只能在稻田裡過夜的地方，如果在天有靈，它定會聽見田野上驚魂未定的呼告：諸神保佑，許我背靠一座不再搖晃的山岩；如果有可能，再許我風止雨歇，六畜安靜；許我種瓜得瓜，種豆得豆。

夜路十五里

他是個失敗的小說家，幾年來寫不出一個字，就算來到額爾古納河邊，這風吹草低的國境線上，他終究還是寫不出。每天清晨，天剛濛濛亮，他就出了門，其時露水還掛在草尖上，對岸國家的哨卡裡，信號燈還沒有熄滅，他知道：在這鋪天蓋地的幽冥中，河水在奔湧，花朵在長成，萬物都未止息；他還知道：在接下來的白晝裡，無論是騎在馬上遊蕩，還是在河岸邊的苜蓿地裡睡著了，他要度過的，仍舊是頹敗和罔顧左右的一天。

直到夜幕降臨，他才回到寄身的小客棧，這座小客棧，被向日葵與白樺林環繞，所以，遇到停電之夜，偏偏起了大風，一簇簇葵花被風擠壓過來，敲打著窗玻璃，還有向日葵身邊的白樺們，在風裡踉蹌，看上去，就像是一具具身穿白衣的亡魂。他盯著它們看，只覺得鬼影幢幢，不由恐懼起來，於是，倉促逃去廳堂，在那裡，他並未見得比在房間裡好過多少，照舊是莫名的焦慮和更加莫名的後背疼，但好在是：此處的黑暗裡，還蜷縮著別的像他一樣無所事事的人，這總算讓他稍覺寬慰。

她是個剛剛辭職的醫藥銷售代表，獨身一人來此，恐怕連她自己都沒想到：在這個天遠地偏的小村莊裡，因緣際會，她會變作當地人眼中的紫霞仙子和活菩薩。在這裡，沒有多少男人見過比她更漂亮的女人，一時日韓短打，一時又波希米亞混搭，如此，每一次，當她出現在客棧外面的那條小路上之時，連吃草的牛羊都停止了咀嚼，其時情形，不啻是《真愛伴我行》（*Malèna*）裡小鎮廣場上的瑪蓮娜；更何況，因為她的到來，白樺林中的幼稚園在廢棄多年之後重現了生機。黃昏裡，當客串老師的她帶領孩子們從暮色裡奔跑出來，這絢爛的一幕，實在像是長生天賜予的小奇蹟。

回到客棧，她就變了：一根接一根地抽菸，幾乎不說一句話，不管誰從她身邊經過，她都不看；窗外的陽光強烈，刺得人眼睛生疼，她卻視若不顧，直盯盯地迎頭撞上，動輒就是小半天；在她的神色與行走之間，某種厭倦，一直都在，雖說並不突出，但也分明是清晰的。可是，儘管如此，她還是有將自己打破的時候，那無非是厭倦更激烈，譬如她站在一株向日葵底下打電話，對著話筒大聲叫喊了起來：「我就是個賤貨，你滿意了吧？」又譬如，一個停電之夜，在廳堂裡，兩個房客熱烈地談起自己值得回憶的過往，她又突然說話了：「吵什麼吵？在這裡賴著不走的，哪個不是廢人？」

她的話像是一件冷兵器，從斜刺裡奔出來，不由分說，挑落了眾人身上的衣物。大家無可奈何，但也無法辯駁，所以，氣氛在轉瞬間冷淡下來。黑暗中，連同那兩個熱烈的房客在內，其他人：建材老闆、設計總監、大病初愈的考古隊員，所有人都閉口不言，繼續著這百無聊賴的長夜。

他和她，除了在客棧裡相逢，客棧背後的小菜園，苜蓿地的田埂上，甚至額爾古納河的遊船裡，他們也曾幾度交錯，到底沒有說過一句話。誰也沒想到，在那曠野上驟然颳起大風的一夜裡，某種意外的親密會突然降臨，願意也好，不願意也罷，他們終歸是在這親密裡一起走了十五里夜路——那一晚，風太大了，村莊丟失了馬群，所有人都出去尋找，他們也沒有例外，接近後半夜的時候，在相同的地點，他找到了一匹，她也找到了一匹，兩個人分別騎在馬上，一前一後，朝著村莊的方向返回。這時候，大風漸漸止住，草尖停止了搖晃，方寸之地裡遊弋的，照舊是他們熟悉的恰當的冷淡。

但是，這冷淡很快被那兩匹棗紅馬所打消了，他們要分散，牠們卻要交集：三步兩步就要緊湊在一起，馬背上的他們便只能跟隨馬匹靠近對方，快要碰觸的時刻，再各自輕微地閃躲開去，可是，終不免閃躲不開，他們不僅要碰觸，有那麼幾回，甚至橫生生地撞在了一起。還來不及尷尬，她的馬失了前蹄，在趔趄中，她險些從馬背上摔落下去，幸虧他伸出手去攙住了她。她似乎被嚇了一跳，手臂輕微地戰慄了一下，想要掙脫，但是馬卻更不老實了，她沒有辦法，也只好在他的攙扶裡慢慢安定下來。

銀白的月光下，不知名的蟲子幽幽鳴叫，額爾古納河就在漫無邊際的青草背後流淌，月光與河流作證：如果親密已然降臨，它其實是突然和被迫的，當此之際，不發一言是多麼虛假啊；所以，反倒是她先開了口，問他，出版一本書要向出版社交多少錢？他便回答她，儘管他寫得很糟糕，但是，自從開始寫作，他倒是從來沒有自己花錢出過書。漸漸地，話題越來越多，而他們身下的馬匹卻愈加耳鬢廝磨，有許多時候，棗紅馬作祟，使得他們幾乎像是騎在同一匹馬上。此時，草原上升起了霧氣，並且越來越濃，很快，他們就不再能清晰地看見對方，但是，他們的身體，仍在不斷碰撞聚離，他莫名地想起兩塊交纏的絲綢，抵死離開，又拚命回來；此時的空氣裡瀰漫的，何止是親密，甚至是曖昧和情欲：每一次離開對方的手臂、衣角和髮梢，他們都隱隱有一種擔心，擔心自己要去到一個不願踏足的地方。

天色破曉之前，他們回到了小客棧，店門洞開，霧氣進了廳堂，繚繞不散；在各自要進去自己房門的一剎那，兩個人都突然停下了腳步，看著對方，雖說照舊看不清楚，但是，濃霧並不能遮掩匕首離袖般的豁出去，一生的機緣與周折，就在這一剎那——最是這一剎那：電光石火，櫻花桃花，終究是，歸於了寂滅——他們笑了一下，各自進了房門。

等到霧氣散去，時光變了：光天化日之下，他和她至少不再是此前的陌路人。早晨洗漱的水龍頭前，夜晚百無聊賴的廳堂裡，兩個人不僅有話可說，甚至還可以結伴在小客棧外走上一會兒。渾然不覺中，就像旅館的門簾被撕開了一條口子，又像暗室裡湧進了光束：其他人，建材老闆、設計總監、大病初癒的考古隊員，也都紛紛熟絡了起來。

起初，這熟絡幾乎讓人人都覺得驚異，不可置信，可是，既然已經如此，莫不如就此沉醉，或是去草原上壘草垛，或是在河邊跟對岸國家的姑娘搭訕，大家全都扎堆在一起，同進同出，如影隨形，其中一次，在設計總監的生日宴上，大家甚至互相砸起了蛋糕。

這石頭縫裡蹦出來的歡樂是多麼不真實啊，但是，人人都垂涎已久，出來一點，我就要攥緊一點，且讓我橫豎不管，在馬背上喝酒，喝到不省人事；在屋頂上唱歌，唱到村莊裡唯一的啞巴也咿咿呀呀。從此地出發，穿過草原，坐上火車，可以抵達北京上海，可以抵達醫院、摩天高樓和建材市場。在那裡，天上有不少神靈，地上有不少畜生，但那裡不是別處，那不過是我債台高築和被人罵作賤貨的地方。說起眼下，且讓這小客棧就此音塵斷絕吧，只因為，壞消息我已經受夠了，而好消息，一如既往，你們多半會留給自己。

所謂斷魂，所謂迷狂，這片不入世的風土，還有這家自閉的小客棧，它們所能供給的，實在不過於此了：白樺林裡燃起了篝火，村子裡的人非但沒有阻止，反而也在火焰旁邊圍坐了下來；考古隊員醉了酒，一路狂奔到河邊的馬廄裡，將馬匹當作姑娘，親親這個，又抱抱那個；客棧裡，酒筵上的小遊戲層出不窮，如果建材老闆沒有站在桌子上跳起鋼管舞，那麼，大家無論如何也不會偃旗息鼓；更有設計總監，找來幾塊木頭，偏要在院子裡造船，眾人也嬉笑著上前，幫忙的幫忙，添亂的添亂，可是，不管怎麼樣，不足一月，這艘船竟然真的下水了，所有人都紛紛跳上去，終致沉沒，又唱又跳的人們只好大呼小叫著爬上了岸。

這些極盡沉醉的時刻，他和她，一直都在，他們也像是抓住了救命稻草，埋首於這些時刻，但願長醉不醒。只是有時候，在酒筵上，又或是出行途中，他們突然去張望對方，發現對方也在張望自己，這才發現：時至此刻，他和她仍然是清淡和分散的，在他們之間，仍然相隔著一片海域，抑或是一座戰場。

現在，普遍的親密降臨了，可是，他和她的親密去了哪裡呢？它不在酒筵中，也不在篝火邊，它只在十五里夜路的馬背上，幽微而尖利，疏離而偏僻，終於還是不足為外人道。在許多個剎那，他們看著對方，痛心而急迫，就像一樁要命的事情正在從眼前消失，但海域仍然是海域，戰場仍然是戰場，他們終究是聲色未動，而那件要命的事情還在兀自向前，到了最後，它會將他們全都拋下。

果然是，天下沒有不散的筵席。倏忽之間，青草變黃，盡數被收割，客棧門外的小路上已經遍布了落葉，每天清晨，窗玻璃上都掛滿了霜花：是啊，離開的時刻到了，除非在這裡待到第二年春天，不然，大雪一來，想要再離開就變成了一件困難重重的事情，更何況，無論這家小客棧是多麼讓人欲罷不能，可是，誰又能真正了斷得了自己在客棧和草原之外的面目呢？如此，當開往火車站的長途客車出現在門前的小路上，離別便開始了：建材老闆，設計總監，考古隊員，就算喝酒裝醉，就算故意睡過了上車時間，終是無濟於事，一班錯過了，下一班還會來，該走的總歸要走，哪怕人人心裡都有一桿秤：

只要打此地離開，我就要去挨罵，去吃藥，去還債，願意的，不願意的，全都要撲面而來——為什麼，這一輩子，我們緊趕慢趕，到頭來，卻不過是在目的地成為一個廢人？

他也是、仍然是個廢人。在臨行前的幾天，他照樣每天清晨就出門，夜幕降臨才回到小客棧，去了白樺林和早已收割的苜蓿地，也騎在馬上繞著村莊遊蕩了一圈又一圈，後背疼得越來越厲害，然而，比這疼痛更磨人的，卻是某種在體內上下攪拌的不安和悔恨。他似乎必須要抓住什麼東西，可還沒等到伸出手去，那不安和悔恨就將他拽了回來。她的行裝也早就收拾好了，碩大的背包就放在廳堂裡，隨時都可以背起來上車，但終於沒有上車，在這剩餘的幾天裡，全然不似往常，她竟是從早到晚都在哭，早晨洗漱的水龍頭前，從幼稚園回來的小路上，甚至是後半夜和他遭逢的廳堂裡，只要想哭，她就能哭出來，但是，她也說不清楚為什麼：這哭泣，似乎並不是因為悲傷。

在逐漸密集起來的雪花裡，他看見了她，想要走上前去，終於退避回來，看看這裡，看看那裡，心裡卻是一遍更比一遍急迫地問自己：「你到底在害怕什麼？」她也看見他在來回遊蕩，卻並未叫他一聲，逕自哭泣。她甚至在微笑裡哭個不止，就像是一次功課和淘洗，她非要在這哭泣裡才能重新做人。

最後一夜，他橫豎睡不著，出了小客棧，漫無目的地往前走，越往前走，就越停不下來，直到他瞥見村莊和燈火已經被遠遠拋在了身後，這才發現，無意中，他將自己帶到了馬背上度過的十五里夜路中，但是別停下，繼續往前走，說不定自己根本就是有意的。突然，對面過來一個人影，竟然是她，她更早出發，於是便更早返回。兩人盯著對方看了一會，就一起折回，朝著客棧的方向走。她真的變了，重新做人之後，他已經認不出她來，她歡快地告訴他，她不走了，剛才，就在這條路上，她一邊走，一邊撕掉了從前的帳冊、從業資格證和各種各樣的打折卡。正說著，剛好有個電話打進來，她對著話筒喊：「是啊，我就是和男人在一起！」

他驀地站住，看著她，竟至於哽咽，那讓他心慌氣短的機緣與周折，原本以為錯過了，不曾料到，它還在。他想抱住她，她沒有躲閃，站在原地，準備接受，可是要命的，他的後背劇烈地疼痛起來，更要命的，另一番電光石火在瞬間湧入了身體：疼痛一再反覆，打針吃藥已經近在咫尺；寫不出一個字，出版社預支的稿酬要退還，而他早就將這筆錢花光了；看來只好去寫電視劇，可是，他已經被影視公司騙了三次，真的還要再繼續嗎？天可憐見：就算跪地求饒，那茫茫曠野之外的陰影，還是從那些苟且的所在投射到了此時此地，即使在這十五里夜路上，他也沒能變作另外一個人，他到底還是沒有抱住她。

隨後，兩個人繼續往前走，一瞬之間，換了人間，他們的手臂、衣角和髮梢還會觸碰在一起，但是，他們都知道：這一次，不要再說那些微妙的曖昧和情欲，就連清晰存在過的親密，都在迅疾消失，因為他是一個叛徒，在理當閉上眼睛跳向火坑的時候，他未能忠實於火坑，就像他其實從來就未曾忠實於白樺林、苜蓿地和額爾古納河。突然間，她發足狂奔，跑向黑暗的深處，他看見了，並沒有阻攔，只是絕望地想：這是活該的，他應當在這恥辱當中——這就是恥辱，在那些苟且的所在，他未作抗辯，不發一言；現在，在這裡，當他覺察到自己被閹割，覺察到無能正在將他變成無能本身，在這十五里夜路上，他也仍然是、一直是曠野之外那個俯首帖耳的太監。

沒有人看見：在天快亮之前的黑暗裡，在十五里夜路上，他也發足狂奔起來，氣喘吁吁，驚魂未定，突然一個趔趄，仰面倒在了積雪上，他乾脆閉上眼睛，就此躺下，不作動彈，良久之後，他才站起身來，面對周遭與天際，流下了眼淚。

苦水菩薩

起先，我是愛上了一座山岡：柏樹林的背後，孤絕的所在，別無其他，唯獨生長著綿延不斷的紫色的花，花朵之下，那些枝葉根莖，則是飽滿得彷彿要撐破的綠，尤其是在雨後，站在山岡上，霧氣將萬物阻擋，視線裡只有鋪天蓋地的綠與紫，有許多時候，我都寧願世界到此為止。只不過，還要等上一些年頭，我才知道，這些花朵的名字叫苜蓿。

苜蓿只是開始。在苜蓿地的盡頭，是一座殘破的寺廟，就像某種奇異的不祥之感，我知道，或早或晚，我都會踏入它。果然，沒過多久，好像是夏天，一場雷暴雨當空而下，就算多少個不願意，就算可能遭遇的驚駭被我想像了無數遍，沒有別的辦法，我還是跑進了那座廟。不出預料，驚駭撲面而來：閃電中，七尊菩薩，儼如七座凶神惡煞，或是怒目圓睜，或是冷眼相向，齊齊朝我擠壓過來，我覺得天都要塌下來了，瑟縮著，戰慄著，閉上眼睛，挨過了半小時；等雨水稍稍小一些，我立即奪門而出，發足狂奔，穿過苜蓿地，奔下山岡，跑回鎮子，就像漫遊了一遍陰曹地府，又僥倖逃過了生死簿。

直到今天，我也不知道它們的名字。我懷疑，在我們的鎮子上，幾乎所有人都叫不出它們的名字，它們被共同喚作「苦水菩薩」，不過是因為，這座寺廟的名字叫作「苦水」；但這並不要緊，逢年過節，苦水菩薩依然會迎來零星的香火和叩拜。

在閃電與雨水之中，在如喪家犬一般的奔跑之中，我從未想到：在愛上那座山岡上的柏樹林和苜蓿地之後，我會愛上那七尊凶神惡煞。但是千真萬確，我終究愛上了它們。

那個只敢鬼鬼祟祟出門的男孩子，是十一歲還是十二歲呢？父母遠在天邊，身邊並無血親，於是只好寄居，寄居在一個終日看不見人影的家庭裡。在鎮子東頭，有人叫他過去，走過去了，對方卻並無言語，劈頭就是一拳，然後，再揮手叫他離去；在鎮子西頭，還有人叫他過去，走過去後，對方也是毫無言語，一腳將他踹翻在地，然後，再揮手叫他離去——他說什麼也不願意承認，但事實就是如此：在和他差不多大小的人眼中，甚至是在那些成年人眼中，他其實是個玩物、笑柄和蠢貨。

他在雨中怨艾和狂奔，也在苜蓿地裡暴跳如雷；哭泣，瘋狂地去想像復仇的模樣，抽打牛羊，踩死螞蟻，為了讓自己好過，這些他都試了一遍，但還是不行，漸漸地他知道了，這些偷偷摸摸完成的事救不了他，那些怯懦，就算在墳地裡待了七天七夜，它們的名字，依然叫作怯懦；而他需要的是光明，是光天化日下的走路和說話，乃至是親近，無論這親近是誰給了他，又或者是他給了誰。

多麼困難啊，苜蓿們都收割了，他還是見人就臉紅，但總好過見人就跑；他還是木訥，卻又時刻都在走神，一刻也不休歇地在狂想裡上天入地，一如到了夜晚，他小心翼翼地編織著無數謊言，以使自己相信明天仍然值得一過。說不定，就在明天早晨，剛剛學會的那個詞，坦蕩，坦蕩地吃飯和出操，坦蕩地掃墓和坐在遠親的喜宴上，甚至在聽完笑話後坦蕩地笑出聲來——剛剛學會的這個詞，或許能夠僥倖地派上用場？他知道，在狂想的黑夜與沮喪的清晨之間，那些如坐針氈，還有思慮裡紛雜不絕的顧此失彼，就叫作等待，而世間萬物，人或畜生，大抵總有一場等待，在等待著他們。

人或畜生，大抵都有一場等待，他目睹過它們，這些見不得人的旁觀，全都讓他飄飄欲仙：新娘在汽車站等待年輕的軍人，掛在樹上的爆竹在等待被點燃，愣頭青們在電影院前等待著仇敵，就連一隻與羊群走散的小羔羊也在等待，悠閒地嚼著乾草，心平氣和，牠知道，未及天黑，就會有人尋來，牠最終會在熟悉的羊圈裡過夜。

再一次被罵作蠢貨之前，他難免也會想：有沒有什麼人，有沒有什麼事，在等待著他呢？

此去之後，在他這一生中的許多時刻，照樣會被矇騙，被斥責，偶爾也繼續被人當作笑柄，並沒有什麼大不了，一如眾生中的其他人，但是，不管是什麼時候，有一樁事情，他從來都不曾接受和確認，即：我是不幸的。

我當然不是不幸的。只因為，就算是在那座噩夢般的小鎮上，也有人在等待我。有一個聲音，在曠野上溫柔地呼叫我，這聲音不是別的，是黑暗的海面上，媽祖在說話；是拿撒勒的夜晚，聖母瑪利亞在說話。連綿的低語，隱約，但卻異常清晰，這聲音要我前去，穿過水窪、蒺藜叢和狂風裡起伏的稻田，再經過收割之後的苜蓿地，前去他的身旁，站定，看著他，先是依恃，再聽候他的教養。

——他其實是他們，不，是它們，它們不是別的，只能是，也一定是那七尊凶神惡煞般的苦水菩薩。

造化突然，折磨和安慰都是在轉瞬之間從天而降：連日高燒之後，我走進了赤腳醫生的診室，頭重腳輕，不知天日，唯有機械而茫然地吊點滴而已，吊完之後，赤腳醫生才發現我身無分文，於是將我扣留，等待著有人前來付錢；但是，他打錯了算盤，直到天黑也沒有人來，暴怒之下，他將我推搡了出去，一個趔趄，摔倒在診室門口的牆腳下。

昏昏沉沉之中，我在牆腳下躺了大約半個小時，偶爾有人經過，但夜幕漆黑，他們全然看不見我。當此之際，暴怒、怨艾與哭泣都不過是自取其辱，我便安靜地躺著，稍微清醒些之後，竟然生出惡狠狠的快意：誰能像我，如此這般睡在夜幕裡？誰能像我，別人都在動，而我是不動的？轉而蒙頭睡下，可是，就像一道閃電劈入我的體內，命定的神示被閃電送來眼前，照亮了頭腦，我突然想起來，在黑夜的深處，乃至光明的正午，那七尊苦水菩薩卻是跟我一樣：別人都在動，而它們是不動的。一念及此，心臟頓時狂跳起來，我竟然就像第一次看見它們之時，瑟縮著，戰慄著，幾欲狂奔而去，但是這一次，卻不是離它們而去，而是要跑向它們，離它們越來越近。

正信的到來，就是在輕易的剎那之間：儘管寺廟與小鎮有別，人間與神殿有別，凡俗肉身與柏木神像有別，我終究還是知道了，它們不是別的，它們正是我的玩伴、團夥和夜路上的同行人。我活該親近它們。

幾天之後，天有小雨，大病初癒，我站在了它們眼前。絕無慌張，安之若素。我在寺廟的中央站定，依次將它們看了一遍，說來怪異，之前的乖張猙獰竟然全都消失不見了，它們甚至是寒酸和破落的：有的油漆脫落了，有的則殘損了將近一半，還有的從頭頂裂開縫隙，這縫隙從頭頂一直貫穿到腹部，遲早有一天，它將一分為二。是啊，竟然沒有絲毫恐懼，我看它們多嫵媚，料它們看我亦如是。看得久了，我彷彿聽見它們在對我說話——當然，它們並沒有開口，那其實是我在說話，我說一句話，就把這句話安排進它們的嘴巴，要它們對我說出來。

這是桃花源。太虛幻境。耶路撒冷。

直到現在，許多時候，或是畫地為牢之時，或是酩酊大醉之後，我依然能夠偶爾看見那個在曠野上奔跑的孩子：每隔兩三天，他就要跑出鎮子，跑向山岡上的洞天福地，沿途的蒺藜叢不在話下，再大的雨也不在話下，就算小河漲水，大不了便捲起褲腿蹚過去，這小小的翻山越嶺，從出發到抵達，從未超過半小時。唯一令他難堪的枝節，仍然是在鎮子的東頭和西頭，還是會有人莫名地叫喚他前去，再莫名地施予拳腳。

但是，奇蹟再次從天而降，他記得，並將永遠記得：終有一日，在拳腳還未上身之前，他突然發作，變成狂暴的獅子，二話不說，將對方打倒在地，還不肯甘休，手裡拿著磚頭，再去追趕餘下的人。餘下的人全都驚呆了，有人便忘記了遁逃，又被他打翻在地，倒地之前，那個人的臉上滿是驚恐之色，更多的卻是疑惑——究竟發生了什麼？

他也不知道發生了什麼。鬥毆結束，當他朝那七尊苦水菩薩狂奔而去的時候，他也迷亂而不得其解，而更加迷亂的狂喜幾乎占據了他的全部身體，在狂喜中，他甚至一遍遍低下頭去，打量自己的身體，他做夢都沒想過，它們也可以揭竿而起；但他隱約地知道，自此之後，他大概要重新做人；並且異常清晰地知道：這奇蹟，全都由菩薩們賜予，多少功課和磨洗之後，露水結成了姻緣，教養有了結果。

輕輕地，輕輕地坐下，什麼也不做，只是練習笑。他一直惱怒自己，笑一下，這麼容易的事，怎麼就不會做呢？在寄居的家庭裡，他倒是早早就學會了察言觀色，並且明確地知道：如果能夠見人就奉上笑容，他的處境肯定會比現在好得多；他也經常使出渾身解數，遠遠看見有人走近了，他便痛下決心，提醒自己，說什麼也要笑，哪怕是諂媚的笑，小心翼翼的笑，這些都算，但直到來人又遠遠走開，他還是沒能笑出來。笑，先是令他覺得羞恥，而後又為笑不出來更加覺得羞恥。當然，他不可能一次都笑不出來，但那多半是在挨打之後，看著對方，他倒是異常自然地笑出來了，沒有笑，他便度不過此刻，多年之後，等到學會更多的字詞，他才知道，那就叫作訕笑。

訕笑，確實是他在相當漫長的光陰裡，唯一學會並且使用過的笑。

現在好了，對著菩薩，輕輕地坐下，先將它們請下神壇，再把它們想像成七個熟識的人，一一都起了名字，然後就開始分別對他們笑。功課要做到最足，來的路上，他已經搜腸刮肚，從記憶裡翻找出不少美好的事情，小心藏好，到了現在正好可以拿出來了：吃過的糖果，母親身上的香氣，一顆藏在衣櫃裡的鴨梨，等等等等。他閉上眼睛，想著它們，就像是在用手撫摸它們，再提醒自己，不要急，慢慢來，一，二，三，開始吧。

開始吧，一天，兩天，三天，他反覆地開始，反覆地笑，苜蓿地作證，這尋常的小事裡，也埋藏著艱險，也要過五關，斬六將。謝天謝地，終有一日，他可以確定，他學會了這件小事。其時是在黃昏，寺廟裡霧濛濛的，當他睜開眼睛，看著眼前的七位恩人，喜悅與禮讚同時滋生，他的眼睛裡湧出了淚水。這七尊菩薩，絕不只是隔岸的看客，看起來什麼也沒有做，但事實上，它們什麼都做了——這世上有些人的笑，先是需要確信，有人願意注視他，其後，又想要確信，他的笑不會引來對方的嘲笑。

接下來，還要練習反抗。不是要學會刀槍劍戟，他要做的，僅僅是把怯懦從身體裡一點點摳出來。世界何其大，但是就算命如螻蟻，你終歸有你的一小塊花草河山，比如我有這七尊菩薩；菩薩何其大，但是越大的法門，越被它們安放在最微小的事物之中。它們可能無法給你帶來一個人，乃至一群人，但是，它們好歹給你帶來了一條狗。

那條狗，是被另外一條猛犬追來的，全身淌著血，倉皇闖進寺廟，雙腿一軟，便在菩薩們眼前倒地不起，牠似乎病得也不輕，躺在地上，全身力氣只夠用來喘息，哪裡還能稍作反抗？但那猛犬卻好似惡靈附身，不肯休歇，吠叫著衝上前來，又再一口一口咬下去；那狗只是哀鳴，抬起頭，悲痛地看著不說話的菩薩，還有躲藏在菩薩背後的我。

我以為死亡是牠的結局，但是我錯了：或是天性，或是狠狠地賭一次，牠竟然緩緩站了起來。其時，如若菩薩有靈，我相信它們亦會覺得驚駭。那條猛犬也驚呆了，多少有些遲疑，好像是在遲疑著是否再次痛下殺手，可是晚了，站起來的生靈已經先來一步，閃電般咬住了牠的喉管。這一次，發出哀鳴的換作了牠。費盡氣力，牠終於掙脫，轉而四處奔逃，哪裡想到，可能是紅了眼睛，也可能是為了其後再不被欺侮，站起來的生靈竟然牢牢地盯住牠，就在七尊菩薩之間上下追逐，一陣嘶吼纏鬥之後，那隻猛犬號啕著跑出了寺廟，喉管處血流不止，到了這個時候，能夠逃走已經是牠的榮光。

再看勝利者，絕無囂張之色，繼續躺臥在地，安靜地喘息；還有菩薩們，一番狼藉之後，破碎的菩薩更加破碎，其中一尊的耳朵都掉落在地上。稍後，難以想像的事情發生了：那條狗，竟然沉默著走向了這只無辜的耳朵，牠間或舔著這只木頭耳朵，間或又抬起頭，寧靜地朝菩薩們張望，眼神裡竟然流露出幾分畏懼，其時情境，就像一個犯了錯的童子，再次變得溫馴，被恩准回到了煉丹的爐邊。而我，我已經震驚得說不出話來，這眼前所見，全都無心插柳，可分明合成了一座課堂——如何能像這條狗，在最要害之處，去反抗，去將肝膽暴露，而不是死在一身怯懦的皮囊之內？反抗過了，活下來了，又如何能立即被莊嚴震懾，去跪伏，去輕輕地舔那只木頭耳朵？

世間名相，數不勝數，各自無由相聚，再無由分散，但就在這無數聚散之間，真理和道路卻會自動顯現，此中流轉，正好證明了做人一場的美不可言，可是菩薩們，我若沒有和你們的共處，機緣怎麼會將我籠罩和提攜？我又怎麼可能在如此幼小之時就明白，這一生，一定要活過那條哀鳴的狗？

多麼好的時光！露水與羔羊，熱茶與冷飯，供銷社和油菜花，這滿目所見，都在被那個十一歲還是十二歲的孩子赤裸地親近，並且，他還在合唱的隊伍裡第一次發出了自己的聲音，沒有錯，他正在祕密地修改自己的模樣，該笑的時候便要笑，難堪來了，也不要羞於見人。他甚至提醒自己，少一點寡淡，多一點身輕如燕。有一回，他被在荷塘裡挖藕的人們接納，也去挖了一下午的藕，天氣寒冷，每個人都在抱怨這該死的天氣和生活，但是，看著眼前肅殺的鎮子和沮喪的人們，他突然覺得驕傲：當此之際，唯有他是喜悅和不折服的，因為他的身體裡住著一座廟，廟裡住著七尊菩薩。

他愛它們。

難免會自己問自己，他究竟愛它們什麼呢？畢竟年紀尚且幼小，他想一想便不再想了，只是確定了一件事：他將它們關閉在自己的身體裡，只要不開門，它們就一直在。這是一個比山岡更加龐大的祕密，不不，比天還要大，但又古怪、靈驗和不足為外人道。

非要他說，他便說這是歡喜，只要在菩薩面前站定，他就能在第一刻覺察到自己的微小，但與此同時，他比任何時候都更清楚，它們面前站著的，是一個重新做人的人，這個新人貪戀與菩薩們相關的一切——他愛夏天的涼風吹過他們的軀體，把頭埋伏在他們中間，可以嗅見若有似無的柏木香氣；他愛紛飛的大雪穿過破落的屋頂，將他們一一掩蓋，這是他見過的七尊最大的雪人；他還愛它們日漸殘損和曖昧的臉容，即使有白蟻群居其內，他也覺得那是白蟻們和他一樣，正沉醉於它們的福分之內；是的，這一切他都愛。就算最後的結局來到，寺廟傾塌，這七尊菩薩不知所終，他竟然並不悲傷，而是迅疾地愛上了菩薩們消失後的空地，這空地被一層薄雪覆蓋，白茫茫真乾淨。

這便是他所領受的最刻骨的恩典：早在更多貪戀與貪戀之苦依次展開的好多年之前，他已經知道了什麼是愛，什麼是隱祕且將肉身肝腸全都獻出的愛。

是的，大雪天，我又生病了，好多天纏綿於病榻之上，與此同時，在山岡上，那座寺廟終於傾塌了。傾塌之後，鎮子上的人們陸續前去，將尚能派上用場的磚石土木悉數搬走，等我氣喘吁吁地前去，山岡上徒剩了些零星的瓦礫而已，我再跑回鎮子，逢人便問那七尊菩薩去了哪裡，但是，根本沒有人能說清它們的去向。

是啊，我竟然並不覺得悲傷，或者說，菩薩們的教諭，已經讓我學會了如何抑制悲傷：早在消失之前，他們有的沒了耳朵，有的雙臂腐朽，有的連頭都乾脆斷了。他們手中的法器：那些劍，鉞刀，金剛杵，也幾乎全被白蟻蛀空。這都說明了一件事：他們遲早要駕鶴西去，歸返道山，我遲早都有和他們永不再見的那一天，而悲傷並不匹配他們的教諭和離去。但是，話雖如此，我還是多少覺得失魂落魄，還是逢人就問它們的下落。

忽有一日，我得知一個消息，有一尊菩薩被人拾得，抱回了家中。我欣喜若狂，急忙問清楚那人的地址，一刻也沒停便飛奔而去了。到了門口，卻是倒吸了一口涼氣，因為這一家的主人除去是一個鰥夫，還是遠近聞名的瘋子，不僅是我，就算換作別人，也全都不敢跟他搭訕說話。在他的門前，我來來去去走了幾十遍，終於未敢推門而入。

整整兩個月，幾乎每天，我都要找到理由，放棄平日裡走的路，偏偏地走到瘋子的門前，去觀望，去窺探，看看這裡到底是不是菩薩的下落，但是一無所獲，自始至終我都沒有看見他。我終於生下一個惡念：管他哪一天，只要瘋子不在，我就翻牆入室，去將菩薩偷出來——可是，話未落音，告別的日子就來了，遠在天邊的父母突然現身，決定將我帶走，從他們出現，到帶著我坐上離開小鎮的火車，只用了短短幾個小時。

夜幕之下，當綠皮火車在曠野上開始緩慢地行駛，我回頭眺望沉默的小鎮，還有鎮子上黯淡的燈火，悲傷便不可抑止地到來了。我懵懂地相信：這個小鎮子給予過我黑暗，但也給了我黑暗之後的光亮，然而照亮我的菩薩們，如無意外，我們已是後會無期了。

終究還是說錯了——僅僅車行十分鐘之後，它們便出現了。「如欲相見，我在各種悲喜交集之處」，抬起頭來，我仍舊清晰地看見了他們：在車窗外斑駁的樹林裡，在月光下的稻田中，在車頭燈照亮的鐵軌前方；乃至二十多年之後的今天，我還能看見它們：在虛與委蛇的酒宴上，在被關了禁閉一般的小旅館，就算在遙遠的波羅的海岸邊，我一抬頭，便看見它們端坐在波濤之上，一如既往地寧靜、莊嚴和怒目圓睜，劍指虛空，金剛杵發出輕微的錚錚之鳴。

這麼多年以後，可以告慰的是：我還在笑。當然，最多的是苦笑，但這苦笑裡藏著讚美，如果做人一場必然要去接近一個正果，那正果便理當包裹在艱險之中，去笑，才是首先將失敗的結果放入懷中，再去接受它，抵達它；去笑，而且言語不多，才能回應接連的呼召，才能忍耐無窮的詭異與可怖，才能揭開萬物的面具，認出哪個是萬物，哪個又是你自己。

還有反抗。你們知道，我一直在寫。時至今日，我還在寫，這幾乎已經是我唯一擅長的反抗了，但它並沒有給我帶來多少榮耀，相反，失敗之感一直在折磨著我，好在是，經由你們和一條狗的教養，我還不想這麼快就低頭認罪，唯有不斷寫下去，反抗方能繼續，正見方能眷顧於我：這一場人間生涯之所以值得一過，不只是因為攻城奪寨，還因為持續的失敗，以及失敗中的安靜。這安靜不是他物，而是真正的，乏味和空洞的安靜；這安靜視失敗為當然的前提，卻對世界仍然抱有發自肺腑和正大光明的渴望。

菩薩在上，閒話休提，接著說奇蹟。奇蹟是這樣發生的：就在半個月之前，為了參加一場葬禮，二十多年之後，我重回了當初的小鎮子；葬禮結束，我一個人在鎮子上遊蕩了大半天，但滿目裡沒有一處還是舊日風物，不覺間，就走到了一大片雜草叢生的荒地上，這當初的舊城，就像當初的寺廟一樣，徒剩殘磚瓦礫，全無半點生機。就在我轉身離開之際，無意中看了一眼不遠處的一座傾塌的房屋，只一眼，全身上下，便如遭電擊。

此處不是別處，正是當年那個瘋子的家，我所見之物也不是其他，正是當初被他抱回去的那尊菩薩。多年不見，它受苦了：深陷於淤泥之中，油漆脫落得不剩一絲半點，沒有了鼻子，沒有了嘴巴，腹部以下腐爛殆盡，倒是手中的那支殘劍，尚且依稀可辨，並沒有化作淤泥的一部分。一見之下，我先是恍惚了一陣子，緊接著，雜念便紛至沓來：我該帶走它嗎？我該買來香燭祭拜它嗎？又或者，我是不是乾脆請來工匠，將它的模樣徹底修復？

都沒有。這一切全都沒有。

只是說了一下午的話。話說完了，我便走了，後半夜的星光下，著急趕火車的人離開了雜草叢生之地，連頭都沒有回，但一路上，他都在心底裡不斷地對它說：相比其他六尊菩薩，你可能是最不幸的一尊，但這也未嘗不是天命，我若能當得起失敗，你就當得起孤苦伶仃；說不定，這不過是嶄新的機緣正在開始，天明之後，又一樁造化便要鑄成。此一別後，你我當真正的再不相見，你且繼續端坐於此，劍指虛無，直至屍骨無存；而我，我要去趕火車，走夜路，先活過那條哀鳴的狗，再回來認我的命。

看蘋果的下午

在回憶中，我首先看見的是一片油菜花，漫無邊際，就像滾燙的金箔從天邊奔流過來，壓迫著我，最後定要將我吞噬；之後，便是蜜蜂發出的鳴叫，這嗡嗡之聲可以視作春天的畫外音，從早到晚，無休無止，既令人生厭，也足以使久病在床的人蠢蠢欲動。

暫且放下回憶，讀一首詩，米沃什的〈禮物〉：「這世上，沒有一樣東西我想占有；沒有一個人值得我羨慕；任何我曾遭受的不幸，我都已經忘記。」二十歲出頭，我才讀到這首詩，一讀之下，頓覺追悔：如果我早一點愛上詩歌，早一點讀到這首詩，那麼，當回憶一再發生，那個形跡可疑的人再三陷入焦躁之時，我便會勸他安靜，坐下來，背靠青草環繞的籬笆，聽我念餘下的句子：「想到故我今我同為一人，並不會使我難為情……」

那個看蘋果的下午，他實在太焦躁了。他先是對著一片桑葚林信口開河，說就在十年之前，他曾經只用一棵樹上的果實就釀出了五十斤桑葚酒；而後又說王母娘娘其實是附近村子裡的人。見我冷眼旁觀，他也只好悻悻住口，轉而看見一頭黃牛，跑過去，想要騎上牛背，可是，費盡周折也沒能騎上去，回過頭來，淒涼地對我說：「想當年——」話未落音，他就被黃牛踢倒在了地上。

其時情景是這樣的：一個中年男人，帶著一個十歲左右的男孩子，兩個人素不相識，但卻結伴走了幾十里的路。其間，男孩子有許多次都想離開，中年男人卻一直勸說他留下來，看上去，就像一場誘拐。話說回來，這到底是因何發生的呢？

因為我想看蘋果。真正的，從樹上摘下來的蘋果，而不是畫報上的抑或別人講出來的樣子。長到十歲出頭，我還沒見過真正的蘋果，這自然是因為我長大的地方不產蘋果，其次也說明，此地實在太過荒僻，荒僻到都沒有人從外面帶回一顆來。說來也怪，自從有一回從一本破爛的畫報上見到，我就開始了牽腸掛肚，一心想著真真切切地見到它，抑或它們。

好消息來了。趕集歸來的人帶來一個消息：有一輛過路的貨車壞在了鎮子上，車上裝的不是別的，恰恰就是真正的，從樹上摘下來的蘋果。說者無意，聽者有心，當天夜裡我就在夢裡貪得無厭地吃蘋果，吃了一個，再吃一個。天還沒亮我就醒了，天剛濛濛亮我就悄悄出門了，是啊，我終於忍耐不住，決定親自去鎮子上走一遭，去看看那些傳說中的蘋果。

可是，造化弄人，當我氣喘吁吁地來到鎮子上，那輛貨車已經修好了，蘋果們剛剛在半個小時之前絕塵而去。它們無愛一身輕，只是可憐了追慕者，沮喪得繞著鎮子走了一遍又一遍。天可憐見，好幾十里的山路，用了整整一個上午才走完，臉上都被沿途的蒺藜劃出了一條條口子。也就是在此時，我遇見了他，那個宣稱一定能帶我看見蘋果的人。

作為一個遠近聞名的牛販子，他終年累月都在周邊的村鎮遊蕩，所以，我自然也認得他，我還知道，牛販子的手藝讓他過得不錯，但也讓他享有本地最為敗壞的聲名，多數人遇見他都避之不及。我自然也是。當我在茶館門口看見他被眾人趕出來的時候，全然沒想到他會找我說話，我只是想稍作歇息，然後便動身回返。看見他坐到我旁邊，我原本想抽身便走，然而鬼使神差，我竟然不僅告訴了他此行的目的，而且，還答應他，跟他一起，繼續去到鎮子外的深山裡見識真正的蘋果。何以如此呢？一來是，我實在太想見蘋果們一面了，在我的玩伴裡，雖說有的去過縣城，有的擁有一本《封神演義》，但見過蘋果這件事，卻足以使我在一個月之內被人簇擁；二來是，牛販子說的那片蘋果林，其實是在我來的路上，這個事實過於聳動了，我當然將信將疑，但是他說得有鼻子有眼，我也不得不信。

關於那片隱祕的蘋果林，他是這麼說的：它們的主人，從前在四川茂縣當兵，退伍回家時帶回來一些蘋果籽，也沒放在心上，前幾年，家裡生了火災，一夜之間，家徒四壁，實在沒辦法了，為了不讓人笑話，又為果實長成後不被人偷，他便在深山裡選了一處地界，播下了蘋果籽；幾年下來，在不為人知的地界，蘋果樹已然長得比尋常的桑葚樹還要高，而眼下，算我有運氣，正好是掛果的時節，這本是天大的祕密，但他恰好和果園的主人是結拜兄弟，所以，他才有機會帶我去看它們。「感謝的話就不用說了，」他說，「我也要去看我的兄弟。」

話說到這個地步，如果再不相信，即使以我當時的年紀，也害怕自己是不可理喻的，於是，我便和他出發了。

這時春天剛剛掀開了序幕，油菜花在怒放，河水異常清澈，青草發出香氣，牲畜的身上全都燃燒著欲望之火。即使我還是個小孩子，面對這眼前萬物的洶湧之美，也不禁心生慚愧，擔心自己恐怕不能匹配它們。這不管不顧的美，甚至不是造物的恩寵，而是被化身為鐵匠的天使們鍛打出來的，爐火熊熊，火星飛濺，敲擊聲此起彼伏——哦，我走神了，甚至都忘了蘋果——再看牛販子，他顯然也忘了，難以置信的是：在一片油菜花的中央，他先是像隻蜜蜂，誇張地嗅著花蜜，嗅著嗅著，他竟然哭了。

他忘了蘋果不說，還在莫名其妙地哭泣，我當然非常不悅，不耐煩地催促他趕緊上路。他倒是沒有拖延，跟我一起朝前走，沉默著，全然不似之前的喋喋不休，突然又問我：「你有什麼對不起父母的事情嗎？」我根本未加理睬，沒想到，他的哭聲竟然轉為了號啕，面對著剛剛走出的那片油菜花，他一邊哭一邊叫喊：「我媽埋在這裡，我卻把地賣了，現在連墳地都沒了，我真是狼心狗肺啊！」

卻原來，他也是有故事的人。但是很遺憾，這個下午我不關心全人類，我只想念蘋果。說話間，我們開始翻越一座山，起風了，天上的雲團也開始變幻，陽光漸漸變得黯淡。我擔心天氣轉陰，接連要他走快一點，哪裡料到，這個聲名狼藉的牛販子，竟然比我這個歲數的人還要幼稚：一群喜鵲從樹梢間飛出來，他追在後面小跑了半天，卻是跑向了跟我相反的方向；隨後，他又為一片燕麥的長勢而長吁短歎；迎面看見一條小青蛇，已經死了，他蹲在小青蛇的旁邊，看了又看，看了又看，怎麼叫也叫不走。

他的種種行徑，令我十分不齒：一個本地的牛販子，又不是來自遙遠的首都，這滿目景象，全都是尋常所見，何苦要像一個城裡人般大驚小怪呢？

下山之後，眼前有兩條路，一條通往我的村莊，另外一條，按照牛販子的說法，則可以去往祕不示人的蘋果林，奇怪的是，他竟然走上了我回家的路，經我提醒，他才連聲說都怪我，這一路都不跟他說一句話，這比殺了他還難受；其後，他又開始了赤裸裸的威脅：如果我再不跟他說話，他便要就此與我分別，至於蘋果，「反正你長大了總會看到的。」他說。

我問他，我到底要對他說些什麼，才能令他滿意，他竟然說：「那就講個故事吧，講講《封神演義》。」

多麼怪異的下午：此行我是為蘋果而來，轉眼之間，卻在給一個牛販子講故事，其中轉換，真是難以言表。而這已經不是第一次：在剛剛翻過的那座山上，他就一直在不斷地央求我跟他說話，「到底什麼是童話？」他問，「你講一個給我聽聽吧？」但這中年人的要求實在過於詭異，我斷然拒絕了他。好在，他突然遇見了一個熟人，正推著自行車從對面走過來，暫態之間，他立刻便像換了一個人，表情變得誇張，大呼小叫著奔了過去。

對方顯然是認識他的，但面對他的噓寒問暖，並沒有給予足夠的回應。他想要跟對方握手，結果，自己的手伸出去了半天，對方的手卻沒有伸出來，匆忙招呼了幾句，騎上自行車就走了。他盯著對方看了一會兒，悻悻跑回來，對我說：「我都不嫌棄他，他反倒還嫌我。」我不信他的話，故意問他，人家在嫌棄他什麼，他稍微愣怔一會，惱怒地說：「你聽好了，我是說我不嫌棄他——」緊接著又補了一句：「他有癌症，胃癌，你知道的，胃癌又不傳染，我不嫌棄他是有道理的。」

多麼讓人欲說還休的時刻：不願意跟他握手的人逕自逃遠了，我卻受困於此，為了一睹蘋果們的真顏，只好跟他講起了《封神演義》。然而，雖說我有千般不情願，他居然還全無耐心，這第一回，「紂王女媧宮進香」，我才說了個開頭，他就重新變得焦躁，打斷我：「不如，我們說說女人吧。」以我此時的年紀，女人，這是多麼羞恥和不能提起的話題，我停下步子，看著他，他也盯著我看，竟然發出了一聲歎息，「唉，你還是個小孩子。」他說。

就在如此廝磨之間，下午的時光過去了大半，黃昏已經近在咫尺，風漸漸小了，田野上的作物們漸漸變得安靜，不知何時起，連蜜蜂的嗡嗡之聲都消失不見了，我們卻還是沒有走到我們的目的地，再看眼前，除了油菜花還是油菜花，既無村莊，也無深山，哪有什麼蘋果林的影子？

我懷疑他在騙我，我懷疑前方根本就不存在什麼蘋果林，而且，懷疑一旦滋生，就再也無法消除，越往前走，懷疑愈加強烈，只是想不通：他騙我走這一遭，為的是何緣故呢？「對啊，」他也憤怒地反問我，就好像受了多麼大的冤枉，「我騙你有什麼好處？」緊接著，他便一再宣稱，蘋果林距離此處已經只剩下不足五里路，如果一路小跑，半個時辰定能趕到；話說至此，我明明已經離開他，走上了回家的路，到頭來，還是又折返到他身邊，繼續跟著他小跑了起來。

他幾乎是個廢物。小跑了不到十分鐘，剛剛跑到一座小廟前，他就連連地劇烈咳嗽起來，停住步子，彎下腰，上氣不接下氣地喘息，稍後，又眼淚汪汪地看著我，表情裡竟然掠過一絲明顯的羞澀。我見他實在難受，就轉而勸他稍作歇息，於是，兩個人幾乎還沒開始趕路，就又在小廟門前的一棵柳樹下坐了下來。

咳嗽稍稍止住一點，他便重新開始了信口開河，竟然說背後的小廟是呂洞賓修建的。我提醒他，呂洞賓是道士，不是和尚，他倒是毫不慌張，接口便說呂洞賓在當道士以前就是當和尚的。到了這個地步，我已看清他的面目：只要我跟他說話，他便會上了癮一般將話題糾纏下去，無休無止。我便閉口不言，他先是訕訕而笑，轉而又勸說我去廟裡拜一拜。我忍無可忍，問他為什麼不拜，他卻笑了，笑著搖頭：「我這輩子，沒什麼菩薩保佑我，哪一尊我都不拜。」

天地之間仍然殘留著夕陽之光，這光芒雖說還能穿透柳樹的枝葉照到我們身上，但也正在一點點消失，我們站起身來，再往前走，哪裡知道，剛走出去幾步，我所有對蘋果飽含的熱情和想像就將宣告破碎，這個冗長的、看蘋果的下午也終於來到了戛然而止的時刻——他站在我身後，定定地看著我，又認真地說：「我是騙你的，壓根沒什麼蘋果。」

「我才是得了胃癌的人，可是，胃癌又不傳染！偏偏就沒一個人跟我說話……」多年以後，我還記得牛販子一大段說話的開場白。其後，他告訴我，在得胃癌之前，他就沒有結下什麼善緣，現在好了，胃癌纏身之後，人人都說他的病會傳染，走到哪裡都被人轟出來，他又孤身一人，無家無口，想找人說話都想瘋了。偏偏遇見了我，趕緊就騙了我，先為的是，只想跟我說說話，再為的是，要是真的走不動路了，我說不定可以攙著他走。至於這一下午的行程，就算沒有遇見我，他自己也會走一遭的，先去母親已經不存在的墳地上看一看，再去看看一個女人，這個女人，是他的相好，「嘿嘿，這件事情誰都不知道，」他苦笑著說，「不過，我現在病發作了，一步也走不動，看不了她了，騙你也騙不下去了——」

世間草木為證：我一直都在懷疑他。但是，必須承認，他的話於我仍然不啻一聲黃昏中的霹靂，徹底了斷了我和我的蘋果們，如夢初醒，我張大了嘴巴，半天說不出話來。

多年以後，我還記得我和他的告別：我發足狂奔，在燕麥與油菜花之間穿行，麥浪滾滾，猶如屈辱在體內源源不絕；以我當時的年紀，「死亡」二字還停留在書本上、電影裡和千山萬水之外，即使它就在我的身邊真切發生，我也不會為了這件龐大的、遠遠高於自己的物事去驚奇，去難以置信，當此之時，屈辱已經大過了一切，這看蘋果的下午，讓我在震驚之後明白了一件事情，即，我可能是愚蠢的。一片並不存在的蘋果林，就足以使我鬼迷心竅。這事實豈止傷心二字當頭？那就是一清二楚的屈辱。在奔跑中，我委屈難消，悄悄回頭，依稀看見牛販子還站在道路的中央，似乎也在呆呆地看著我，不多久，像是連站都站不住，他趔趄著，又坐回了柳樹底下。

而我，我還將繼續奔跑，繼續感受麥浪般起伏的屈辱，甚至到了後半夜，從夢境裡醒轉，想起自己的愚蠢，仍然心如刀割。我一點也不想再看見他。

人間機緣，翻滾不息，又豈是幾處雜念幾句誓言就能窮盡？事實上，就在一個多月之後，我便又見到了他。那一回，我受了指派，去鎮子上買鹽，歸途中，路過一處人家，這戶人家破敗不堪，院落裡長滿了雜草，雜草間隙，又長著幾株絕不是有意栽種的油菜花，稍微定睛，我竟然又看見了他，那個欺瞞過我的牛販子。

此時的他，全身上下已經沒有了人的模樣，鬍子拉碴，瘦得可怖，陽光照在他身上，就像是照在鬼魂的身上。他躺在一把快要塌陷的躺椅上，瞇縫著眼，打量著來往行人，但身體卻是紋絲未動的，幾隻蜜蜂越過油菜花，又越過雜草，在他的頭頂嗡嗡盤旋，可是，無論他有多麼焦躁，他再也沒有趕走牠們的氣力了。即便年幼如我，也清楚地知道了這樣一樁事情：他馬上就要死了；他剩下的人間光陰，已經屈指可數。

自此之後，我再也沒有見到過他。

也常常禁不住去想：在生死的交限，牛販子定然沒有認出我來，一如他定然想不到，我以為他帶來的屈辱之感會在相當長時間裡揮之不去，而事實上，它們並沒有想像中的頑固，晨昏幾番交替，我就在我的身體裡找不到它們了，到了後來，我只記得，我有過那麼一個怪異的看蘋果的下午。

這麼多年，我當然也見到了真正的蘋果，四川的蘋果，山東的蘋果，甚至北海道的蘋果，機緣湊巧，我還去了不少的蘋果林，四川的蘋果林，山東的蘋果林，甚至北海道的蘋果林。置身在這些蘋果林裡，偶爾的時候，漫步之間，我一抬頭，依稀還能看見牛販子，他就站在其中一株蘋果樹的樹蔭底下，仍舊形跡可疑，焦躁地四處張望，似乎是還在想找人說話。

這當然是幻覺。但我希望這幻覺不要停止，最好將我也席捲進去，讓我和牛販子重新走回那個看蘋果的下午。果然如此，在小廟前的柳樹底下，當他陷入疲累之時，說不定，我要給他接著講一講《封神演義》；最好是還能告訴他：無論你在哪裡，不管是九霄雲外，還是陰曹地府，為了自己好過，你終歸要找到一尊菩薩，好讓自己去叩拜，去號啕，去跟他說話。

這菩薩，就像阿赫瑪托娃在《迎春哀曲》裡所說：「我彷彿看見一個人影，他竟與寂靜化為一體，他先是告辭，後又慨然留下，至死也要和我在一起。」

掃墓春秋

無限江山，別時容易見時難。豈止江山，於我來說，死去的親人，消失的朋友，後半夜的公墓，雲南的一束山茶花，都盡在諸多不見的其中，這多麼讓人悲傷，但更悲傷的是我祖母：許多時候，她就活在她愛的人中間，她每天都能見到他們，可是她已經不記得他們了。

所以，趁現在，要記下那些微小的東西，也像我的祖母：一把長命鎖，兩枚簪子，又或幾隻多年廢置不用的瓷碗，這些過去的印記反倒能讓她恍惚，激動，甚至叫出親人的名字；向前的時光對她已經無用，遺忘又切斷了她的過去，切斷了她和一個完整的她，在過去面前，她就像是一個走失的孩子，唯有依憑這些微小的東西當作信物，她才能順利地找到親人，流下淚水，訴說自己困守於此時此地的委屈，和悲哀。

說一說公墓。將近十五年前，我租住在一座小山下的城中村裡。從我住處出來，往山頂上走，不到三百米，就會出現一道遍布鏽跡的鐵門，推門進去，竟是百十座墳塋，都是些老墳，最老的要到一九二七年，據說後來有了禁令，此山不能再添新墳，如此，來掃墓的人並不算多，許多墓前，只怕已經數十年沒有迎來過供品和香火。這衰敗的墓園，由一個鰥夫看守，但看守墓園並不是他唯一的工作，他也種菜，賣米酒湯圓，更多的時候卻是不知所終。

我的運氣實在太壞。好不容易搬來此處，卻正好碰上城中村要拆遷，搬走的人越來越多，最後只剩下我和其他零星幾人，付出去的錢房東不肯再退，好在還未斷水停電，我便繼續在此處消磨，等待著最後被人趕走。

多少顯得荒謬的事情發生了——因為我的住處離墓園最近，而那看門的鰥夫又不肯輕易現身，來掃墓的人進不了鐵門，他們竟然將香火和供品放在了我的門前，附上一張字條，請我代他們前去祭掃。我自然不願意，但我總不能使得我的門前看上去像是在被祭掃的樣子，只好出門，四處去尋找那個簡直讓我憤怒的看門人，終歸找不到，想了又想，也只好再折返回來，翻越鐵門，將那些塵世之物送到亡魂們的墓前。

慢慢地，事情愈演愈烈，越來越多人將祭物放在我的門前，開始還留一張字條，慢慢連字條都不留了，我痛心地看見：自己似乎變成了一個被交口稱讚的對象，專門替人掃墓上墳，童叟無欺。亡魂們知道，我差不多受夠了，看見祭物，便將它們挪移開去，又或一件件塞進鐵門之內。但似乎是命定的，這一天，我在挪移它們的時候，竟然在一堆水果裡發現了一張祭文，祭文上寫著一首詩：「滿衣血淚與塵埃，亂後還鄉亦可哀。

風雨梨花寒食過，幾家墳上子孫來？」落款是：不孝兒某某於風燭殘年。字是繁體字，可以想見，寫下它們的人來自遙遠的地方。字猶如此，人何以堪，到最後，我還是乖乖地翻進了鐵門。

似乎從未怕過鬼，這大概是頻繁的掃墓經歷給我帶來的好處，而且還中了邪：其後多年，竟然對墓園，無論是簇擁的公墓，還是零落孤墳，都生出了某種奇異的親近之感。當我遭逢它們，不要說害怕，反倒覺得眼前都是熟識的故人。這熟識之感自然是起源於當初那片衰敗的墓園，想那時：隔三岔五，我便要點香火，擺供果，頂風冒雨，行色匆匆。不信你看，這麼多年過去了，我還記得那十一排墳墓的姓名座次——第一排打頭的是方氏，第二排打頭的是沈氏，一個是江蘇宜興人，一個是四川宜賓人。

像我這樣不怕鬼和墳地的人，其實我早就認得一個。但她卻是個遠近聞名的瘋婆子。那是在我幼時，我們的鎮子上，有這麼一位老婦人，頭上常年戴著一枝花，終日裡都在鎮子外的墳地裡流連不去。據說，在她還很年輕的時候，一次運動中，她的父親和丈夫都被槍斃，自此她就瘋了。尤其在每年春天，她似乎就沒離開過那片墳地，不過，在墳地裡，她既沒發狂，也沒有攻擊任何人，卻是只做一件事：摘了野花，擺放在各座墳頭前面，這些墳頭有的埋葬著她的親人，更多的則與她全無關係。

偶爾，在她離開墳地的時候，我會迎面遇見她，除了她頭上的花，我並未覺察到她有任何瘋狂之處，相反，因為她的瘦、慈眉善目和說話時的輕聲細語，我甚至覺得她是可親的。我總是懷疑，她根本就沒有瘋，是我們誤解了她——在這世上，我們總是只能用扭曲和詆毀當作武器，才能最終完成對不能理解之事的命名。儘管荒唐，但我確實想過：如果她是瘋的，那我也不怕有一天會瘋掉，因為我想成為像她一樣安安靜靜的人。

自我離開鎮子，就再也沒有見過她，聽說她還活著，她怎麼也不會知道，一個她連名字都不知道的人，可能是懂得她的，姑且拋下瘋與不瘋，至少在時隔多年以後，置身於每一片墳地中，這個人都跟她一樣，從未生出半點恐懼之心。

在墓地裡流連，常有別處難見的機緣，先不說遇見的人，單說墳前的供品，除了花果和香火，我還見過頭髮，內衣，木香順氣丸，詩，更有生魚片，手錶，瑞士軍刀，三雙整整齊齊擺放好的登山靴。此處不是他處，實在也是活生生的現實，墳前的供品並不是什麼祕密，但它們卻都是打開祕密的鑰匙——既然有人喜歡看戲，有人喜歡看連續劇，那麼我也可以看遍能夠看見的所有墓地。

說起來，這麼多年，我竟然懷揣著一個古怪的癖好，去了那麼多眾人眼中的絕非久留之地：孔子墓，滿城漢墓，漢陽陵，秋瑾墓，蒲松齡墓；更有太宰治墓，托爾斯泰墓，香港麗都酒店對面的回民公墓，乃至遙遠的莫斯科新聖女公墓。

事實上，我並沒有拜祭到太宰治的墓。我早就知道，他埋在東京都三鷹市的禪林寺，但時間太過倉促，東京之行臨近結束，離開的前一天黃昏，天都快黑了，我才趕到三鷹，剛進到禪林寺，距離對遊人開放的時間已經只剩下了半個小時。經人指點之後，我正要走上前去，差不多已經看見了不知是誰獻在他墓前的花，但終究被阻攔，不得不回返，踏上了出寺的路。不過也好，雖說只看了一眼，但它就是我想像的樣子，清瘦裡夾雜著愚笨，就像他一生的尋死到現在還在持續。

回返的電車上，忍不住一再想起太宰的話，這真是個執拗到駭人地步的人，一生作魔作障，尋死之前，他還在一再尋找自己中意的墓地，終於找到禪林寺，就在森鷗外的墓邊，他尋見並且決定了自己的長眠之地：「這個寺的後面有森鷗外的墓。我不知道什麼緣故鷗外的墓在這樣的東京府下三鷹町。不過，這裡的墓地清潔，有鷗外文章的影子。我的髒骨頭要是也埋在這麼漂亮的墓地一角，或許死後能有救……」

莫斯科的七月，新聖女公墓裡雖有清涼濃蔭，蟬聲卻是一再鳴噪不止，這蟬聲叫人心煩意亂，好在是，我可以在此消磨一個下午，去看這些幾乎是世界上最好看的墓——烏蘭諾娃的墓碑上，雕塑著正在舞蹈的自己；蕭斯塔科維奇的墓碑上刻著樂譜；再看過了米高揚的墓，法捷耶夫和契訶夫的墓，之後，來到了果戈里的墓前：這個倒楣的人，即使死後也不得安寧，一個癡迷他的戲劇學家，竟然雇人將他的頭骨從眼前這座墳墓裡偷了出去，幾經輾轉，終於不知下落，也難怪，眼前的果戈里雕像滿臉都是苦楚之色——都快一百年了，他還在等待著自己的頭骨。

在更深一點的樹林裡，一座寂寞的墳前，我看見了一個女孩子，不知是哪國人，帶來好多不菲的攝影器材，一一耐心地支好，隨後卻躺倒在了墓前，再迎著樹蔭裡透出的光，閉上眼睛，自己給自己拍照；除我之外，另有三兩人旁觀，有人還拿起一本女孩子隨意丟擲在攝影器材邊上的畫冊翻看，我也湊上去看，只一眼，我便在暫態裡激動了起來：這畫冊其實是本攝影集，裡面所有的照片，都是這個女孩子在各種各樣的墓前照下的，有的在春天，有的在雪天，有的穿了衣服，有的則是赤身裸體。我大概已經知道，這是個一直在墓地裡做創作的藝術家，儘管人種殊異，地隔東西，我還是想衝上去，跟她擁抱，因為她實在是我的同道中人。

終於沒有，我畢竟越活越懦弱，怕被人當作了瘋子。這麼多年之後，我已經開始害怕自己成為當年墳地裡的那個老婦人，害怕被旁觀，害怕被避之不及。這是多麼悲哀的事，「到了最後，你總歸會活成你當初最討厭的那種人」，這句話，如果我沒有記錯，是在山東淄博，蒲松齡墓前，一個同樣慣於在墳塋前消磨時光的人告訴我的。

一生都在與孤魂野鬼為伴的蒲松齡，實際上幾乎沒有寫到過什麼高聳的陵寢，在他的故事裡舉目四望，無非都是些零落孤墳，墳頭上生長著幾株斜柳，幾叢荒草，卻也正好匹配多數靈怪狐女的清淨、遺世和苦命；然而，我所見到的蒲松齡墓，顯然已被後人拙劣地整修過了，高約兩米，就連墓邊的幾株柏樹，也多少顯得並不相宜。今夕何夕，若是狐女們趁著夜色給地下的先生送來酒食，看見眼前高墳，只怕會以為入錯了門第，嚇得止住步子。

我要說的瘋子，看起來與正常人無異，一眼看去，也是一副遊客的樣子，只是話多，一開始，見我願意搭理，他只是抑揚頓挫地跟我說起了諸多令他讚歎的人生道理，不過都是些「人生最美好的就是青春」之類，但是，越往下說，我便越是覺察到他的瘋狂，他告訴我，他是狐狸精轉世，前三十年是女人，後三十年又變作了男人；他還告訴我，全世界只有一個人懂他，就是蒲松齡；話題差不多無法進行下去的時候，有人發現了他，要將他驅趕出去，他頓時暴怒，高叫著「我自己會走」，推開對方，在墓前跪倒，恭恭敬敬地磕了九個頭，又從懷裡掏出一個蘋果，放在地上作為祭品，這才轉身，輕蔑地環顧四周，說一聲「你們這些人，沒一個懂我」，然後飄然離去。

「在我還是女人的時候——」我以為他早就走了，沒想到他一直就躲藏在柏樹的後面，風波稍息之後，他又跑了出來，幾乎是貼在我耳邊，淒涼地說：「在我還是女人的時候，我最討厭被人推來推去。但是沒辦法，你總歸會活成你當初最討厭的那種人。」

最後，在暴雨中，他再次被驅趕了出去。與前一次的輕蔑不同，這一回，他雙手死死地環抱著一棵柏樹，哭得撕心裂肺。我知道，就算今天他被趕走，隔一天，他定然還會再來。有一樁事情，我一直沒有想清楚，就是墓地裡為什麼常有瘋子？但在蒲松齡墓前的暴雨中，看見他一臉的絕望，我大致已經明白：我們每個人活在塵世裡，剝去地位、名聲和財產的迷障，到了最後，所求的，無非是一丁點安慰，即使瘋了，也還在下意識地尋找同類，唯有看見同類，他才覺得自己是安全的，不必為自己的存在而焦慮，而羞愧。

一個瘋子，到了最後，定然被幾乎所有人拋棄，人們懶得去聽他們說話，懶得與他們共同出現，甚至懶得看見他們，卻是迅速地達成了共識：他們是不潔、活該和自作自受的。但是，只要時間還在繼續，時間的折磨還在繼續，尋找同類的本能就會繼續，黑暗裡，仍然希望有相逢，唯有與同類相逢，他們才能在對方的存在之中確認自己的存在；找不到同類，就去找異類，找不到人間，就去找墓地，找不到活人，就去找墳墓裡的人，因為你們和我一樣，都是被人間拋棄在了居住之外，聚散之外，乃至時間之外。一顆蘋果，一束花環，它們絕非他物，都是我認親的憑證，「唯彼窮途慟，知余行路難」。

而我的掃墓生涯還在繼續。但是，情形變了，「昔日戲言身後意，今朝都到眼前來」，我的掃墓之地，不再是越走越遠，而是越走越近，一直近到了自己的家門口。世間之事就是如此：一開始，我掃別人的墓，到現在，我掃親人的墓；一開始，我以為我與墓地之間尚有遙遠的距離，就像二十多歲時，靠審美而活，靠想像而活，死活不願意去一個真實的外部度日，到了今天，審美與想像在眼前周遭裡自取其辱，我又該手持何物，以作認親的憑證？而事實的情形是，每個人都距墳墓萬般迫近：你先是在一隻乳房上認親，再在疾病中認親，最後，你遲早都要去到墳頭上才能認親。

就像我的祖母，天降大雪的除夕正午，她突然清醒過來，死活都要去給我祖父上墳掃墓，我苦苦勸說，終於沒用，只能攙著她前去。去路都是上山的路，足有十里，無一處不是泥濘難行，大雪還在不停降下，我們的衣服全都被雪水浸濕了，茫茫四野裡，只剩下將全世界都覆蓋住的白，但我的祖母如有神仙眷顧，竟然差不多是一路小跑，連她的手被一根乾枯樹枝剮破，滲出了血跡，也全都視若不見，沒花去多少時間，我們就上到了山頂，看見了祖父的墳頭，可是，到了這個時候，她卻停下了步子，問我，我們來這裡，為的究竟是何事。

西北風呼嘯，一個手上滲著血的老婦人陷入了苦思冥想，我幫她開始回憶，卻被她粗暴地斥責，只好暫時先離開她，讓她獨自度過她的難關和苦役，轉而看見旁邊有一座墳前燃起了青煙，我稍微走近些，以便看得仔細：一個身穿藍色工裝、頭髮亂糟糟的青年男子，正在一邊哭，一邊焚燒著祭物；那祭物似乎很難燃燒，且發出刺鼻的氣息，青年男子被嗆得連連咳嗽，哭聲卻更加大了，最後終於轉為了放聲大哭，我走上前去幫他，待到近了他跟前，這才看見，他燒的其實是五件童裝；再看眼前這座墓，是一座新墳，小小的，連一棵草都還沒來得及長出來。

燒完童裝，我回到祖父的墳前，卻發現祖母不見了，往前追出去幾步，一眼便看見她正在不遠處踉蹌著向前狂奔，我趕緊追上前去，想要截住她，再去攙著她，沒想到，她竟然跑得更快，又回過頭來，流著眼淚問我：「我還沒有死，你不會現在就把我埋了吧？」——她終究沒有想起她來此地所為何事，也終究沒有想起她其實不在別處，她就在她最愛的人身邊。

我沒有再去追趕她，而是哽咽著，停下了步子，看著她，當此之時，我不再作他想，只想讓她一個人越跑越遠，並且一路順風，我的祖母，願你永在奔跑中，再在奔跑中將世間萬物全都真正忘掉：忘掉疾病，忘掉死亡，忘掉世界上所有的墳墓。

在人間趕路

我的祖父曾經告訴我，他一輩子的確經歷過很多不幸，其中最大的一樁，就是直到晚年才迎來真正的五穀豐登，相比年輕時的兵荒馬亂，來日無多的人間光陰才是最要命的東西。我大致理解他：在他的朋友中，有的是牙齒壞了才第一次吃上蘋果，有的是眼睛看不見了兒孫才買來電視機——這世上讓人絕望的，總是漫無邊際的好東西。

這庸常的人間，在我祖父眼中，不啻是酒醉後的太虛幻境。每次前來武漢，如果沒有照相機跟隨，他就不願意出門。

在紅樓門前，在長江二橋上，在寶通禪寺的銀杏樹底下，這城市的無數個地方都留下過他並不顯得蒼老的身影，每一張照片中的他都在笑著，笑容熱烈得與年齡不甚相稱，恰與站在他身邊的我形成鮮明的對比。他告誡我，不要愁眉苦臉，看看他，去年還寫出過「大呼江水變春酒」的句子。他認為，即使放在李白的詩集裡也幾可亂真；他又告誡我，要向阿拉法特學習，即使死到臨頭也要若無其事——看，我的親愛的祖父，僅僅通過一台電視，他便對這世界了解得比我要多得多，就在幾天前，在東湖裡的一座山峰上，他鄭重地告訴我：「《超級女聲》裡有內幕！」

這一次，他是負氣出門，原因是我父親不讓他做胃鏡檢查，於是他要來武漢找他的長孫。不料，我也向他表達了和父親一樣的反對，並且一再告訴他：對他這樣一個年過九旬的老人來說，每頓飯只喝半斤酒是正常的，他不可能再像八十歲時那樣一喝就是八兩，而所有做過胃鏡檢查的人事後回憶起來，無不都是心有餘悸，他當然不信，只差說我是不肖子孫。

這欲說還休的一個星期，我的祖父每天都要對我施予小小的折磨，比如他居然要看到電視上出現雪花才肯睡覺，比如每天天一亮就要把我從床上拽起來，語重心長地告訴我：天行健，君子以自強不息。很明顯，他是在和我賭氣。終有一日，趁著我出門，他上樓下樓地跑了一下午，打聽遍了所有的鄰居，這才確信他這個歲數的人的確不宜做胃鏡檢查，到了這時候，他還是和我賭氣，竟然要拉著我去東湖爬山。

小時候，我每天出門上學之時，他都要對我大吼一聲：跑起來呀！於是我就不迭地跑了起來；這麼多年之後，爬山的時候，我怎麼攔都攔不住，看著他遠遠地跑到了我的前面，又轉身對我吼了一聲：跑起來呀！但是，畢竟體力不支，喊了一半他就再也喊不出聲來了，想了又想，只能坐在台階上喘氣，害羞地看著我。

我走上前去，和他坐到一起，兩個人都在氣喘吁吁，小小的戰爭宣告結束，我們迎來了溫情脈脈的時刻。不知道何時起，他變成了個聽話的孩子，安安靜靜地坐在我身邊，似乎含有滿腹委屈，但他已經不用申冤，剎那之間，我全都瞭若指掌：無論怎麼變著法子和我賭氣，他其實都是在尋找生機，他只有弄出聲響，身邊的人才會注意到他的存在，只要他覺得有人注意到他，他就是快樂的；寫詩也好，熬夜看電視也罷，這些都是他喝下的藥，這麼說吧，因為近在眼前的死，我的親愛的祖父，正在認真而手忙腳亂地生。

與此同時，這些天，我在尋找一個失蹤了的朋友，正是他，在八年前告訴我：如果人生非得要有一個目標不可，那麼，他的目標就是徹底的失敗。

他說到做到，這些年，他辭去了工作，一直沒有結婚，偶現江湖也是一閃即逝；半個月之前，他當年的女友在江蘇的某條高速公路上開車的時候，突然淚流滿面，打電話給我，拜託我無論如何也要找到他。

這下子好了，為了找到他，我一個星期打了比往常一個月還多的電話，參加了好幾個形跡可疑的聚會，不斷有人宣稱知道他的消息，但是，每次當我喝得酩酊大醉從酒吧裡出來，他仍然作為一個問題懸在我眼前。應該是在長江邊的一間酒吧裡吧，我突然有一種錯覺：我懷疑我的朋友並未真正離開，說不定，他就躲在酒吧不遠的地方打量著我們，就像村上老師的名言，「死並非在生的對立面，而作為生的一部分永存於生之中」。

「向如此更新的世界告別是心酸的，」米沃什說，「他羨慕著，並為自己的懷疑羞愧。」我相信，對於米沃什的話，我的祖父一定深有同感；但是在我的朋友那裡，這句話應該反著說，至少應該把「心酸」換作「無謂」二字。這麼多年，他像一個生活在魏晉或者唐朝的人，我當然不至於將他看作是我們時代的嵇康與孟浩然，但他的確已經將生活看作一個玩笑，然後，心甘情願地接受自己在許多時候成為一個笑料，所謂「夢中做夢最怡情，蝴蝶引人入勝」。是啊，當我們每個人都在爭先恐後地進入，進入酒吧，進入電視和報紙，另有一個人，他的目標為什麼不能是離開、接連不斷地離開呢？

言歸正傳。

好說歹說全都沒用，昨晚，在火車站，祖父拒絕了我的護送，一個人坐上了回去的火車，歸途中，我突然想起了海子的詩，也想起了我連日來遍尋不見的朋友，正是他當初借給了我海子的詩集。蒼茫夜色中，我的祖父和朋友都在人間趕路，上升的上升，下降的下降，坐車的坐車，徒步的徒步。

一如海子所說：把石頭還給石頭，讓勝利的勝利，今夜青稞只屬於他自己——對不起，親愛的祖父，我可以將你說成一株青稞嗎？——你聽我說，今夜的青稞，只屬於他自己。

把信寫給艾米莉

我要說起你了，艾米莉．狄金森。就在昨天，我結束旅行，坐火車回家，在山區小鎮寒磣的候車室裡，我看見了一個哭泣的中年婦女，還有她沉默的女兒。我並不知曉她們被擱置在了什麼樣的難處裡，但我大致還是能明白中年婦女的哭泣：生而為人，誰能逃脫這些哀慟？無論何時，我們身外的世界裡一定有人在流下眼淚，不在這裡，就在那裡。後來，我和她們一起上了車，幾乎算得上是鄰座，因此，一路上，中年婦女的痛哭聲始終在我耳邊縈繞不去，反倒是哀戚的女兒，就像是接受了已經降臨的悲苦，確切地生出了不得不的淡定，替母親擦去眼淚之餘，她就靠在窗子邊上看書，艾米莉，她讀的是你。

假如你是我想像過的那樣——你不在阿默斯特的墳墓中，而是就在我的生活裡——你應當都看見了：十幾年了，我從來都沒有停止過讀你，許多次，當我也陷入悲苦，無論是在手術室外，還是在送葬途中，我像救命稻草般攥在手裡的，全是你的句子。那麼多人，或是輕微的不屑，或是逕自的嘲笑，多半都會如此相待於我的十幾年讀你，但是，如此甚好，我偏要過我的獨木橋：最好沒有一個人讀你，如此，便只有我一個人知道你的好。「靈魂選擇自己的伴侶，然後，把門緊閉。」你早就說過，「她神聖的決定，再不容干預。」

關於我和你的遭逢，它一直都是記憶裡最突出的部分：十七歲的暑假，作為一個多年如一日的差生，我對學校生涯的忍耐似乎到了極限，儘管到了後來，機緣轉換，我重回了學校，但是，暑假一開始，我還是興奮地接受了父親的安排，前往一個偏遠的稅務所，就此成了收農稅的臨時工。有一回，我路過水庫邊上的鐵匠鋪，遇見了鐵匠的女兒，這個遠近聞名的老姑娘，終日幽閉不出的鄉村語文教師，竟然跟我談起了詩歌，談論的結果，是因為從來沒聽說過「艾米莉．狄金森」這個名字，受了她不少奚落，當夜，我就趕回城裡，直奔新華書店，買回了印著你名字的三本書，它們是你的詩歌、日記和書信。

那是再也回不去的八月、青春和桃花源，艾米莉，我接受了你，不不，是我瘋魔了你，我帶上稅票，騎著自行車走村入鎮，經過了河渠和簇擁的灌木，經過了果園和月光下的玉米田，你的聲音響起了，它們不光是一直在我身體裡翻滾卻說不出來的話，甚至是眼前萬物的畫外音，你說：「一顆小石頭多麼幸福！在不經意的樸素裡，把絕對的天命完成。」你還說：「為每一個喜悅的瞬間，我們必須償以痛苦至極，刺痛和震顫，全都正比於狂喜！」你都看見了：在那荒僻小鎮，除了把幽閉不出的老姑娘想像成了你，我只差沒把鐵匠鋪看作尖頂教堂，我也幾乎將綿延的菜地都看作了阿默斯特的玫瑰園。

——誰能告訴我，這平常的所見，為什麼橫添了從未見識過的奇幻和莊嚴？到頭來，我還是要去你的詩歌與書信中尋找答案：「我的伴侶是小山和夕陽，它們全都比人類優越，因為它們懂事，但卻並不訴說。」

你知道，我總是在失敗，即使是在異國的東京，也沒有例外：第一次坐飛機，第一次走了那麼遠的路，膽子都被嚇破了，這便是我遠渡重洋和手足無措的十九歲。總是在下雨，我又總是迷路，而且，不管我還在種滿了山毛櫸的分梅町住多久，落荒而逃都已經成了定局，接連搬家，簽證過期，賣假電話卡混一口飯吃，這些，都成了定局，所以，趁著還有飯吃，我乾脆下定決心：不再出公寓一步，畫地為牢，再把牢底坐穿，以此證明自己的徹底無用。

但是，慌張和恐懼，全都如影隨形，我根本不可能趕走它們，幸虧有了你，艾米莉，一本詩歌，一本書信，一本日記，它們都快被我翻爛了，我惡狠狠地讀著它們，就像初入佛門的沙彌，睜眼便有萬千勾連，還是趕快將雙目緊閉，讓經文拷打身體，最好是著火，燒遍五臟六腑，說不定，火焰裡還能滋生出些微算得上安慰的譫妄：既然你的孤絕與艱困我能明白少許，那麼，是不是說，有一天，我也能像你一樣，用書寫驅趕疑慮與不安，用書寫將自己的一生都圈禁在中意的囚牢裡？果能如此，我現在就不用再淪於羞愧，因為那根本就是我的福分。

解脫竟然來得如此容易，而你也竟然無處不在：這是有了你的困頓和流離，這也是有了你的秋葉原和武藏野，我是真正有了你的我。自此之後，無論是被房東趕出了門，還是宿醉之後的不知身在何處，它們全都有了出路：一個念想誕生了。這念想，是從天而降的嶄新的肝膽，卻也不要忘了，時刻懷抱自己的虛弱與無用，艾米莉，如你所說：「我就像一個路過墳場的孩子，因為害怕，我唱起了歌，先生，這就是我的寫作。」

實在是，人人都需要一個艾米莉，別管她的姓氏，是狄金森，還是趙錢孫李，只要她是艾米莉。把信寫給她，她再回信給你，那回信裡有她的呼救聲，更有她賜還回來的奇蹟。假使你站在垂危親人的床榻前，她說：「死亡就像大眾一樣，它們都是我無法駕馭的。」又或者，你在上司的責罵聲裡無地自容，她說：「正因為你先使我流了血，所以，香膏才顯得彌足珍貴。」還有更多失望的時刻，因為愛與不能愛，因為生與不能生，我們都沒能等到那個跪求的結果，還好，有她的聲音傳來：「假如它屬於我，我不能避開它，假如它不屬於我，我還在追逐中空自度過漫長的一天，這樣，我的狗都會嫌棄我。」

而你，究竟是怎樣的一個你？容我暫做使徒，對旁人說起你的名字，不為布道，為的是，一旦落入虛空，我就要磨洗我的功課：艾米莉．狄金森，一八三〇年降生在麻薩諸塞的阿默斯特小鎮，二十五歲那年，她拋棄身外世界，就在自己的閨房裡，開始了長達三十年的閉門幽居，即使家人也只能隔著門縫和她說話；一生中，她只穿白裙，在她眼裡，世界上最莊嚴的事情，就是「一身潔白地去見潔白的上帝」；她疾病纏身，時常被眼疾所困，有許多年更是深陷於精神錯亂；愛過幾個男人，但都沒牽過手，就連讓她在數年裡摧心碎骨的那一個，終其一生，也不過只跟她見過寥寥幾次面而已；寫詩，寫信，寫日記，這是她唯一能做的事情，但她卻並不願意讓人知道，她將它們深藏在直到自己死去才被妹妹發現的箱子裡；一八八六年，她辭別人世，葬禮上，她仍然身著白裙，「沒有皺紋和白頭髮，難以言說的安寧」。

我還要說起你，艾米莉．狄金森。對於我，皺紋和白頭髮定然會不請自到，可是，我想知道，活在這勞苦的塵世，究竟要踏上怎樣的一條道路，才能獲得「難以言說的安寧」？如你所知，我來到了此時此地，此時是青春已然結束、繁縟的中年掀開了序幕；此地也不再是月光下的玉米田，而是廚房、菜市場和懷抱病中的孩子朝醫院奔跑的路上。就像石頭漸漸露出水面，這一場生涯正在顯露它的原形：醫院裡忍氣吞聲，酒宴上滿面堆笑，歷經多年折磨，我也終於學會了那些別人愛聽的話，說出來的時候，再也不心驚膽戰；可是，那個害羞到怯懦的人去了哪裡？不管是置身在小鎮的灌木叢，還是踟躕於東京的電車站，那顆都要在微光裡攥住一點碎末去瘋魔的心，它去了哪裡？

再說一次，艾米莉，幸虧有了你。要麼是在無由的焦慮之後，要麼就是在早晨起床後的悔恨裡，我再開始讀你，惡狠狠地讀你，並沒有花去多長時間，很快我就重新確認了：自從與你遭逢，你投射的光影，還有發散的福分，它們都不曾將我背棄，這福分雖然像真理一樣緘默，但它始終都在，不過是我多年的廝混將它拆成了碎片，現在，聚攏魂魄的時候到了，這魂魄不在他處，就在奔跑途中，就在責難聲裡，是的，一如既往，它仍然是、從來都是我們的虛弱與無用——「一旦被黎明或晚霞的景色所吸引，你看，我就成了美景中唯一的袋鼠了，多麼奇怪，美景對我已經成為一種痛苦的折磨」——這苦痛，不只是棄世和自絕，也可能是打字機上的酸楚和辦公室裡的痛哭，但它們都是苦的；這美景，不只是艾米莉的黎明或晚霞，也可能是我們親人的大病初癒，但它們都是美的。

我們只能在這裡，而不是在那裡，我們只能親近這裡，而不是跪拜在那裡。

閃電般的指引，不是錦上添花，是讓我自己開出花來：脫落迷障，減去道行，站在疑難、困頓和窘迫的這一端，重新回到弱小和羞怯的陣營，舉目四望，是廚房，是菜市場，是病床，但它們恰好就是我應該繼續潛伏的戰場，將它們放在阿默斯特，它們只怕全都是艾米莉的閨房，閨房裡有深淵和暴風，但它首先是黃金與白銀般句子的溫床。我此刻踏足的，即使只是一條夜幕下的中年的絕路，你又怎麼知道，走到最後，那回不去的八月、青春和桃花源又將撲面而來？

艾米莉，你一直在這裡：晨昏有別，你在黃昏裡；狂喜與痛苦有別，你在痛苦裡；在所有龐大物事對面的陰影中，你就端坐在那裡，等浪打來，再等浪盡，絕非認命，而是清醒。我曾經走開了，現在我又要走回來，像你一樣，在麵包屑上看見盛宴，用蜜蜂、三葉草和白日夢締造一片草原，假如奇蹟和造化前來敲門，我只能像你一樣：「握住你從黑暗裡伸過來的手，然後轉身走開，因為我說不出適當的話。」

——是啊，人人都需要一個艾米莉，把信寫給她，她再回信給你，當你披星戴月，她說：「水手不能辨識北方，但他應當知道，磁針能夠做到這一點。」當你心有餘悸，她說：「要用娓娓動聽的言辭，解除孩子對雷電的驚恐，強光必須逐漸釋放，否則，人們會失明。」當你在春風和白雪裡雙雙失足，想掉頭而去，卻欲罷不能，她又說：「車輦停在她低矮的門前，她不為所動，皇帝跪在她的席墊上，她不為所動，她從眾多的人口裡選定了一個，從此關閉心靈的閥門，就像一塊石頭。」

別管她的姓氏，是狄金森，還是趙錢孫李，只要她是艾米莉，只要她的回信能夠送到我們手裡。要是沒有她和她的回信，我們在狂奔中如何落定？我們在癱瘓中如何起身？我們又如何才能劈開自己，從體內的黑暗裡拽出躲藏著的另外一個，甚至是千百個我？可是艾米莉，這麼多年，你都看見了，「假如我要感謝你，」就像你說過的，「我的眼淚就會湧出來，使我說不出話。」

她愛天安門

有一次，垂暮之年的金斯伯格路過一個叫愛爾米拉的小城，那是二十五年前「垮掉一代」鬧革命時待過的地方。不消說，二十五年前，因為這些妖魔鬼怪的到來，遍布工廠的愛爾米拉曾經有過短暫的、不真實的喧囂，但是現在，物不是人已非，「昔日戲言身後意，今朝都到眼前來」——金斯伯格老淚縱橫，回到紐約後，他寫了愛爾米拉雨中的草地和士兵，寫了霧靄繚繞的群山和灰濛濛的工廠，然後，他寫道：「只是傑克不會再次出現，尼爾的屍骨已寒。」

我確信，一直到他死，他也不會再去愛爾米拉了；就像在武漢的我，在小梅被執行槍決之後的半個月裡，每次坐計程車路過我掛職的看守所，都會下意識地繞道而走，我懷疑，我不會再進到那個鐵門緊閉的大院裡去了。

十九年前，小梅出生在廣西的看守所裡，她的母親因此逃過一劫，帶著她回到了四川老家；十九年後，當我在武漢的看守所裡遇見小梅，她已經殺死了欺騙她的男人，被判死刑之後，正在看守所裡度過她在人世的最後一段時光。

我幾乎是第一眼就喜歡上了這個女孩子：一天中，我起碼會聽到她十次以上的笑聲，那笑聲就像永遠不會停止，清脆，響亮，旁若無人；我也看見過她發脾氣的樣子，這多半是因為放風的時候又有人欺負了她的姊妹，一到這時，她就要憤憤不平地出來主持公道，其實她的姊妹都比她大出了好幾歲。除此之外，我還見識過她更多的快樂和氣憤，譬如她唱歌獲得了第七名，譬如她在電視裡看見了害人不淺的偽劣嬰兒奶粉。

我曾經有好多次和她單獨交談的機會，每逢此時，我的茶杯裡哪怕才剛剛喝了一口，做過小餐館服務員的她都要趕緊地拿起茶杯去為我加水，舉步之間，連蹦帶跳，我必須承認自己對她充滿了好奇：她何以如此快樂？再想想自己的生活，又何以如此無趣？有一次，她甚至說，她可以為我按按頭，這樣我就不會那麼辛苦，想當年，她也是某某髮廊手藝最好的洗頭工。我連說不必，一來是，我從沒因為工作而覺得辛苦，二來是，多少我還是覺得有些侷促——這侷促可以證明我活得有多麼不真實，不像她，幾乎把每個認識的人都當成了自己的鄰居。

和此前見過的別的犯人不同，不管我說什麼，她都點頭，微微笑著，眼神裡不斷會閃過驚奇，有過看守所生活經歷的人都會知道這是多麼難：幾乎每個犯人的故事都可以寫一本書，所以，絕大部分的時候，他們的眼神裡並不會有相信和驚奇。就是在這樣的相信中，在看守所院子裡的一叢葡萄架底下，我聽她說起了她出生的鎮子；初來武漢時站在武昌南站外的慌張；為了見一個男人，先用冷水把自己淋得重感冒，然後再去請病假；當然，她還說，她愛北京天安門。

她說：「天啦，你都不知道我有多慌張，東西掉在地上都不敢去撿回來，就怕被別人當成小偷。」

她說：「天氣真是冷，我淋了自己兩桶水，跑出門的時候，覺得胳膊都要凍掉了。」「從四川出來的時候，我就想，要是能去天安門看一次升國旗就好了。」她又哈哈笑著說，就像是在說別人的事情，「後來有好多次想去，每次都有事，都把錢寄回家了，咳，到現在也沒去成。」

在此之前，已經有好幾個看守所的同事對我說起過小梅剛被逮捕歸案時的事情，那時候，無論警察問什麼，她都拒不開口。後來，她說她想去北京看天安門，看過了天安門，想說什麼都可以，但是出於紀律，沒有人答應她的請求。說來奇怪，應該是在去年冬天，我做夢的時候夢見了一個在天安門看升國旗的女孩子：朝陽初升，在簇擁著的人群裡，那個女孩子抬起頭來直盯盯地看著國旗，並且和眾人一起唱國歌，因為激動，她一直都在緊緊地攥著自己的小拳頭。

畢竟只是夢境一場，我相信，類似的情景也曾在小梅的夢中出現過，最終，她把天安門放在了腦後，跟著姊妹們做操、唱歌、繡十字繡；就像她把死放在了腦後，該笑的時候哈哈大笑，該生氣的時候就把牙齒緊咬。記憶中唯獨的一次說到死，是她想聽我的

MP3，我當然就摘下來給她聽。她對裡面的音樂不感興趣，我連忙問她喜歡什麼，並且告訴她，回去之後我可以把她喜歡的音樂拷進去，等下次來的時候再給她聽。「啊，還可以這樣啊？」她好玩地拍打著身上的腳鐐，對著我的 MP3 看了又看：「那能不能快點啊，我馬上就要死了。」

不止一次，我看著小梅的背影出神，〈飄雪〉、〈相思風雨中〉，還有〈看我七十二變〉，這都是她喜歡的歌，有時候，我甚至希望眼前的這個背影在音樂聲裡掙脫腳鐐，跑過武漢關的鐘樓，跳上回四川的火車，而她越變越小，直至最後，回到了八九歲的時候，在荒僻的四川小鎮，她赤足鑽進了她說起過的、綿延了十幾公里的油菜花。

事實的情形卻是，小梅，她在看守所裡迎來了生，她還要在看守所裡迎來死，就像那個寫出了《長夜漫漫路迢迢》的尤金．奧尼爾，「生在旅館，真該死，死也死在旅館」——這是他的臨終之語。而我們身邊的世界，這廣大而滴水不漏的世界，它不會停止，到頭來，我們每個人都還只能看著它繼續沉默地運轉不息。

六月七日，小梅被執行槍決。出於懦弱，我沒有去送她。

火燒海棠樹

「總有一天，我要砍掉它。」在陰雨之前的雷聲中，她對我說。她說的它，就在我們眼前，開了滿樹的花朵，對，它不是別的什麼，無非是一棵海棠樹。

其後，天空迅疾變得晦暗，雷聲轉作霹靂，大雨當空而下，雨水裡又夾雜著閃電，閃電擊打在海棠花上，使得花朵撲簌而落；其中有一朵，落入地上的積水，漂浮而去，漂到一口被掀開的窨井前，幾番沉浮，還是被窨井裡的水流席捲了進去。這個時候，她就哭了。

我其實知道，她一直都在哭。幾乎每一天，只要空閒下來，她就要找地方去哭。因為怕被病房裡的孩子聽見，她都是偷偷地、壓低了聲音去哭，許多時候遇見她，她的眼睛都是紅的，鼻尖也是紅的，呼吸聲急促，因傷心而致的激動遲遲難以平復，這都難以掩飾她才剛剛哭過。

她又有什麼理由不哭——夫婦二人，在小劇團唱了十五年的戲，劇團卻垮了，只好把兒子丟下，分頭出去打工，兒子好生生坐在教室裡上課，一塊窗玻璃突然碎了，正好掉落在他的膝蓋上，原本以為是皮外傷，在診所裡簡單包紮了一下，就回家了，哪知道，傷口看似是癒合了，膝蓋裡面卻在悄悄腐爛，等到夫婦二人匆匆趕回家，兒子的這條腿，已經非截肢不可了。

這還不是結局。這一家人似乎是被施加了魔咒，漫無邊際的厄運就像河水決了堤，一旦開始奔湧，她就再也一眼看不到頭：小醫院裡，夫婦給兒子截了肢，但傷口卻反覆感染，怎麼都好不了，沒辦法，夫婦二人還是借了錢，來到三百公里外大一點的城市，住進了這家院子裡長著一棵海棠樹的專科醫院。僅僅就在一週之後，有天晚上，丈夫出去給兒子買一份蛋炒飯，回來的時候，在院子裡，一輛運送醫療器械的貨車迎面而來，他未及閃躲，被活生生撞死在了那棵海棠樹上。

樹幹上，地上，丈夫的衣服上，到處都是血。她是從兒子的病床上被突然叫到海棠樹底下來的，大冬天的，腳上只穿著一隻鞋，她被嚇傻了，沒有哭，只是看看丈夫的屍體，再看看眼前紛亂的眾人，渾身一直發抖，抖了兩個月都沒好。隨後便是無休止的爭吵、推諉和訴訟——貨車不屬於醫院，而撞死丈夫的司機也是一貧如洗，現在，醫院勉強同意她的兒子免費治療，她甚至還可以在病區做清潔工，以換取些微的生活費，但到目前為止，還沒有任何人賠償她一分錢，她也只好就此在醫院裡麻木度日，再等待著官司早一點判決下來。

但她似乎並不關心賠償和訴訟，要我說，她的全部心思都在那棵海棠樹上。打飯的途中，空閒下來站在病房外的樓道裡發呆的時候，她的眼睛裡只有那棵樹，她狠狠地盯著它，就好像，所有的悲劇都是因為這棵樹，唯有將它砍掉，又或連根拔起，魔咒才能解除，崩潰和厄運才能離她遠一點，但事實上，無論好的還是壞的，她已經沒有什麼可以再被拿走的東西了。

「總有一天，我要砍掉它。」她見人就這麼說。可能是因為我陪護的病人跟她兒子同在一間病房，她有時候會對我多說幾句，譬如會說起她的丈夫：「他就跟沒死一樣，我要是盯著那棵樹看上十分鐘，就能看見他，比從前瘦多了，還怒氣沖沖的，像是要跟我吵架，他怪我沒照顧好兒子，也沒照顧好他，可是，我們以前從來不吵架的……」

所有人，連同我在內，其實都沒將她的話當真，但我們都錯了——忽有一晚，病房樓下傳來爭吵聲和哭訴聲，我出了病房，站在樓道裡往下看，結果，竟然看見了她，影影綽綽的燈光底下，她正在跟幾個保安撕扯，披頭散髮的，手裡拿著一把菜刀，她當然不是想殺人，她只是想殺死那棵海棠樹。但是，這麼短的時間裡，一把菜刀，怎麼可能殺得死那棵樹呢？沒多大一會兒之後，就連那唯一的凶器，她也保不住了：保安們輕而易舉將她制伏，菜刀也被沒收了。

第二天，關於她刀砍海棠樹的事，幾乎傳遍了整個醫院，甚至有人專門跑去看那棵樹，但其實看不見什麼，樹幹上不過只留下了幾條深深淺淺的口子，幾根樹杈倒是被砍斷了，鋪散在旁邊的草地裡，這些樹杈上的花朵們卻並不衰敗，似乎全然不知自己已經和樹幹身首異處。就像她，在兒子的病房裡，又或在整個病區裡打掃的時候，她還是在和人打招呼，有人要幫忙的話，她也會像從前一樣，跑上去搭把手，但是，她似乎是不知道，人們其實正在悄悄地遠離她，「這次她是砍樹，」一個聲音，也可能是很多聲音在說，「誰知道她下次會不會砍人？」

但是，人活於世，誰還沒有一絲半點被需要的時刻呢？她也不例外：護士節快到了，醫院裡要舉辦一場文藝晚會來慶祝，兒子的管床護士找到了她，說是她們幾個護士要跳一段集體舞，但人數不夠，乾脆，她來和她們一起跳，反正到了演出的時候每個人都要上妝，如果妝化得濃一點，她肯定不會被人認出來。

管床護士一邊說，她的眼睛裡一邊便生出了熱切之光，對方說完了，她也一口答應了，全然沒有半點推辭，也難怪，自打進了這家醫院以來，這只怕是最讓她激動的事。於是，從第二天開始，打掃完了病區，她便脫掉工作服，上了樓頂的天台，和護士們一起排練。跳舞於她，實在是件好事，至少可以減去許多她對著海棠樹發呆的時間。有時候，我站在樓道裡，依稀可以聽見她的笑聲，如果大家都在笑，她甚至笑得比護士們的聲音還要響亮一些。

等到她們從天台上下來，一個個說笑著進了病區，在場的人幾乎全都發現了，她差不多變成了另外一個人：天啦，她竟然伸出手去，幫這個護士整理頭髮，再幫那個護士撣撣灰塵，整理完了，撣完了，她還捏了捏一個小護士的臉，怪她不會照顧自己。這是多麼讓人震驚的事實，過去的她怎麼會想到自己還有今天？所以，小護士都走遠了，她還盯著對方的背影看了好半天——是啊，怎能如此輕易放過這從天而降的親密？只有在現在的隊伍裡，她和她們，才是舞伴，乃至是夥伴，等到這支舞跳完了，護士們要重新成為護士，至於她自己，就要與這短暫的如夢似幻作別，重新成為清潔工和一個截肢少年的母親。

不光我看出來了，幾乎所有人都看出來了，眼下她正在度過的時光，她實在捨不得。她差不多要找來一根繩子，把自己吊在樓頂的天台上，再也不下來。

終究還是出了問題。文藝晚會正式上演的那一天，因為無所事事，我也去看了，開場沒多久，就到了她們跳的那支舞，音樂用的是〈北京喜訊到邊疆〉，她果然化了很濃的妝，若不是相熟的人，絕對認不出。她也果然是唱戲出身的人，人群裡跳得最好，一舉一動，熱烈，又不輕佻，理所當然地成了舞蹈的中心，儘管她的舞伴們都比她年輕許多，差不多可以叫她阿姨。

但這只是前幾分鐘。突然她就大驚失色地止了步子，舞伴們還在跳，唯獨她一個人不跳了，舞伴們當然要催促她，她慌忙跳了幾步之後，竟然哭了，眼睛死死盯著觀眾席的西南角，稍後，幾乎是叫喊起來：「沒有！沒有！我一直都在管兒子！」說罷，她竟然雙腿一軟，頹然跪倒在了舞台上。什麼都不用再說，一切都被她弄砸了。緊接著，她又被人認出不是護士的一員，連同舞伴們一起，被趕下了舞台，一邊接受著訓斥，一邊繼續失魂落魄地朝西南角裡張望，嘴巴裡還念念有詞。

據她後來說，她之所以把一切弄砸了，是因為她的眼前出現了幻覺，她竟然在觀眾席裡看見了自己的丈夫，她也知道那是幻覺，本想不加理睬，但丈夫突然就暴怒起來，說她只顧著跳舞，連兒子都不管了，她這才亂了方寸。但無論怎麼說，她是休想再獲得護士們的親密了，現在的護士們對於她，豈止是疏離，簡直就是厭惡，世間之事無非如此：你在人海裡走了一遭，又或走了一年，一輩子，到頭來，還是只能做回孤家寡人。

現在好了，她多了空閒，也就多了時間去重新對付那棵海棠樹，雖說花期將盡，海棠花卻照樣開得絢爛，經常有父母帶著孩子，去到海棠樹邊，摘下一朵兩朵的花，再雀躍著離開，每到這時，她便異常憤怒，如果恰好遇見了我，她便會憤怒地對我說：「這些人，我看他們是想把災禍帶回家裡！」停了一下，在突然響起的雷聲裡，她再一次發誓：「總有一天，我會砍掉它，你不要不相信，等雨停了，不，不等它停，過幾天我就去砍掉它！」

她咬著牙說出的話，我還是沒有當真。不過，這一次我又錯了——她當真是沒有砍掉它，但是，她縱火去焚燒了它：大概一週之後的一個後半夜，樓下的院子裡突然喧譁四起，奔走聲，呼喊聲，尖叫聲，全都響作了一團，我跑去樓道裡往下看，一見之下，不禁倒吸了一口涼氣，卻原來，那棵海棠樹，還有海棠樹上的花，全部都被火點燃了，滿樹的火焰，正在熾烈地焚燒，但是，萬萬沒有想到的是，她，那個宣稱一定會砍掉那棵樹的人，她的身上也著了火，此刻，她正在瘋狂的哭喊，又帶著滿身火焰盲目地奔跑，雖說有保安漸漸圍上前去，但也只能面面相覷，只能聽任她的呼喊聲越來越淒厲，越來越撕心裂肺，左等右等，好幾分鐘過後，她才等到有人拿著滅火器跑過來。

如果她曾經供奉過什麼菩薩，現在，她應當將它砸碎：兒子截肢了，丈夫死了，她總要恨上一點什麼，尋來找去，她無非是恨上了一棵樹，然後，她報復了這棵樹，但是，厄運卻沒結束，相反，它還在等著她，見她走近，一把就將她拉扯過去，不僅要讓她陷入更深的悲苦，還要讓她在悲苦裡變得可怖，以及可笑，就算她能活下來，她一定會因為這一晚的行徑而備受恥笑——起先，她不知道從哪裡弄來了一桶汽油，趁著夜半無人，她站在病區的樓道裡，自上而下，將整整一桶汽油潑灑在了那棵樹上，她的心太急切了，以至於：汽油也灑在了自己身上，她都沒發現，潑灑完了，一刻也沒有停，她狂奔下樓，對準一片瀰漫著汽油味的花朵，劃燃了火柴，她沒想到的是，與海棠樹一起開始燃燒的，還有自己。

好多天以後，當她從重症監護室出來，我去看過她，但是沒能進得了病房，只能站在走道裡，隔著窗戶影影綽綽地去看：實話說，醫院並沒虧待她，儘管這只是一家專科醫院，但是，自她被燒傷，醫院還專門從別的醫院請來了燒傷科大夫。現在，她暫時脫離了性命之憂，全身幾乎都被紗布包裹，可能是因為經常陷入短暫的昏迷，我在走道裡站了好一陣子，看見的她卻一直都是靜止不動的；意外的情形是：有一隻喜鵲，誤入了歧途，闖進病房之後，被關在了裡面，別無他法，只能在這方寸之地裡驚恐地上下翻飛。

當然，我去看過她，更多的人去看過她，還有一隻喜鵲正站在吊瓶上苦楚地看著她，這一切，她都不知道；還有一件事，她也不知道：那棵海棠樹，在她被燒傷之後沒幾天，竟然神祕地消失了。

千真萬確地消失了。是被砍斷的。樹幹、樹杈和花葉全都煙消雲散，徒留下根鬚還暴露在連日的雨水中浸泡著，那麼，它是被誰砍斷的呢？出乎意料的是，醫院沒有派人來砍，保安們也沒有自行去砍，她缺了一條腿的兒子更是萬萬不可能，如此一來，幾乎每個人，跟她相熟的，不相熟的，都在問：砍斷它的到底是誰？好在是，反正此地是醫院，每個人，除了治療和陪護，最不怕浪費的，就是時間；對，他們有的是時間，去琢磨，去討論那棵樹的去向，種種說法裡，最無稽的有兩種：一種竟然說是我去砍的，因為我一直都在理會她；另外一種，則說是觀音顯靈，憑空降下法力，轉瞬就將它席捲而去了。

遺憾的是，他們都錯了。

好吧，話已至此，我就還是承認了吧：雖然我沒有親自動手，但是，連同病床上靜止不動的她在內，全世界，恐怕只有我一個人知道真相。真相其實是這樣的——後半夜，一個瘦弱的中年男子，打虛空裡來，打茫茫霧氣裡來，一手拎著蛋炒飯，一手拎著鋥亮的斧子，走進了醫院；經過海棠樹的時候，他沒有駐足，逕自上樓，進了病區，先是輕手輕腳地去到兒子的病床邊，但沒叫醒他，放下蛋炒飯之後，他就趕緊再輕手輕腳地離開了，因為他著急要去見他兒子的母親，他知道，她又一次陷入了昏迷。

現在，他終於再一次見到了她，可是，和來探望她的其他人一樣，他也沒能進入病房，只是隔著窗戶往裡看。這一次，他不再怨怒於她，而只是哭；他先是站著哭，再去蹲在牆角裡哭，又回到窗前去哭，如此反反覆覆，直到淚水打濕了他手中的斧子，但這被淚水打濕的斧子並不能讓他上天入地，反而讓他看見了更深的無能：即使陰陽相隔，他的斧子也砍不去厄運、崩潰和近在眼前的滿身繃帶，他唯一能砍去的，無非是那棵院子裡的海棠樹。

失敗之詩

誰的一場塵世，不都是自己誤了自己？先怪自己，再怨言辭，這可不假，那萬千的言辭，就是我們犯錯的禍首：聽錯了軍令，亂傳了消息，我們便墮入漩渦之中，一時仇敵，一時兄弟，拔刀，折花，怒沉百寶箱，可不都是著了言辭的道？杜麗娘在牡丹下甦醒，馬克白在閃電下奔跑，你以為他們難道不是一回事？

都是失敗者。一個個的，都是薛西弗斯，都見不得石頭從山頂上滾下來。還在磨蹭什麼？還在繼棧什麼？要我說，哦不，要荷馬說，要狄更斯說，無論要誰說都是這樣的：「在最終極之處，詢問和應答都無必要，它們是一模一樣的東西，它們有一模一樣的名字，就是失敗。」

所以，徹底的失敗者先行看輕的，是自己，黃仲則詩云：「十有九人堪白眼，百無一用是書生。」金斯伯格甚至說：「我需要一個宗師，他能使我不再出生。」常州黃仲則，生在新澤西州的金斯伯格，或入幕府，或抽大麻，看似瘋癲狂狷，其實打的都是退堂鼓，朗誦會和頂戴花翎不是要將他們送往世界的中心，而是要拆寨，撤軍，回到自己的窮愁與孤寡，且還對它們視若不見。

誰沒有心裡七上八下的時候？想當初，金斯伯格也曾呼號：「給我一個繼母跟我做伴，還要她淌著生母的淚。」少年比詩，黃仲則筆下也頗多綺麗之語：「風前帶是同心結，杯底人如解語花。」作新小說的郁達夫，作起詩來則常有憤懣之氣繞梁：「此去願戕千里足，再來不值半分錢。」但以身後論：三人之死，全都安安靜靜，死之既至，失敗便是棺木，是殉葬的酒器，「是在一切之後，是終點，這裡沒有指望。」

兩條路，一條欲生，一條欲死；一條通向瓊林宴，通向正當的生活，而另一條，則多在正當生活的反面；可是且慢，這後一條路，照樣少不了泥沙俱下，照樣要雁渡寒潭，血戰金沙灘。所謂未經省察的生活不值一過，失敗者也要端起刀槍，也要寫詩，不過是路分了東西，你我就此作別，你走你的陽關道，我就在獨木橋上繼續我的偏見，你知道，許多時候，失敗就是由諸多偏見累積而成，但這就是命啊，我豈能閃躲，如同辛波絲卡寫下的句子：「我偏愛我對人群的喜歡，勝過我對人類的愛；我偏愛寫詩的荒謬，勝過不寫詩的荒謬。」

世間已無辛波絲卡。但縱算她在世之日，多少人稱她作失敗的僕人和書記員？「哦，她總是在嘲笑……」「譏誚就是她的命運……」不不，錯了，徹底的失敗者從不迷戀一己之悲，這狹小的悲愁，才實在是好笑的東西。她如若在笑，就是在笑一切造物，俯拾即是的造物裡，又遍布著多少可笑之物，即使用悲傷的語氣說出：「我為將新歡視為初戀向舊愛道歉；我為簡短的回答向龐大的問題道歉；我為自己不能無所不在向萬物道歉。」實際上，她是在說：詩，笑，肉體，命運，這些初生的又被摧毀的，這些相互纏繞又相互抵消的，在你們面前，失敗，才是最後的、唯一的完整。

不是因寫詩而失敗，而是作為失敗者去寫詩，除了辛波絲卡，還有波赫士，他寫下：「我徒勞地期待，入夢之前的象徵和分崩離析。」他還寫下：「一個人可以成為別人的仇敵，但是，他不可能成為一個地區、螢火蟲、字句、花園、水流和風的仇敵。」自然也少不了黃仲則：「千家笑語漏遲遲，憂患潛從外物知。悄立市橋人不識，一星如月看多時。」

——通往失敗的路也少不了打坐、化緣和西天取經，但若忘記方向，甘於盲目，甘於匱乏，則養得成舍利子，摘得了彼岸花，到了那時，諸行無我，諸法無常，一顆星星也可以大過月亮，再看你的肉身何在？它在看，在聽，在嗅，在親近，清涼裡偏尋凶險，漩渦裡再去撲火，如此，它便在一切它不在的地方，猶如法常和尚臨終之句：「一笑寥寥空萬古……而今忘卻來時路。」也如兜率和尚的臨終之句：「四十有八，聖凡尺殺，不是英雄，龍安路滑。」

話說回來，在中國古代，那些被認作是哀感頑豔的寫詩之人，倒總是偏愛白話入詩，再在清淺字詞裡敲響驚堂木，黃仲則自不待言；更有辛棄疾，常常視字詞的律法若浮雲：

「病是近來身，懶是從前我。」又譬如：「走來走去三百里，五日以為期，六日歸時已是疑。」再看元稹之〈遣悲懷〉：「野蔬充膳甘長藿，落葉添薪仰古槐。今日俸錢過十萬，與君營奠復營齋。」這便是真切的失敗之詩，它依存在最簡樸的事物之上，比翼雙飛，但又互不相擾。如果梅花入了眼簾，我便說，這是一朵梅花，而後梅花死了，我便對人說，一朵梅花死了；就像元稹對亡妻說：今日裡俸錢過了十萬，我要祭奠你——雪擁藍關算什麼，去潮州的路要走八千里算什麼，馬嵬坡下有冤屈？長生殿裡癡情多？對不住，你們且先自行了斷，事物衰亡之時，不盡緣分和寫詩之心都要退場。

愁苦一路，也經常喬裝打扮，混進失敗者的隊伍，張籍直到暮年，才些微放下朝堂指望，轉瞬之間，另外一種指望便折磨得他更加形銷骨立：「別從仙客求方法，時到僧家問苦空。」還有盧照鄰，年紀輕輕之時，便有敗象初露：「昔時金階白玉堂，即今惟見青松在。寂寂寥寥揚子居，年年歲歲一床書。」你看，風平浪靜，人馬無聲，唯有時間是真正的勝利者。可惜的是，常年的疾病改寫了他的面目：「余羸臥不起，行已十年，宛轉匡床，婆娑小室，未攀偃蹇桂，一臂連蜷；不學邯鄲步，兩足匍匐。寸步千里，咫尺山河。」可是，在失敗面前，第一樁事情，就是要無情無義啊，對花，對草，對自己。我還是說實話的好：張籍與盧照鄰，越到後來，越無法忍耐失敗，他們寫的不是失敗，而是對失敗的反動；寫的也不是苦空，而是苦空如何紛至沓來。一如多少癡兒女：對這世界，他們時而溫柔，時而暴烈，但就是不能心平氣和地去接受它，抑或自己。

里爾克，你站住，不要跑，你才是化成灰我也認得的失敗者。「我如此地害怕人言，他們將一切全都和盤托出：這個叫作狗，那個叫作房屋；這兒是開端，那兒是結束。」他說，「我愛聽萬物的歌唱，可是一經你們觸及，他們便了無聲息；你們，毀了我一切的一切。」終其一生，里爾克都在書寫失敗，以及對失敗的等待，沒有錯，和去瓊林宴、去金鑾殿的路一樣，等待，也是最與失敗牽連的字詞，但是在里爾克那裡，失敗已經不是終點，在等待失敗的路途上被消滅才是終點，既然如此，何苦還要等待？要我說，他同樣是在建成一座花園，乃至一個帝國，他和許多同路者都在證明著這樣一樁幾乎不證自明之事：你我眾人，絕非無所不能，貫穿我們一生的，理當是、也必然是鱗次櫛比的不能，或無能。

莎樂美來了，杜拉拉來了，阿赫瑪托娃裝在書信裡來了，不是要跟他入洞房，卻是相繼成為他失敗的見證，「所謂命運，是我們從人群裡走出來，而非從外面向我們自己走近。」果然如此，日子便會像他喜歡了一生的玫瑰們般漸次枯萎？錯了，在里爾克那裡，讓日子蒙上光亮的，讓玫瑰死而復生的，恰恰不是點翰林，不是打金枝，它不過是我們日復一日在苦挨的羸弱、無聊和庸碌。正是它們，組成了一場等待，在如此等待裡駐足，才反而配得起談論那兩個字：指望。

——「我歌唱的一切都變得富足，唯有我自己，遭到它們的遺棄。」里爾克。

還有布羅茨基，你當他是因為入獄和流亡而失敗？哦不，他從不為此而羞愧，就算死之將至，伏爾加河的燈火，愛沙尼亞的尖塔，都還住在他的味蕾上，只須咀嚼，他就能找見他的祖國。他欲仙欲死的，痛哭流涕的，是另外一場失敗，初一看，那不過都是些小問題，譬如：「今夜我兩次從夢中醒來，走向窗戶，窗外的燈火，如同蒼白的省略號，試圖補充我夢中破碎的詞句，但也歸於空茫，並沒有帶來安撫。」再譬如，他模擬著聖母的語氣，發問基督：「你是我兒子還是上帝？你被釘在十字架上，我怎能回到家裡？當我還沒有弄清你是我兒子還是上帝，你是死了還是活著，我怎能跨進屋子？」

天可憐見，都不是小問題。實在是，無一個不生死攸關。在布羅茨基那裡，一場更大的、源於人類只要出生就無法閃避的失敗早已降臨，他之應對，是提出更多的問題，是使得我們的生活變得更加複雜，又以此來確證：我們並不曾在愚蠢中死去；拜服於失敗，並非是自暴自棄，而是朝著死去生，是在憤怒與怨懟之處尋見微妙，這微妙最終會將我們從電視機前帶出來，從一切不費氣力的生活裡帶出來，遇見彼此，奔跑的奔跑，彎腰的彎腰，唯有到了此時，我們才能對失敗視若不見；唯有到了此時，失敗才真正成為失敗。

——「關於生活我該說些什麼？它漫長又憎惡透明。破碎的雞蛋使我悲傷；然而蛋卷又使我作嘔。但是除非我的喉嚨塞滿棕色黏土，否則它湧出的只會是感激。」布羅茨基。

最後的時刻，這樣一首失敗之詩，理當獻給世間所有的失敗者，羅伯特・勃萊的〈在多雨的九月〉：「在我們之前，男男女女都能做到這一點；我會去見你，你也能來看我，一年一次；我們將是兩顆脫殼的穀粒，不是為了播種；我們蟄伏在房間裡，門關閉著，燈熄滅了；我陪你一同抽泣，沒有羞恥，顧不得尊嚴。」就是這樣：男女不用歡好，情詩可作他途。真正的失敗者，明暗難辨，陰陽不分，巴比倫好似長生殿。可以是君王，千山鳥盡，獨釣寒江之雪；可以是賭徒，一直賭下去，直到輸光所有的家底，乃至性命。

這緊要的時刻，要麼是開封府的衙役，要麼是蘇格蘭場的警探，最好是從天而降，堵住失敗者的房門，抬起刀，舉起槍，叫他們不要動，要不然，出了這房間，癡男怨女就要去開封城做秦香蓮，去不列顛做李爾王。一個個的，終歸都要重新變作搬石頭上山的薛西弗斯。說實在的，變作薛西弗斯也好啊，就怕搬了半天石頭，還以為自己是莎士比亞。

荊州怨曲

關於荊州，我篤信這樣的傳說：故楚破國之日，紀南一帶的天空中飛來悲雀萬數，遮雲蔽日，淒啼不止，鬥殺不止，就像一場天譴，就像提前敲響的喪鐘；楚山之下，雙足俱失的卞和端坐在一塊巨石上，對著懷抱裡的美玉號泣了三個晝夜，淚水流盡，直至眼眶裡滲出血來，他之號泣，不是因為剛剛領受的踐踏，卻是為了同胞們，全都將他懷中的奇蹟視作了謊言；月黑風高之夜，大將軍伍奢之子伍尚奔赴在尋死的路上，為了不留後患，楚平王假伍奢之名，傳令兩個前線上的兒子回家，意欲將父子三人同時問斬，風塵僕僕的長子不是不知道自己的下場，但是如此甚好，他寧願和父親一起去死，卻又將弟弟伍子胥驅逐，使其在暗夜裡狂奔，過了韶關，一夜白頭。

——在古代中國，許多的時候，荊州，是國家的花朵，盛開之時，太白也要折腰：「我本楚狂人，鳳歌笑孔丘」，又或是：「生不用封萬戶侯，但願一識韓荊州」。而在更多之時，荊州，卻是這個國家最決絕的所在：一場鮮血的潑灑，要等來另外一場鮮血的洗刷。它和它內部的人民，輾轉於不盡淵藪之中，往往只能在血光離亂中見識自己的命運：非得要端出血肉，城池方能清寧，非得要先領受了死，方能如釋重負地生。

如今被河水與麥田包圍的荊州古城牆，若是為它在流年裡折損的部分招魂，它的魂魄當是包藏在一次漫長的流亡中：一支襤褸的隊伍，傳說是鳳鳥的後裔，從只有在《山海經》記錄過的大荒裡來，在蒺藜和沼澤中生兒育女，又在戰亂和瘟疫中篳路藍縷，如此百年，直至建成一個國家；只是，這些世人眼中的蠻夷，每回都不能擺脫都城被敵人攻破的宿命，他們唯有繼續流亡，漸行漸遠，到了今日的荊州，一個名叫郢的地方，君王傳下令來：就此壘石築城，就此把身心安頓，不走了，再也不走了。

舉目之處，看不見一處關隘和天塹，楚人卻定都於此，難道只是賭氣後的決定？天可憐見，這個國家的人民有福了，他們其實是想通了一樁事情：退無可退，則無須再退，我偏要無險可依，我偏要棲身在離死亡最近的地方，如此，我和我的兄弟，我們的性命和血，才能算作這座城池的壕溝和城牆——越是將初生的一日視作在世上的最後一日，那真正的最後一日，才會到來得越遲。一場戰爭結束，誰要是活著回家，誰就是可恥的。死亡如影隨形，如何能說服自己，活下去是值得的？於是，就在荊州四野，在那些祭台和公墓邊燃燒的火堆裡，誕生了古代中國最早的歌與詩，經由楚人屈原之口，它們仍然活在今日的人間：「操吳戈兮被犀甲，車錯轂兮短兵接……凌余陣兮躐余行，左驂殪兮右刃傷！」

尚不能說，中國人最初的生死觀就是在荊州鑄成，但是，血肉荊州猶如一柄匕首，在繁星般的春秋戰國時代劃出過一道寒亮之光，以此告訴人們，世間存在著這樣一種死法，那是一種冷靜卻喜悅、凌厲卻清晰、唯其如此才能算作過完一生的死。一個人的故鄉，其實便是他的出處和來歷，繞樹三匝，有枝可依，他之所依，有草木的庇護，有露水的灌注，更有骸骨的指教，所以，日月轉輪，血仍未冷，即使到了明朝，荊州人張居正，孤身入仕，少不了逢迎與權謀，自然，謗亦隨名而至。當時，只要邊關起了戰事，管他是倭寇，還是韃靼人，運籌帷幄之際，張居正卻是興奮的，雖說機鋒早已深藏，他也仍不想掩飾自己的故楚臍帶，在一篇奏稿裡，他甚至引用了西漢名將甘延壽和陳湯的話：「明犯強漢者，雖遠必誅。」

言猶在耳——就是在荊州，當客居於秦的楚懷王死亡的消息傳來，楚南公曾經於竹簡之上，刻下悲憤讖言，囑咐楚人世代牢記：楚雖三戶，亡秦必楚！

定然有兩個荊州，一個是畫圖與絲絹上的荊州，春來開花，秋來落果，人民用生米煮成了熟飯，間或桃李春風，岑參與杜甫舉杯，又曾江湖夜雨，元稹與白居易唱酬，酒旗之上飛揚著更多的煙火，逸事和傳奇從來沒有虧欠城牆下的戲台，倘若時光就此清平，麥田裡的荊州，只願做一個溫潤充盈的小婦人；可是，另有一座城池，那是史冊和典籍上的荊州，戰陣森嚴，馬嘶人怨，向來白骨無人收，若遭火攻，必成焦土，倘若水襲，便作了汪洋一片，有意的，無意的，情願的，不情願的，它越來越成為奪人心魄的必爭之地，非但做不了自己的主，卻更似高掛頭牌的玩物，打馬飛奔的開國功臣，韜光養晦的未來天子，都要一把拉扯過來，劍挑了它的臉，才能算是刻下了印記，在自己的妖嬈版圖裡點上了濃墨一滴。

這一段從畫圖到史冊的路，是沉默與喪失的路。單說三國之時，一座荊州，它是劉備的暖巢，也是劉表的命門，它是孔明的疆場，也是公瑾的噩夢，幾番易主，數次更迭，看似是紅塵囂嚷的注腳：草船借箭，白衣渡江，截江救子，刮骨療毒，一部一百二十回的《三國演義》，八十二回說到荊州；實際上，伴隨著生靈的罪與怕，一個血汙中的嬰兒般的荊州。一個不知道多少回給古代中國締結出嶄新源流的荊州，沉默了，喪失了。在此地，誕生過這個國家最早的青銅樂器，當秦帝國還沉浸在瓦缸發出的聲響中時，鐘磬鼓瑟的奏鳴曲已經在楚國的上空響徹；在此地，也誕生過這個國家最著名的囚犯孔儀以至作為革命信徒的青年汪精衛，即使深陷囹圄，也要寫下「慷慨歌燕市，從容作楚囚」的句子。只是，尤以三國為盛：那個絢爛的、瘋魔的荊州，那一道中國文明中最奪目的閃電，被塗抹，被竄改，只作了滿目雄渾的一部分。

今夕是何夕，而我辜又是何辜？如果荊州是一具肉身，是戰亂流離中的霧都孤兒，天一亮就被束之高閣，甚或被關押在九曲迴廊下的水牢裡，天久地深，面對這被咒語籠罩的命運，會不會生出幾分怨懟？清醒和放縱，花紅柳綠和哀鴻遍野，有過一點自暴自棄，也有過一點無情無義，到底哪一個，才是脫離了迷障的我——「世上哪個聖潔，定吾罪者，誰？」

也因為於此，大凡英雄，大凡在史冊中手起刀落的人，生逢荊州，必有一劫。且看狂奔入吳的伍子胥，據說，那些睡不著的夜裡，除了磨刀霍霍，他度過難挨時光的唯一辦法，就是在心裡給楚懷王盤算出各種各樣的死法，不僅要活下去，還要殺回去，這個將牙齒都咬碎了的人，荊州是他的病，也是他的藥，他非得要喝下這劑猛藥，才可能繼續心如死灰的人間生涯，實際上，無論他離荊州多遠，終其一生，他都是荊州的囚徒，即使雪恥之日來到，他當真掘開了楚平王的墓，仍然可以斷言，楚平王的荊州已經徹底改變了他，縱馬入城的，不再是當初那個白袍少年，是仇恨，是整個後半生都將在荊州這間牢獄裡椎心苦度的白髮人。

尚有神話般的關雲長，誰能想到，過了五關，斬了六將，到頭來，竟然迷惑於一條並不深密的小計，大意失了荊州，後世裡，至少有幾十齣戲都唱了這一回，十有八九，都在感歎英雄的驕狂與末路，卻多半是些輕描淡寫：明明是劫難，看上去，卻更像是一次為風雅準備的波折，雖說給鐵幕般的三國荊州橫添了一絲少有的情趣，但革命終究不是繡花，不是嶙峋怪石背後探出的一叢櫻桃——失了荊州，便只好踏上窮途，更哪堪，性命的終點，麥城，就在不遠的前方，事實上，就在失去荊州的同時，英雄也失去了他的一生。

在我幼小的時候，偶爾會登上荊州的古城牆，在當初的藏兵洞裡消磨時光，時至今日，我還記得北門外的一棵皂角樹，雖然它堪稱高聳，卻是形容枯槁，說它天命將盡，每年春天卻都生出絲縷新葉，謎底揭開之日，正是它油盡燈枯之時，原來，在它的內部，早就已經生出了一棵新樹，那時我年少無知，熟視無睹，倘若是現在，我問我自己：你怎麼知道，那是不是故楚的魂魄依舊在今日荊州湧動，不光是這棵皂角樹，它也湧動在夕陽下的楚墓、奔流的江水和鋪天蓋地的滾滾麥浪之上？

回到西元前二百七十八年，故楚郢都被攻破的那一天，當秦帝國的戰士踏入城門，有一樁事情，他們決然沒有想到：被征服的隊伍裡，除了平靜下來的平民，幾乎沒有看到一個王侯公卿，而空氣中無處不瀰漫著酒香。那其實是，當滅頂之災已經注定無法逃脫，他們放下武器，寫好了遺書：罪在我等，甘願一死，勿殺百姓。之後，喝光罈中的美酒，拔刀自刎——為了親人們的生，他們，如釋重負地領受了死。

肉體的遺跡

這一回，說的是絕命詩。瞿秋白赴死之前，曾有「眼底雲煙過盡時，正我逍遙處」之句，世事便是如此：死這一字，自是性命的終局，也未必不是真境、善知識和血肉裡最後開出的花。在生死的交界，有人要留下句子，是為絕命詩，或是死不瞑目，或是追悔莫及，終歸是指望和安慰，有這一句兩句，彷彿是驛站長亭多了一座兩座，長夜孤旅，攜壺題壁剛剛好，最後的拯救與逍遙，都來得剛剛好。

自是有一些人，這一世不替自己活，他是在替眼前的風雅和後世的典籍而活，他也活得心力交瘁，但在旁人看來，肉體之外的物事竄改了他，他的行狀裡沒有呼天搶地，也甚少欣喜若狂，說到底，這一場沒有煙火氣的生涯，不過是花團錦簇的閹割。唯有到了寫下絕命詩的時刻，風開雲散，水落石出，八十一難已過，此身便是如來，你是什麼命，你就要歸於什麼樣的句子，這絕命詩，實在不是別的，它是肉體的遺跡，也是遺跡裡的肉身。

「夕陽明滅亂山中，落葉寒泉聽不窮。已忍伶俜十年事，心持半偈萬緣空。」被押上刑場之前，監獄裡的瞿秋白作成了這最後一首，卻是集唐人四句而成，這四句裡，除去致命的空無，還有隱隱的、獨善其身的冷漠，這冷漠早在拷打之前就已將自己畫地為牢，也足可使接下來的刑場和子彈自取其辱——我早已是孤兒，槍還未開，且讓我最後一次完成這聯句之戲，大限到來，我亦不過是，生生世世的孤兒。

子彈穿過身體，不會生出前所未有的道理，就像佛法道識，它們在今夜灌注人心，明早起來，該念經的念經，該打坐的人還是要打坐，塵世依然廣闊，心懷一死的人照舊不盼望結果，無非是法身非相，無非是無住無相，如此，唐伯虎才會在陰陽交分時留下如此句子：「生在陽間有散場，死歸地府又何妨。陽間地府俱相似，只當漂流在異鄉。」

世事真是難料，唐伯虎和瞿秋白竟是赴死路上的同道中人，如果他們生在一個時代，如果俄羅斯詩人葉賽寧也和他們生在一個時代，弄不好，在肉眼看不見的地方，他們要結伴同行。一九二五年一個冬天的凌晨，在俄羅斯，風雪中的葉賽寧咬破了手指，用血寫下最後的詩句：「再見吧，朋友，不必握手也不必交談，無須把愁和悲深鎖在眉尖——在我們的生活中，死，並不新鮮，可是活著，當然更不稀罕。」

葉賽寧訣世而去，卻不是所有人都能在找不到鋼筆時就咬破自己的手指，相反，有人會走得更遠，以至於，如果在這世上找不到一個人，她便要去另一個世界裡找他，就像葉賽寧的情人加琳娜．別尼斯拉夫斯卡婭。他最後的詩句是為她所寫，一年之後，在他的墓前，無法接受世上已無葉賽寧的別尼斯拉夫斯卡婭，用一把手槍結束了自己的生命，誰又想到，一首絕命詩，絕了兩個人的命；誰又能想到，別人的句子，怎麼會變成殺死自己的刀子？

絕命詩一途，實在也是字詞搭成的奈何橋，在這橋上流連的人，既有一個無法重蹈的前世，還有一個霧氣茫茫的前方，無論是心無掛礙，由此及彼只當作擊鼓傳花，還是捶胸頓足，拚盡氣力也要踟躕不前，暫且全都放下，時間到了，想哭的人終需哭出來，一切訴說、眷念和絕情，都要淋漓，都要惡狠狠，唯有如此，才能拿獲此刻的解救，如此，做過清朝官吏的故明遺民吳梅村才會對自己說：「忍死偷生廿載餘，而今罪孽怎消除。受恩欠債應填補，總比鴻毛也不如。」因烏台詩案下獄，自忖難逃一死的蘇東坡才會對弟弟說：「是處青山可埋骨，他年夜雨獨傷神。與君世世為兄弟，又結來生未了因。」

你若是聲稱自己打山中來，總歸有人要問，帶沒帶來蘭花草；現在，你是打血肉裡來，你在寫絕命詩，你便不是別的，那隻執筆之手，其實就是包藏了人間生涯的七情六欲，或是已灰之木，或是不繫之舟，旁人看去，總要見到你這一世，到底是水漫了金山，還是命犯過桃花。縱如李鴻章，「勞勞車馬未離鞍，臨事方知一死難」之句既出，再回想他二十歲時寫下的「一萬年來誰著史，三千里外覓封侯」，便有多少人拋卻廟堂高論，轉過身去，念及了他的難與苦；再如宋朝的蔡京，臨死寫下「八十一年往事，三千里外無家」的句子，讀過的人終是不免惻隱，千錯萬錯，他究竟是餓死在窮途末路上。

話說回頭，皮肉之苦，性命之憂，並不是在所有的絕命詩裡都能尋見相應，「誤落人間七十年，今朝重返舊林泉。嵩山道侶來相訪，笑指黃花白鶴前。」清人嚴我斯的這幾句臨終之詩，看似聲色未動，實有自圓其說的欣喜，卻深得多少人的傾慕，只為它呈現出了一個結果，這結果風平浪靜，讓人忽略道路上的枝椏叢生，卻又堪稱奇蹟，而且，奇蹟的獲得，並不是瀝血抄經後的恩賜，說出去，人人都會相信，如此，它便成了人人的指望，好像才子佳人小說裡末尾處的大團圓。

我第一回著意於絕命詩，是多年前看章回小說《劉公案》之時，小說裡有一個女子，名叫焦素英，不堪冤屈，懸梁自盡，留下詩句十首，也不過是些尋常之語，譬如「獨坐茅簷雜恨多，生辰無奈命如何」，譬如「猶有一條難解事，床頭幼子守孤幃」，這些尋常之語，一如她在世時吃過的粗茶淡飯，但卻和了血淚，慢慢讀下去，便覺得事事關己：她放不下的，我們也一樣都放不下，她所日夜號啕的，即使擱在今日裡我們也一樣無力承擔，她就來自我們中間，我看見的她，其實就是我自己。

在無邊的絕命詩曠野上，如果以墳地作喻，我喜歡的，不是城闕般的高聳陵寢，只是滿目可見的散落野墳，它們往往被荒草包裹，卻各自連通著回家的道路。因為於此，在我讀過的絕命詩裡，恰是兩個無名氏留下的句子最讓人不堪再讀，一個是過去時代的死囚，在斷頭前的一瞬，他既是無力回天，便只得喃喃自語：「黃泉路上無驛站，今夜投宿在何方？」另有一個，是古羅馬時代的妓女，閉目之前，她捧出呼告，並且囑咐姊妹們將這呼告刻在自己的墓碑上：「生前已遭蹂躪，行旅至此的人啊，勿要再踐踏我。」

果然是——你是什麼人，你便有什麼樣的命？你是什麼命，你便被埋葬在什麼樣的句子裡？

未亡人

我實在是喜歡這個人，蘇曼殊，西湖孤山有他的墓，我去尋了，沒有尋見，沒尋見也好，他原本就活該幽閉於荒草叢中，這是他中意的命；回想當年，曼殊下葬了，多少人去他墳前憑弔，更恐怖的，還有人雙雙去他墳前殉情，和納蘭一樣，和弘一一樣，他也被想像，並且，迎來了被強暴般的審美。若是地下有知，他怕是會孩子氣地睜大眼睛，微笑著注視後世，好像當初在上海吃花酒，一身袈裟，在姑娘們中間，也是笑著的，但那笑容是慈悲嗎？那難道不是絕望嗎？多少人都看見過：笑著笑著，他便哭了。

後世裡，第一回讀到曼殊小令的人，可有不喜歡的？我知道，許多人將他和納蘭當作一路，我以為這真是冤枉，納蘭一生，可謂錦衣玉食，也可稱之為畫地為牢，如此，旁人看去，納蘭的柔腸百轉，總歸還是脫不去公子悲愁。這哪裡是曼殊的人間生涯？一開始，他有一個見不得人的出生，往後，他是棄兒，是被迫剃度的佛門弟子，再往後，他是三心二意的革命者，是大洋彼岸的負心人，是欲說還休的花和尚，說是簫劍平生，說是負盡狂名，心底裡，他早就看輕了自己：「芒鞋破缽無人識，踏過櫻花第幾橋？」

弘一法師李叔同，曼殊早年的朋友，兩人原本也是不同，弘一未剃之時，他們兩個，曾有好一段時日寄住在同一幢小樓裡，卻不相親，我總疑心，定然是弘一疏離了他，在弘一那裡，一個「苦」字，起先是認識，後來是歡喜，他的修行之途，日漸一日地莊嚴枯寂，日漸一日地拜服於我佛的廣大無邊——「一事無成人漸老，一錢不值何消說」；曼殊呢，他不是，既然無所從來，亦無所去，他便鬧革命，打秋風，吃花酒，哪怕是遠走印度，在菩提樹下參禪，回來了，他還是如此告訴旁人：「九年面壁成空相，萬里歸來一病身。」那一年，在寫給青樓歡好金鳳的信裡，體弱多病的他又說：「多謝劉三問消息，尚留微命作詩僧。」我想，在他心裡，命，身體，終歸是大於佛法的。他一輩子都活在他的恐懼裡。

虧得了那個時代，有點像魏晉，也有點像晚明，所有的荒唐，人們都當作傳奇收納下來，也在心裡記得了，對曼殊也一樣，眼見他宴賓客，眼見他起歌舞，沒有人記得他的不好，只笑著說：你呀，你呀，真是一個花和尚。柳亞子說，曼殊終未破禪。他說這話時，曼殊的墳頭已是新添了幾株垂楊，要是在地下聽見了，他會怎麼說？不管別人了，我心底裡只當作他會說：破禪好，不破禪也好。

那麼多人，他們都說他是花和尚，慢一點，我問一聲：這蘇家的玄瑛，母親的三郎，骨子裡，何不乾脆說他是一個假和尚？他心裡自然是有佛的，他也禮拜，但他不畏懼，他只當佛是兄弟，興致來了，他願意替他去死，不高興了，說走就走，反正還要回來的；倒過來，聲色塵世對他來說難道不也是如此？多少次，他厭倦了，說什麼也要離開革命現場和酒池花叢，真個再也找不見，末了，他自己出來了，原來，他並沒有再入山寺，卻是吃了太多的東西，住進了醫院，一個人在醫院，他嫌冷清，他要人去看他。

真是人世裡少有的怪毛病啊——只要不高興，他便要吃東西，瘋狂地吃，一直吃到涕淚橫流，只是那時候的他還不知道，不太遠，僅僅三十五歲，他竟然會死在這上頭。

如果說他心裡的確存在一種宗教，我寧願相信，他信的是虛無，以及在虛無裡跳動的一顆心。若是有人來作他的畫像，我不願見他倚青燈坐蒲團，我願見一場盛宴，別人奔走舉杯，他兀自坐著，兀自對著酒杯發呆。南宋的楊萬里早就寫下了他的定數：未著袈裟愁多事，著了袈裟事更多。酒杯裡盛著他的一顆心，那是上下浮沉的一顆心，好像紅爐上的一點雪：生也生它不得，死也死它不得。

伽藍留不住，塵世又住不得，苦楚的母親唯有抱緊自己的兒女，他也沒有別的路，只好抱緊此時此刻，且要讓自己相信：此刻不是別的，就是禪，是戀人，是無上清涼。這麼說著，他便信以為真，打第一回因為偷吃了鴿子肉被逐出寺院開始，他就對自己說：我便是佛，佛便是我。不如此，酒宴上如何尋歡，暗夜裡如何行路？他以為自己在裝糊塗，其實，又有哪一刻，他不在絕望的清醒裡？他清楚地知道：在酒宴的兩端，是塵世與佛陀，他在這裡，看著它們經過自己，再漸漸離去，終了，它們還是都將他丟下了，丟下他在這裡「無端狂笑無端哭，縱有歡腸已似冰」，到後來，他也可以不露聲色，也可以無喜無嗔，不為別的，只為他的剎那頓悟：塵世與佛陀，不過是兩件暫且容身的袈裟，反過來，它們也是炙烤自己的兩堆問罪之火，那麼，你們都走吧，我願意孤零零的，站在這裡：「還卿一缽無情淚，恨不相逢未剃時！」

這光芒的句子，豈能只送給那個名叫烏舍的西班牙女郎？那些行過的道路，路過的草木，還有歡喜過的人，他都應該送給他們，他注定是他們的未亡人。是啊，這蘇家的玄瑛，母親的三郎，實在是，一出生便做了未亡人。一桌子人，都在唱，都在跳，他只是看著他們，卻在心裡定下了主意：這一生，要過為死而活的一生。既然如此，他卻為何不再早些求來一個死字？要我說，是他的孩子氣，那別人身上尋不到的，殘忍的孩子氣，他看著自己的生涯，像是看一場戲，到底在哪裡，他會滿腹含冤，又是在哪裡，他會被押赴刑場？未曾生我誰是我，生我之時我是誰？

好動的曼殊，不獨處的曼殊，誰能想到，只為讓葉楚傖給自己買一包糖果，他便清淨了，安心待在房間裡，用一個下午畫出了〈汾堤弔夢圖〉？葉楚傖自己也難以相信是真的，他為這幅畫寫了詩，詩裡說：「難得和尚謝客，坐殘一個黃昏。」葉楚傖自然知道曼殊許多時候是乖巧的，是討人喜歡的，但即便如他，也未見得知道：曼殊要的並不是糖果，他要的，是和人的相親，是不讓別人將自己當成旁人，也為此故，那一包糖果，他這一生裡其實是要不來了，因為這是在上海，不在他出生時的橫濱，也不在少年時的廣東。

哪怕只有片刻的親熱，他都要拚出力氣攥在手裡，那是他給自己造的糖果，他將它們裝在口袋裡，想起來了，便要拿出來舔一回——那一年，他回了一趟日本，終於見到了生母，他高興得簡直不知如何是好，今日裡伴著母親遊玩，明日裡再為母親作畫，一時向母親學日本話，一時又教母親說中國話，即使新出的畫冊，他也要仿照母親的語氣寫下詩序：「月離中天雲逐風，雁影淒涼落照中。我望東海寄歸信，兒到靈山第幾重？」

可是，晨昏只能交替，不得互換，世間每誕生一件物事，同時便誕生一道邊界，即使我佛，端坐於娑羅雙樹底下，也有波旬前來，勸他自取滅度。念之於曼殊，無論如何，母親分散，戀人蹈海，知交零落，只剩下了他，偏偏塵世與佛陀都捕不住他的心，如此，那別人身上少有的，殘忍的孩子氣，遲早便要發作，變成賭氣，賭注就是自己的命。

乾杯的朋友們，還有花叢中的相好，都斷然想不出，他們的曼殊，為何會瘋魔般迷上了吃？旁的不說，只說吃冰，他一天就要吃上五六斤，直吃到人事不醒，第二天醒過來，還是照舊要吃；只可惜，那時候，沒有人破除虛妄，看清他不是迷上了吃，他其實是迷上了死。我常常猜度，在饕餮的日子裡，蓮花座，須彌山，全都近在眼前，他的心裡定然有狠狠的快意：別人吃東西，是要將這一世的人間徹底行過，我吃東西，為什麼就不能是為了跟世人說，這樣的人世，這樣的人間，原本就不值一過？

我實在是喜歡這個人啊，蘇曼殊，一生中的多數時刻，別人看他，酒杯裡寫詩，美人背上題字；我來看他，卻都似在暴風裡行舟，刀尖上打坐。一九一八年，他死了，不管他願意還是不願，總歸我是記得他了。我也問過自己，你終是記得了他什麼，且讓我先行勸解：莫管他的修行，莫管他的酒宴，只須記得他的死之欲和生之苦，只須記得人間裡存在過這樣一場生涯——一個人，像一塊天地初分時的石頭，他躺在那裡，似是抵抗，似是磨洗，萬般知識經過了他，無上清涼經過了他，他只當作沒看見，只當作沒聽見，任由它們前去吧，他只做孤零零的一個，他只在雨水和淚水裡看見自己。

即使他死了，墓碑上也該刻下他心底裡的話：破禪好，不破禪也好。

別長春

夜色之中，當我滿心歡喜地走出長春火車站，絲毫想不到一年之後就會離開它。想那時：滿城燈火都呈現出恰當的清淡，南湖邊的白樺林被風吹得嘩啦作響，丁香花的花期雖說剛剛被我錯過，但香氣還若有似無，通宵飄蕩在史達林大街的上空。

一個二十二歲的大學畢業生，遠赴數千里之外，即將迎來他的第一份工作。

我的租住地，是在城市邊緣的光機學院家屬區，但全無不便，由此步行半個小時，即可到達我的工作地。這破落的家屬區，如果是在南方，它幾乎令人絕望：地上全是貨車駛過砸出的泥坑，紅磚砌成的單元樓搖搖欲墜，在樓群之間，各家各戶隨意搭建的小平房連成了片，起風的時候，籠罩著小平房的塑膠布們獵獵招展，直至被吹上了天空。

但我沒有半點失望，因為的確就是我念想了多少年的北國，那些別致而熱烈的生機正在我眼前依次展開：烤串店的煙霧熱氣騰騰，啤酒瓶的碰撞聲此起彼伏，男女如若相愛，赤裸的言辭更是不在話下。夜晚裡下得樓去，隨意走進一間小平房，即可與人高聲談笑，大口喝酒。到了清晨，我從家屬區的後門去上班，要經過一片遼闊的菜地，每次，當我走在掛著露水的白菜們中間，我都疑心自己會在長春過上一輩子。

終究還是不行。難處很快降臨了。事實上，在長春，我遭遇的所有難處只有一樁，那就是語言的喪失。和剛剛開始工作一樣，我也在剛剛開始寫小說，這些小說雖然拙劣，但南方風物景致卻是顯而易見：青苔，護城河，石拱橋，春天裡四處瀰漫的腐敗氣息。我自小在其中長大，依賴他們，而現在，幾乎在一夜之間，當我寫作，我突然找不見它們的蹤跡了。

一邊是寬闊的大街，碧藍而肅穆的天空，莊重到龐大的蘇俄及日式建築，還有鋪展千里的松嫩平原上，高粱和玉米正在燃燒般熱烈地生長；而另外一邊，是窄而彎曲的小巷，總也曬不乾的衣物，還有常年積著漬水的青石台階。一個是北方，一個是南方，我就站在中間，兩條看不見的繩索將我左右撕扯，我竟然不知道該描述誰了，「心中有美，但又苦於讚美」。

這不過是一場失敗的寫作生涯掀開了序幕，但彼時之我卻茫然不知，只是一心要將自己的一生都固定在白紙黑字之上。從未想到，前來北國，吃飯不是問題，與人相處不是問題，到頭來，語言卻成了最痛徹的折磨：在沒有學會描述北方之前，我唯有寫下南方，而屬於南方的字詞就像被北方的言說嚇破了膽子，紛紛逃遁，我通宵達旦在等待，但它們都沒有來。

我無法不失魂落魄。就算把寫作放下，生而為人，裝著多少祕密，說著多少道理，終於能夠過下去，不過是一再暗示自己：我們有可能靠近那些慘澹和自以為是的勝利，但說到底，一切勝利，不過都是語言的勝利。

而語言的裂縫還在擴大：坐車的時候，往右轉，被稱作「大回」，往左轉，被稱作「小回」；在菜市場裡一路走下去，一路的菜販子都在叫著「大哥」，甚至更親一點，「哥」；在烤串店裡，兩個此前全不相識的女人，一番交談，兩三分鐘後就可以叫對方「大姊」，甚至更親一點，「姊」——這些我都不習慣，甚至生出了拒斥，於我而言，「哥」，只代表著我的弟弟，代表著我與他之間的親密、冷戰和他遠在比利時的孤單；「姊」，我叫過人姊姊，那是在我被寄養的幼時，有一個長我幾歲的女孩子，在我飢寒之時經常給我吃喝，一見到她，我就想到我的母親，想到我的母親為什麼沒有在我之前生出她。

就是這樣。我熟悉的字詞，言說，還有附著在其上的情感，乃至倫理，正在像河水般從我的體內流走。我已然坐臥不寧，但又無法對旁人道明，於我嚴重的疑難，也許對旁人只是些微小事。滿大街的人群裡，要是人們知道有個人在為如此荒謬的小事而茶飯不思，只怕會笑出聲來。

開始想法子。開始尋找可能去靠近我熟悉的語言。在我上班的途中，會經過華僑賓館，有一陣子，一個大型的書市在長春召開，來自湖北的與會者們就住在這裡。這天清晨，我從賓館門前走過的時候，看見大門上懸掛著「歡迎湖北代表團」字樣，並沒有想到我會和這個會議有什麼關係，只是在心裡動了一下，但是，工作到下午，我便決定下來，要去做一樁必須去做的事情——我跑到華僑賓館，找到一個不相識的家鄉人，告訴他，書市上如果需要人手的話，我十分願意幫忙，且是分文不取，對方盯著我看了半天，答應了。

在書市上，我當了整整十天的搬書工，終日裡，那些繁雜的書堆，被我從一個場館搬到另一個場館，雖說疲累不堪，但當我走在回到光機學院必經的菜地裡，卻也滿心歡喜，雙腳生風：被人送了好多書，也拽著人說了好多話，就在這些說話之間，許多我熟悉的事物都在舌頭上一一復活了。譬如桑葚，合歡，梅雨天；再譬如鱖魚，芭蕉，竹林裡的野狐禪。

這是一場嘴唇和舌頭的盛宴。多少一生都用不上的字詞，都被我挖空心思地想起來了，說出來的時候，放心且全無障礙，它們可以被呼應。然而天下哪有不散的筵席，十天以後，家鄉人全都離開了長春，我又重新獨自活在了我的北國之城，我倒是並不為他們的離去而悲傷，我悲傷的是：不管我有多不捨得，長亭沽酒，灞陵折柳，好一番十八相送，那些話語和字詞終究是別我而去了。

所以，尋找只能繼續——整整幾個月時間，菜場，餐館，電器維修店，甚至在光機學院的左鄰右舍中間，我一直在尋找著家鄉人，尋找著在北方尤其顯得古怪和不可理喻的口音，一旦尋見，我就找藉口上去攀談，結果並沒有多好：好不容易找見一個，這口音卻往往正在被它的主人用於叫賣，用於訓斥孩子，甚至是用於乞討，生活和生計，正在折磨著這些口音和它們的主人，事實上，它們沒有工夫停下，來與我的口音相逢。

打這個時候起，我已經大致可以想像得出：我與長春，可能終須一別了。世間的語言，何曾只是滔滔言說的工具？它是身世，是情欲，是梁山泊，也是雷音寺。管它是像毛線團扭結在一起，還是像大雪後的平原般一覽無餘，你只要走進去，就理當躲得進樓閣，認得清花徑，可以大鬧天宮，可以為虎作倀；更有那些言說：高音，低音，吶喊，哭泣，喃喃自語，喋喋不休，它們除了是口舌的信使，更是在見證你的悲痛，你的狂喜，你的被侮辱與被損害。

對一個正在開始寫作的人來說，你所信賴的語言，即是你所信賴的生活，拋卻道德，哪怕它是一個惡棍，你也應該向它宣誓，向它效忠。

可是在長春街頭，我失去了我俯首稱臣的對象。

結局是突然到來的。這一天，我從紅旗街的地下音像市場出來，被一輛汽車蹭得踉蹌著跑出去好幾步，結果卻並無大礙，沒料到的是：當我還正在低頭檢查身體可有受傷之處的時候，車裡跳下來的人卻立刻開始了惡言相向，我當然要與之反駁，與之爭吵，但終於沒有，因為當我要開始爭吵，竟然沒有一個恰當而凌厲的字詞從我的嘴巴裡蹦出去，要命地，當對方聲色俱厲的時候，我卻站在南方與北方的中間，猶豫著到底要選擇哪一句話來進行還擊，想想這一句，再想想那一句，左右為難，但這難處已經與對方、與當時的急迫處境全無半點關係了。某種淒涼之感誕生了，這淒涼之感告訴我：也許，真的到了離別的時候了。

有何勝利可言？我再次走進長春火車站之時，天上下著大雪，北方之美正在天地之間洶湧地呈現：雪落在火車站的屋頂，使得茫茫夜空更加深不可及；雪落在小飯館的玻璃窗上，使得窗內的尋常煙火和說話都極盡熱烈；雪落在史達林大街的松樹上，一根松枝悄無聲息地被壓斷；雪落在收割後的松嫩平原上，勞苦的兒女終於可以離開，待到明年再來；如同詹姆斯．喬伊絲所說，「雪，落在所有的死者和生者身上」，自然，也落在我這個戰敗者身上，是啊，滿火車站的人怎麼也不會想到：在這個城市裡，有個人為了一樁荒謬的事情打過一場仗，現在，他戰敗了，正準備落荒而逃。

有何勝利可言？自從回到原籍，已經十幾年過去了，寫出過一些小說，更多的時候則是什麼都沒寫，真相是，什麼都寫不出。現在的問題是：從相信語言開始，我相信了這些語言背後的事物，但是，時代流淌得是多麼急速，我宣誓和效忠的事物正在一點點碎裂，全都化為了齏粉；和在長春時一樣，我又站在了中間地帶，甚至是站在了死結上，一邊是活生生的滿目所見，一邊卻是日漸殘損和喑啞的我的諸多相信，我該去拽住誰的尾巴，又該與誰如影隨形？日復一日，先是王顧左右，再是痛心疾首，終了，舉目四望：廚房，會議室，陰雨時的小旅館，諸多航空港與火車站，竟然全都變作了長春，那個二十二歲時、連爭吵都找不出恰當之詞的長春。

面對這四野周遭，我到底該如何是好？

卻也沒有別的法子，認輸吧。唯有先認輸，再繼續寫，繼續挺住。就像威廉．斯塔夫，旁人問他：「你為什麼還在寫？」他問旁人：「你為什麼不寫了？」

沒有別的法子。唯有將正在苦度的每一處都視作長春。先去書市上做搬運工，再去菜場、餐館和電器維修店，甚至來到光機學院的左鄰右舍中間，去尋找可能會相逢的口音。是啊，唯有再打一場注定失敗的仗，最後成為那個落荒而逃的人——十幾年過去，我多少已經明白：別離不是羞恥，它只是命運的一部分。猶如此刻，我寫下了一次生硬的、不足為外人道的別離，卻又想起了羅伯特．勃萊的詩——

「我對自己說：我願意最終獲得悲痛嗎？進行吧，秋天時你要高高興興，要修苦行，對，要肅穆，寧靜，或者在悲痛的深谷裡展開你的雙翼。」

堆雪人

清晨時分，在興安嶺的密林中，我剛剛從夢境裡醒轉，山河之美便透過黎明的曦光撲面而來：舉目所見，河流和群山全都被大雪覆蓋，紅與黑，牲畜與人民，怨憎會與愛別離，世間物事無一不像在母親懷中哭泣過的孩子，安靜，沉醉，不作抗辯，不發一言。

唯有在近處的密林中，些微的動靜依然在證明世上的生機從來未曾消失：風吹過來，樹枝幾乎是不為人知地搖晃，一大截枝上的積雪終於墜落了下來；幾隻鳥雀像是從樹洞裡鑽出來的，試探了一會，終於飛抵我所居住的木刻楞窗台前，啄了幾粒碎玉米，再輕輕地啄著我的窗玻璃；還有那隻馴鹿，輕悄地前來，兀自站在雪地裡，一身清澈，溫順地看著屋子裡的我，一時之間，我和牠，就像一場約定裡的彼此。

——這已經是連續第三天了，每天天一亮，牠就會準時出現在我的視線之內。

說起來，牠和我幾乎已經能算作是朋友：為了寫一本說不準什麼時候才能寫得出來的書，我住進了這家堪稱人跡罕至的度假村，度假村出門往西，有一個鄂倫春人聚集的村落，聽說是因為近些年興安嶺開始禁獵，他們這才無奈地遷居至此。在度假村消磨了十多天之後，一如既往，我仍然未能寫出一個字，而天上的大雪沒有一天休止，時間長了，我反倒不以為恥，甚至去和鄂倫春村落裡的孩子們一起堆起了雪人。說來也怪，每回和孩子們堆雪人的時候，那隻馴鹿都會像此刻一樣前來，也不走近，隔了一點距離，安靜地站立，長時間地凝視著我和孩子們，一步也不肯動，眼睛裡卻分明散發出了某種熱切之光，就像是羨慕，想要來到我們中間，跟我們一起堆雪人。

哪怕我走上前去，來到牠的跟前，牠也毫不惶恐，面對我的撫摸，牠漸漸地仰起了頭，嘴巴裡呼出的熱氣在雪幕裡彌散，輕微的鼻息衝撞我的手掌，就像一隻蜻蜓落在了荷葉上。我早已經知道了牠的來歷：牠不是別人，而是鄂倫春村落裡僅剩的最後一隻馴鹿。孩子們早就對我說起過，天降大雪之前，牠還有個同伴，頭上的角甚至比牠的更美，只可惜，雪季剛剛開始，同伴便失足掉進了河中的冰窟，就此再也沒有醒過來。

雖說鄂倫春孩子們幾乎全都對我表達了祝賀，一再對我說起被馴鹿青睞是件多麼吉祥的事，但是，我多少還是覺得有些不可思議：我不過是初來乍到，這隻馴鹿為何就偏偏棄他人於不顧，卻終日裡跟著我呢？

是啊，牠和我，幾乎已經算得上如影隨形，就像現在，大清早的牠就來了，固執地等著我現身，我也別無他法，只好起身，在屋子裡找了一點牠能吃的食物，隨即便推開木刻楞的門給牠送了出去。雪幕密不透風，轉瞬之間，我已經變作了一個雪人，這時候，牠吃完了食物，將身體一點一點往我的身上傾靠，我大致明白牠的意思，便伸出手去撫摸牠，果然，一股暖意緩緩生出，等牠再看我時，眼神裡便滿是某種欣喜的孩子氣了。

一般說來，每回牠來找我，消磨一會之後，牠就會獨自離開，不知在哪裡巡遊一陣子之後，不管我在哪裡，牠又會準確地找到我，一天下來，總歸得如此反覆好幾次。但是今天卻不同往日，牠遲遲不肯走，好不容易在我的催促聲中回返了幾步，卻又原地站住了，看上去，非但不想走，反倒是召喚我跟著牠一起巡遊的樣子。我當然不會隨牠前去。雖說結果無望，但我還得在桌子前面坐下，去寫那本注定無法寫出的書。所以，我決定不再理會牠，轉身回到了木刻楞之中，透過窗玻璃，依稀看見牠站在遠處仍然未作動彈。

雪越下越大，直到快看不見牠的時候，牠才緩緩地踱開了步子，竟然一步三回頭地看向我所在的地方。

直到午後，我才決定認命：心猿意馬的呆坐，不光沒有令我多寫一個字，反而還將之前寫下的全都刪除殆盡了。別無他法，我便出了門，去鄂倫春村落裡繼續和孩子們堆雪人，未過多久，嶄新而巨大的三座雪人就被我們堆好了，黃昏也在迅疾地降臨，這時候，我眺望雪幕裡的木刻楞，便又看見了牠：牠似乎剛剛又去找過我，當然沒找到，在雪地裡踟躕了一陣子，也只好掉頭離開了。不過，牠竟然沒有朝我在的村落方向走過來，而是轉頭向西，進了密林叢中，不過剎那間，雪幕就掩蓋了牠的蹤影。

一開始，我並未對牠太作理會，轉而去堆今天的第四座雪人，殊不料，沒過三兩分鐘，我竟然對牠擔心了起來：依牠的眼力和手腳，孤懸於密林之中，要是萬一失足，又或踏破了雪下的冰河，豈非有性命之憂？這麼想著，我便一刻也沒有停，放下沒堆完的雪人不管了，趕緊朝著牠消失的地方狂奔了過去。

倒是還好，剛跑到密林之外，我就看見了牠，牠其實並未進入密林，而是在一片避風的雪坡背後，來來回回的奔忙著，天知道牠到底在奔忙什麼呢——先是將頭顱伸進積雪，使出了相當的氣力，終於將一隻雪塊撬落，再抖一抖身上的雪，去撬第二塊，半天都沒有撬動，只好無奈地站立，突然發現雪坡邊緣上有一雪塊似落非落，幾乎是歡快地跑上前，探出前足去探，探是探到了，雪塊卻應聲碎裂，灑了牠一身，牠繼續抖落身上的雪，也只好無奈地接受眼前的事實，眼前除了雪別無他物，牠看看這一片，再去看那一片。

就在這時候，牠看見了我，就像兒子遇見了父親，牠朝我飛奔過來，接連踉蹌，又置踉蹌於不顧，終於挨近了我，再緊貼著我，眼神裡充滿了委屈，甚或還有幾分幽怨，似乎在責怪我全然不知曉牠所執迷的究竟是何事。是啊，我也的確沒辦法知道牠因何至此，看看那些散落了的雪塊，再看看牠，也只有歎息一聲：你我畢竟是人畜兩途。

既然事已至此，牠便下定了決心，用嘴巴咬住了我的褲腿，再執意往前走，我只好跟著牠，再示意牠：大可對我放心，無須再咬住褲腿，我一定會跟著牠。如此這般，牠便不再咬了，卻似乎仍然很不放心，走兩步就趕緊回頭，隨即還要用嘴巴觸碰一下我，見我信守諾言，這才愈加溫馴地往前走。這時候，大雪雖說已經止住，夜幕卻已經降臨了，燈火在遠處閃耀，近處卻只有雪地散發出的光芒，我們便循著這一絲微光，踏著積雪，吱吱呀呀地往前走。

至少走了二十多分鐘，我們的目的地終於到了，這目的地竟然不是早已被大雪簇擁的村落，也不是平日裡專供牠起居進食的所謂馴鹿場，而是村口的一面碩大的看板。這面看板是夏天裡為了招徠遊人而專門豎立於此的，上面除了幾句標語口號，就只剩下兩隻馴鹿的畫像了，我早就知道，這兩隻馴鹿就是眼前的牠和牠剛剛過世的同伴，可是，濃重的夜幕之下，牠竟然將我帶至此處，其中究竟有何深意呢？必須承認，我的確茫茫然而一無所知，我看看牠，再看看看板上的畫像，也只好再一次告訴牠：你我畢竟是人畜兩途。

偏偏這時候，暴雪重新開始光臨人間，寒意迅疾地加深，無論我多想跟牠再多一會相顧無言，分別也是迫在眉睫的事了，如此，我只好拔腳離開，也說不清楚是著急還是不捨，牠趕緊又去咬住我的褲腿，我苦笑著剛要去阻止牠，牠卻猛然明白了什麼似的，看看周遭的大雪，再看看我，趕緊鬆開了嘴巴，繼而甚至低下了頭去，就像是一個孩子做錯了事。我的確再顧不上去憐惜牠，示意牠趕緊回到自己的起居之處，這一回，就像是做錯了事的孩子正在進行小小的贖罪，牠絕不討價還價，馬上就調轉頭去，消失在了雪幕裡。

一夜無話。第二天早晨，我才剛在洗漱，木刻楞的房門就被輕輕碰響了。不用回頭我也知道是牠，於是趕緊去給牠找吃的，結果，當我打開房門，卻發現門口站著的竟然不是牠，而是一個少了一條胳膊的孩子。我當然認得這孩子，因為少了胳膊，每回我們堆雪人的時候，他總是瑟縮在一邊，怯生生地不肯上前，但是，此時此刻他卻不同往日，彷彿積攢了一夜的勇氣，他掏出一張照片，告訴我，照片上的人是他的父親，他想請求我，按照父親的樣子，幫他堆一個雪人。

必須承認，我愣怔了好一陣子，方才如夢初醒，連聲答應著，房門都忘了關上，拉著眼前的孩子就跑進了雪幕裡。

可是，雖說耗費了幾乎整整一上午，我的行徑卻仍然對不起那孩子好不容易積攢的勇氣：實話說，我堆出來的雪人並不像他的父親。修修補補了好幾次，推倒重來了好幾次，但不像就是不像，倒是那孩子，彷彿接受了我的無能，反倒一再對我說像極了，事實上我也已經無計可施，只好退到一邊，看著那孩子一改往日裡的怯生生，先是環繞了雪人好幾圈，最後，用一隻胳膊抱住了雪人的腿。

就在這時候，猶如神祇降臨，我的心裡像是突然被什麼撞了一下，隨之便是接連不斷的激動難言——是啊，我一下子便想起了牠，對，那個每日裡都要前來叨擾的牠，那個昨晚還與我共同置身於看板之下的牠，當此如遭電擊之時，就像一場跋涉終於來到了牠的盡頭，更像是一個祕密經由漫長的破譯而水落石出，我終於明白牠在請求著我的，究竟是怎樣一樁物事了：牠在想念牠的同伴，牠想讓我堆一個雪人，但是，這個雪人卻不要堆成他物，要堆，就堆成一隻馴鹿。

說來也是怪異，要是在往日，逢到這個時辰，牠早已與我遭遇了好幾遍，可偏偏，當我頓悟了那個牠只怕是想對我呼喊著說出的祕密，舉目所見，遍野裡卻都沒有牠的影子。我在茫茫雪幕裡環顧了好幾遍，正要拔腳狂奔去找尋牠，更多的孩子們卻正好從村莊裡呼嘯而出，一個一個跑向了我，我趕緊向孩子們打聽牠的下落，這才終於知道：昨夜風寒，牠受了涼，幾乎倒地不起，因此，一大早，牠就被送到距此三十里地外的縣城求醫去了。

聞聽到牠的下落，驟然之間，我的心裡又被莫名地撞擊了好幾下，呆立在連日裡堆起來的雪人之間，想了又想，最後作了決定：暫時不去縣城裡尋牠，而是就在此處，和孩子們一起，為牠堆一個雪人。

就像神的旨意再次破空而來，當我開始動念，之前算得上暴虐的大雪就慢慢變小了，且漸至於無，我便狂奔到昨夜的看板下，掏出手機，對準牠的同伴連拍了好幾張照片，再馬不停蹄地趕回來，二話不說，和孩子們一起，對著照片上的樣子，在西北風裡堆起了雪人，不不，那其實是一隻雪鹿；過了午後，風也慢慢止息，如此，我們再不用頂風作案，氣力全都用在了堆砌與雕刻之間，一回不行，就來第二回，在廢棄了三五回之後，我和孩子們，孩子們與孩子們，結束了偶爾的爭論，全都平息靜聲，終於迎來了一隻幾可亂真的雪鹿；那個缺了一條胳膊的孩子還嫌不夠，竟然跑回村落裡拿來了幾隻鹿角，小心安放在了它的頭顱上。如此一來，儘管我自始至終都在挑剔著自己的技藝，現在也不得不承認：不可能再堆出一隻更好的雪鹿了。

退後去幾步，我反覆打量著眼前的雪鹿，忍不住，不由得在心底裡對著正在縣城裡求醫的牠說了幾句話：你我相識，堪稱機緣，機緣美妙，又使你我變成一個約定裡的彼此，但是，唯有到了此刻，這個約定才總算是有了信物和底氣。

這時候，身邊的孩子們雀躍著叫喊了起來，我順著孩子們指點的方向往前看，一輛破舊的汽車正在緩緩駛向我們，這正是清晨裡送牠去縣城的那一輛。如此，我和孩子們便垂手而立，靜悄悄地等待著牠，汽車越來越近，越來越近，這樣，我便再度看見了牠：大病似乎已經初癒，牠安靜地站立在車廂裡，溫馴和清澈都一如既往。汽車停下之後，牠先是看見了我，即使還身處在車廂之內，也不自禁地喜悅起來，輕輕揚起了頭，就像是讓我趕緊再去撫摸牠；而後，當牠第一眼看見我身邊的雪鹿，一下子便驚呆了，兀自沉默，兀自長久地凝視，被施了咒語般全然不作任何動彈，只有仔細看，才能看清楚牠眼角裡湧出的淚水。

車門打開，牠朝著牠的同伴狂奔而去，走近了，又慢下了步子，喉頭哽咽，粗重地呼吸，熱氣彌散在同伴的臉上，牠這才稍微挪開一步，又生怕好景不長，趕緊回頭，迅疾地將臉湊上去，一點一點，蹭著同伴的臉。但是，同伴畢竟只是雪的托身，未能呼應牠，牠想了想，乾脆撒開雙足奔跑了兩步，再回頭看著同伴，就像是在召喚同伴與牠一起奔跑，可是，同伴仍然沒有呼應，牠不甘心，慢慢踱回來，再預備，起跑，跑出去兩步，仍然回頭召喚，同伴卻還是逕自沉默，如如不動，這樣，牠便來到我的近旁，彷彿是在向我求救，要我去叫醒牠的同伴，好讓牠們一起奔跑起來。

而我愛莫能助，除了一遍遍地撫摸牠，我再也給牠帶不來別的安慰。也不知道過了多久，牠這才重新走向了牠的同伴，長久的凝視之後，再一次蹭了同伴的臉之後，可能是接受了事實，也可能是下定了等待同伴醒過來的決心，迎著新一番飄落的雪花，牠輕悄地躺臥在了同伴的身邊，等待著命運向自己展示接下來的造化和要害，其時情境，就像兒子躺在了父親身邊，就像大雪躺在了山河的旁邊，就像萬千生靈躺在了菩薩的身邊。

懷故人

昨天晚上，我夢見了你，夢境裡，你坐渡輪過江，從武昌到漢口，船行半途之後，突然風雨大作，你手裡的雨傘被大風捲上了半空，一如既往，你害羞地扶著欄杆，眺望著雨傘越飄越遠，全然不知道如何是好——是啊，你總是害羞，然而，這害羞不是矮世界一頭，而是那些年裡，太多你所不能理解的事物朝你紛至沓來，其中自有種種不堪，面對它們，你總是孩子般地驚異，某種童真就像明月一般在你的驚異裡閃閃發光，繼而，仍然陷入了害羞，我當時也在船上，又沒忍住，想要走到跟前去提醒你：童真與羞澀，可能是兩把殺人的刀劍，就在這一轉念之際，我突然意識到自己是在做夢，稍一愣怔，你就不知所終了。

醒來之後的恍惚裡，我又覺得自己不是活在你丟棄的塵世裡，而是就站在那條夢境裡的鐵皮渡輪上，隨後總算徹底清醒過來，終於確信，你與渡輪都來自我的拼貼：如果我沒有記錯，早在你死去之前的好多年，長江上的渡輪就停開了。

這當然不是我第一次夢見你——你在江堤上雀躍著奔跑，你在把你即將要寫的故事講給我聽，你在唱京劇，這些都是我做過的關於你的夢，它們多半發生在全國各地的小旅館裡，如你所知，這些年裡，為了謀生，我幾乎把所有的小旅館都住遍了，此中情境，猶如你活著時我跟你開過的玩笑：我未成名君未嫁，可能俱是不如人。

有一回，是在四川的一座小縣城，連日暴雨之後，城外的河流終於開始氾濫，半夜裡，河水決堤，一路沖向堤邊的小旅館，而這家寺廟改建的小旅館裡幾乎只住了我一個人，大概是入睡之前剛剛讀過你寫的童話，於是便又夢見了你：你在一座霧氣繚繞的山頂上對我呼喊，我卻全然聽不清你在呼喊什麼，乾脆也騰雲駕霧，朝你飛奔過去，等我剛在山頂上駐足，你卻又倏忽不見，我便也開始呼喊你的名字，直到把自己喊醒了，而此時，氾濫的河水已經湧入了我的房間，我一邊打開房門朝外狂奔，一邊作如此想：也許我所在的此刻，恰恰是你的夢境；沒錯，奔湧的激流，頹敗的旅館，滂沱的雨水，以及影影綽綽的周遭萬物，它們可能全都是你的夢境，我不過是狼狽地奔跑在你的夢境裡。

你看我，多像你寫過的那隻鴨子：東奔西突，仍然逃不過關押牠的一方囚籠。我得說，安徒生之後，你寫下的關於鴨子的那一篇，是我讀過最好的童話——一隻鴨子，被關進了餐館的囚籠，隨時等待著屠宰，卻被一個女孩搭救，兩人就此生活在一起，時而親愛，時而吵鬧，故事快結束時，鴨子的同伴們前來解救牠，而牠卻放棄了被解救，自願就此與女孩生活下去，女孩問牠：你不覺得你失去了自由的機會嗎？要知道，生活在人類中間，你永遠無法獲得真正的自由。然而，鴨子回答她：我寧願我們不自由地在一起。

不自由地在一起。

這句話，應該刻在幾乎所有人的墓碑上，依我看，它就是概莫能外的命運陳辭：這一生中，說起你和柴米與油鹽，說起你和恩怨與道理，無非是一句不自由地在一起，是啊，狠狠的離開多了去了，只是同樣地，乖乖的返回也多了去了，離開與返回，猶如一對相親相愛的人，也如一對相愛不相親的人，它們，終將不自由地在一起。

你看你，窺破了多少天機，卻又絕不擔負什麼祕密：常年的幽居並沒有在你的所在之處製造更多的陰影，相反地，某種明亮之氣，就像堅定的天賦，可能只生出了微弱之光，卻足夠照射你的慌張的朋友們。那麼多喜悅，令人難以置信地在你身上展開：薔薇開了，你是喜悅的；《暗店街》出了新版本，你也是喜悅的；你可能有所不知，你的那些喜悅至少於我而言，是真切的安慰——當我在山河間奔走，又或在片場裡打雜，不自禁地經常想起，有一個人，她是喜悅的，說不定，有朝一日，當我擺脫了諸多妄念與窘境，我也能如她一般，僅僅依靠種花種草，依靠幾本童話和一本波赫士，我就能夠獲得和她一樣多的喜悅。

忘了是哪一年，我在黃河邊的一個劇組裡，接到了你的電話，那時候正是春天，你的樓下有一株梔子花正在盛開，儘管在房間裡看不見那株梔子花，但是濃郁的香氣卻使你感受到了它，這剎那間的體驗令你頓時生出了諸多浮想，你懷疑，先前乃至是遠古的某個時代，可能每個詞語都是有氣味的，譬如「國家」和「民族」，譬如「山海經」與「哀鴻遍野」，這樣的詞語，可能都是有氣味的，我還未來得及說話，而你已經自問自答，興奮地告訴我：「一定是這樣，一定是這樣！」

其時夕陽西下，黃河裡水波湧金，我剛剛放下電話，就迎來了製片人的呵斥，不過，我還是兀自想：和你這樣的人活在同一座塵世上，就算再多羞辱，日子終究值得一過。

然而你已不在這世上了，上窮碧落下黃泉，兩處茫茫皆不見，就算有些矯情，我也必須承認：某種封閉、閃亮和可以端出肝膽的好日子，已經一去不復返了。我繼續活在世上，有時候酩酊大醉，有時候心如死灰，許多次的廝混之後，我突然想起你，你唱京劇的樣子，你講故事的樣子，一念及此，不禁對眼前的廝混後悔莫及，卻又在下一分鐘原諒了自己：你就當我在認賊作父吧，你就當我和所有的廝混是不自由地在一起吧。

也為此故，除了在夢境裡，哪怕置身於退無可退的現實周遭，我也經常看見你：路過你生前所住院子的時候，在江底隧道穿行的時候，甚至梔子花開的時候，這些時刻我都看見了你，或者破空而來，或者只是靜靜站著，笑著，一句話都沒有說，我從來不曾狂奔上前，而是喜悅地注視，再等待你的消失，接下來的路，我還要繼續緊趕慢趕，但是如你所知，那些好日子一直與我如影隨形，就像時刻準備吞下的後悔藥。

那的確是閃閃發光的好日子——常常是下了飛機和火車，我就往聚首的小餐館裡趕去，說起來多麼怪異，我們竟然在煙薰火燎的小餐館裡讀詩：普拉斯，畢肖普，弗羅斯特，里爾克，那麼多好詩人好句子，我都是經由你的背誦才第一次聽到讀到。多少有些慚愧，這麼多年我儘管也在寫作，也在讀詩，可是，是你，第一次將詩意真切地袒露在我的方圓幾步之內，那詩意並不是什麼高蹈的所在，而是和正在冷卻的酒菜與燃燒的爐火一樣，伸手可及，舉目可見，全都是不能再簡樸的物事，卻組成了獅子吼的一瞬，又或飄飄欲仙的一部分，就連你那沉默的女伴，也彷彿被喚醒了，借著酒意背起了卡明斯基的詩：「如果我為亡者說話，我就必須離開身體裡的這隻野獸，我必須反覆寫同一首詩，因為空白紙張是他們投降的白旗……」

夜幕裡，雪落了下來，透過小餐館油膩的玻璃窗往外看：一隻貓蜷縮在屋簷下，一個水果攤主正在擦拭蘋果；更遠一些的地方，手上長滿了凍瘡的洗頭姑娘正在調情，剛剛得手的盜賊手扶電線杆驚魂未定地喘息，這尋常的所見，全都讓我覺得是詩歌正在生長——這真正是最令我感激你的事情：背誦著詩歌的你提醒了我，即使眼前就有滅頂之災，這世界仍然在同時呈現災害之外的另一部分，萬物將我糾纏，但萬物都有聲音，如果我不盲目追隨，不迎面跪下，而是先站直了，再謙卑地去看去聽，那麼，那些沉默的聲音和幽謐的暗影，就都有可能被我喚醒。

我又怎麼能夠忘記那些長江邊的小獸呢？

冬天，江堤上的樹木幾乎褪盡了葉片，空氣卻是清冽的，陽光照射著寒冷的江水，我們幾個人便下了江堤，朝著江岸邊停泊的躉船走過去，一邊走，你一邊蹦蹦跳跳，的確，一次家門口的漫步也能讓你覺得滿心歡喜，說起來，你真是活該寫下那麼多童話：短短一段路，不斷有小東西從乾枯的灌木叢裡跑出來，奔向你，牠們是斑鳩和松鼠，是公雞和流浪狗，你一個也不輕慢，該打招呼的打招呼，該餵食物的就餵食物，就算是一隻小灰鼠，你也彎下腰去與牠對視半天，等牠跑遠了，你才哈哈笑著直起腰來，神情裡不無小小的得意。

而後，你繼續著得意往前走，我卻跟在後面作如是想：大概再也沒有一個人像你這樣清晰而不自知地放棄了生長吧？因為放棄生長，多少物事的反面從未湧入你的生活，如此，一隻被人厭棄的灰鼠也可以在你那裡獲得平等的注視；我懷疑，有一些字詞，類似「階級」和「諂媚」，比如「乞憐」和「鬥爭」，等等等等，這樣的字詞，你大概沒有一分鐘想起過它們，在不自知之中，你被它們拋棄了，然而如此甚好，你正好這樣度過一生：在字詞裡度日，卻對更多的字詞一無所知。

下一回江邊散步的時候，在躉船上，你對我說起了剛剛寫完的童話，《小灰鼠的耶誕節》，說的是：有一個女作家，她大概是全世界最窮的人，家徒四壁，從來無人上門，即使耶誕節那天，她也是一個人度過，沒想到，驚喜卻是居住在她房間裡的一隻小灰鼠帶來的，牠竟然邀請女作家一起過耶誕節，於是，世界上最窮的人和最窮的老鼠度過了一個美好的夜晚，貧窮不僅沒能令耶誕節受損，反而使他們體嘗了最純粹的歡樂——江風浩蕩，你輕聲地講故事，我卻邊聽邊覺得自己何其有幸，這一輩子裡竟然有機會聽你講故事：在相當程度上，你其實是被神靈眷顧的人，它們賜予了你巨大的天真、專注和一顆為老鼠俯首的心，如果這個世界有最終極的祕密，我相信，你是那些少數被神靈選中去靠近那個祕密的人。

話雖如此，我卻必須承認，在你死去之後，漫長的時間裡，某種怨懟和憤怒一直在糾纏著我，有一個晚上，我又從千里之外回來，下了飛機，過長江的時候，突然想去看看你，於是逕自跑到了你從前住過的院子裡。

正好是春天，梔子花的香氣滿天蕩漾，而你的房間卻再也沒有燈火亮起來，突然我就被怨恨裹挾了：你的離去，令我，令我們，全都變得殘疾，這殘疾，不是肢體的丟棄，而是魂魄被攔腰切斷了，再有被屈辱澆灌之時，再有想將繁雜世事驅趕到九霄雲外之時，我們去哪一家酒館哪一艘躉船上才能找到你呢？

在你死去之前的一個多月，大概知道疾病已經無救，你曾用手機發給我一首名叫〈霓裳〉的詩，這大概就算作你的絕命詩了吧，只有短短幾十個字：「等這些衣裳穿完了，冬天就來了，等這些布用完了，我就會死去；冬天更需要美麗的衣裳，而死亡，就是在喜悅中，回家。」那時候，我正坐在北京的一輛公車上，沉默地讀完這幾十個字，公車正好到站，我跳下車，推開人群，在街頭狂奔，哽咽，漸至於號啕——死亡可以隨時將你擄走，可是我怎麼辦呢？這麼多年，詩歌，寫作，白日夢，還有你，你們一直在我身邊，在許多年裡我的滿世界裡都只有你們，我甚至以為，除了你們，全然不存在別的值得一過的生活，可是，你用死亡在我眼前掀開了駭人的一幕：我須臾不能離開的你們，竟然會沉默，會消失，甚至會腐爛，而我也竟然會六神無主，會寫不出一個字，會費盡心機，卻只為了找見一點能度過眼前的生趣。

說真的，你的死，把我的膽子都嚇破了。

說起來誰肯相信呢？一天乃至一年中的大部分時間，我都在逃避你的死，但死亡就像一把明晃晃的利刃，或者一把披上了隱身衣的暗器，走到哪裡就跟到哪裡，還有，從你的死亡中誕生的頹敗之感更是每每矗立在我的咫尺之處，往前一步便撞了上去，我也只好呆立當場，要麼就做賊般撒腿狂奔，心底裡倒是想了一遍又一遍：如此生涯，究竟何日才算到了頭？

別無他法，我唯有向你呼救，希望你再度出現在我的夢境裡，幫幫我，將那些無邊無際的頹敗剔除乾淨，好讓我打夢裡出來後的下一分鐘就重新做人，又或者如此狂想：這世上會不會在哪裡還留存著一張你寫給我的字條，就像諸葛亮的錦囊妙計，只要被我找到，眼前所有的屏障都會暫態間轟塌，我甚至就此便身輕如燕，直至了斷了塵緣？

天可憐見，終於還是讓我等到了你：那是在山東棗莊的後半夜，我被一個劇組炒了魷魚，一個人，拎著簡單的行李去坐火車，彼時彼刻如果不叫作走投無路，那麼，連我自己都不相信。天降微雨，月台上的燈光黯淡不明，我坐在骯髒的長條椅上等待著似乎這一輩子也等不來的那趟火車，突然，側身之間，我看見了你，你就坐在我身邊，全然不似初來乍到，倒像是和我一起出的門，又一起等待著回去的火車，到了這時候，哪裡還有什麼生死別離，剎那之間，我把所有的疑問全都傾倒了出來，恰在此時，火車進站，我們一邊上車，你便又一一對我作答，我還記得，你說：小動物是美的，美就美在牠們的柔弱，因為是柔弱的，也就不給世界添亂，甚至，不讓更多的詞句來形容牠們，一個人，一件物事，只要不被形容，就是美的。

火車往前行進，你又說起了你正在寫的童話：一個水鬼尋找著回家的道路；出了函谷關的青牛被戀人追趕；還有六祖慧能，他竟然漂洋過海，去到了沒有一座寺院的英格蘭。

雨霧迷濛，火車緩慢，你終於開始背誦起了詩，那是你在人間度過的最後時刻寫下的，僅僅只早於那首〈霓裳〉幾天，它們是這樣寫的：「如果你愛我，我在這裡。如果你離開，我在這裡。不要哭泣，我對一朵花兒說，時間是個匆匆的過客，鳥兒將會在春天裡飛回來。不要哭泣，我對自己說……」

時至今日，我早已經忘記，在那生死之間全無藩籬的一夜結束之時，你是如何離開的，甚至，這一夜的發生，究竟是一場夢境，還是一次突至的錯亂？但我可以確信，在當夜的火車上，一種巨大的明亮開始在我的體內滋生，那一塊明晃晃的存在，好似水流之聲，好似和冤家握手飲酒，好似靜止的旗幟重新開始了飄蕩——不過還是一如既往的言談與背誦，聽到最後，我卻竟然可以對自己說：要像你一樣，喜悅地活著，再將這喜悅視作靜止的岩漿，無論它是否流動，都要將自己繫牢在它誕生的地方，正所謂，我與萬物皆有情誼，但我與萬物也皆有隔離；我又對自己說，此去經年，不要鬥法，不沾刀光，不要每遇一樁物事便要埋首去找魚水之歡。

這一切因何而生？那火車上誕生的巨大的明亮又從何而來？百思不得其解，唯有感謝棗莊和那一場錯亂，我們在說不清道不明的時間和空間裡相見，卻使得某種指望，那種不管從何處脫身都有去處的指望，重新又復活了：事實上，死亡從來未曾將你我隔離，你一直都在，而且，你之所在絕非虛在，而是篤定的一草一木般地在，這實在是太好了，自那一天之後，如你所知，我便開始了構建自己的小小宗教，在這個隱祕的宗教裡，我當然只是那個無知的追隨者，而你，既是使徒，又是教宗，自此之後，在每一處欲走還留之地，我的宗教都會應聲前來，恰似佛弟子口中的「南無阿彌陀佛」，念一聲，安慰和庇佑就都來了，如若不信，我便說來給你聽——

譬如這樣的時刻：雲南的山道上，半夜裡，暴雨當空而下，我乘坐的汽車卻趔趄著墜入了深谷之中，幸好無人受傷，再重回山道上卻已絕無可能，我便和同伴們一起就在深谷裡往前走，妄想著能夠找見一處可以落腳的地方，然而，幾個小時過去了，我們的全身上下已經被暴雨澆得濕透，臉上手上全都被刺叢掛出了血，想像中的落腳之處依然不見蹤影，為了躲避閃電，一行人蜷縮在一塊巨石背後，眼睜睜看著閃電一次次在眼前擊出火花，再想起這一夜不知何時到頭，每個人的心裡都生出了可以嗅見的絕望之感。

然而，絕望是好的，在絕望裡，你總要想一個法子，才能至少與它平起平坐，我能想到的，反倒是橫下一條心，繼續往前狂奔，一念及此，當即就不由分說地從巨石背後跑了出來，同伴們不僅沒有將我拉扯住，相反，全都被我重新拉扯進了密林之中，誰也沒有想到的是，僅僅在密林裡行走了二十分鐘，我們便看見了一座亮著燈火的村子，當所有人呼喊著奔向村子，我卻分明覺得你正從村子裡走出來，要知道，能走到這裡其實是多虧了你，多虧了你曾寫下過的那麼多絕望之詩——禮品店裡，相框上鑲嵌的青銅騎士只能與他深愛的水晶姑娘作別；滔滔江邊，過河的螞蟻打翻了花瓣做的渡船；冬天的夜晚，一隻羊羔即將接受母親餓死的事實；但是，他們全都不曾就此屈服：騎士忍痛別離，卻在命定的主人身前匍匐在地；螞蟻堅決不肯折返，終於迎來了一隻燈籠船；還有那悲痛的羊羔，夙夜奔走，終於在母親餓死之前捧回了一碗餃子。

就是這樣：只要你還走向我，我就定然不會停下狂奔。

再譬如這樣的時刻——多少次，我被旁人直言相告：你恐怕再也不能寫出一篇像樣子的小說了。最近的一次，就在大雪之前的烏蘇里江畔。我當然不肯承認，立刻跑回寄居的林場裡，接連十幾天閉門不出，妄圖寫出一部像樣子的小說，其中磨折，又豈是一句心如死灰可以道盡？可是，十幾天後，直到我躺在房間裡發起了高燒，卻不得不接受這樣一個事實：即使是一部百十字的小說，我也沒能夠寫出來。正是冬天，呼嘯了半個月的寒風全然沒有止息的跡象，白雪卻將天地之間的一切都鋪滿了，我推開窗子，看見窗外的滿目大雪，只覺得它們全都是我的無能，這無能像一條漫長的繩索，先是拴牢了我，再牽引著我，一步步向前，卻是在閃躲，是在向所有未曾踏足的艱險提前告別。

就在我又懵懂著在高燒裡躺下之時，突然便聽到了你的聲音，那是你在誦讀自己詩歌的聲音：「如果你愛我，我在這裡。如果你離開，我在這裡。不要哭泣，我對一朵花兒說，時間是個匆匆的過客，鳥兒將會在春天裡飛回來。不要哭泣，我對自己說……」剎那之間，這些句子猶如電光石火般喚醒了我，我突然意識到：這些句子根本不是你為某個人所寫，事實上，對於這漫漫人世，它們既是你出生時的低語，更是你臨別時的贈言，這麼想著，許多關於你的片段便又紛至沓來，不過此時一一被我回憶起來的，不再是你唱京劇，也不是你在渡輪上拚命收住自己的傘，而是我根本未能見證、卻一定曾經在你的生涯裡再三發生的時刻：暴雨之夜，你站在陽台上驚慌失措；收入微薄，你根本買不起任何一件好衣服；病重之時，在去醫院的路上，你一邊走，一邊疼得哭了起來。

就是這樣：即使遠在烏蘇里江畔，你仍然現身，指示我看清眼前真實的人間道路，在這條道路上，即使是自覺放棄了生長的你，其實從未有幸比任何人減少一絲半點的不幸，你之視而不見，甚至不是因為天性，而是將暴雨、貧窮和病痛全部都放入了天性的囊中，唯有先領受它們，且不大驚小怪，才有可能先為花朵雀躍，再為一隻小灰鼠俯首；才有可能被虛弱與榮耀雙雙忽略，就像從來不曾出生。

——所以，此時此刻，如你所知，為了不再出生，在幽閉的江畔林場裡，我又重新端坐，拿起了筆，當然，我多半仍然寫不出像樣子的小說，但是，我決心再不為此大驚小怪，除此之外，我也打算對高燒、大風和滿天的白雪視而不見，只要我視而不見，你就應當知道，我根本沒有停止過對你的想念。

一個母親

每一天都是艱難的一天。天亮之前，她的胸口突然劇烈地疼痛，喊叫著醒了過來，在醒來的一剎那，她懷疑自己已經死了，狠狠地抓住胸口，在黑暗裡喘息了好半天；慢慢地，她聽到了雨聲，天色也在一點點轉白，雨聲和天色終於將她重新喚回了人世：門外的桑樹正在結籽，山下的河水已經氾濫，半年前賣掉的牛竟然摸黑回到了家裡。

去鎮子上的小路幽暗而濕滑，她喘息著，拚命折斷了一根竹子當作拐杖，這才沒有再摔倒，將那頭跑回來的牛重新送到買主家之後，時間就晚了，她幾乎是跑了起來，倒是不奇怪，鎮子上的人們每天都能看見她一路奔跑過來的身影，他們都知道，再過一會，她那個常年住在診所裡的兒子就要醒過來，她得趕在他醒來之前趕緊給他把早飯做好。

如此已經將近十年了：兒子瘋了之後，只有一個中醫開的診所願意收留他，那當然不是什麼正經的精神病院，但是聊勝於無，哪怕兒子常年其實是被綁縛著關在診所的偏院裡，她也覺得，她沒對不起兒子，他總歸是吃上了藥，再說那個所謂的中醫也沒有一天不在許諾她，她的兒子馬上就會變好，馬上就會重新認出她來，但事情是明擺著的，所有人都知道，唯獨她不知道：只要她還送錢過來，那個所謂的中醫，就永遠不會停止給他的兒子配藥。

注定又是竹籃打水的一天——伺候兒子洗漱完了，再餵他一口一口吃完早飯，兩個人便在屋簷下面對面坐著，一如既往，他還是沒能認出她。說起來，他上次認出她還是三個月前，只有那麼短暫的三兩分鐘，說是要回家，她歡喜得手足無措，慌亂地答應著，牽著他往外走，還沒到門口，他就不認得她了。但是，她的心沒死，幾乎每一天，只要她和兒子面對面坐著，她都會變作一頭母狼，眼睛裡發出的，全然是凶惡之光，就算兒子突然暴怒，要她滾開，她趕緊聽話，遠遠地跑開，回過頭來，眼睛裡的光也依然凶惡：她在凶惡地垂涎著兒子再次認出她的時刻，就像母狼在緊盯著一塊肉。

臨近中午，她離開了小診所，去鎮子外的小火車站，和一個年輕的瞎子碰面，這個年輕的瞎子不光眼睛瞎，腦子也有問題，但卻拉得一手好二胡，所以，憑著拉二胡賣藝，竟然沒有餓死。大概是從一年前起，她和瞎子結成了伴，每日裡，她會牽著他坐半個小時的火車抵達縣城，從下車的那一刻起，她便扮作了他的母親，然後，火車站跟前，商場內外，甚至學校周邊，凡是人多的地方，他們都要去走上一遍，如此一天下來，他們總是能夠討夠第二天的活命錢。

這當然算得上是緣分：這個瞎子是去年來到這個鎮子上的，據他說，他出生在這裡，因為眼睛瞎，長到兩歲就被父母扔掉了，現在找回來，不是想找誰的麻煩，僅僅只是想重新做回父母的兒子而已，再說，他自己也會拉二胡賣藝，所以絕不會多占一口父母家的口糧。話雖如此，自始至終卻無人與他相認，再說他的腦子一時糊塗一時明白，誰知道他說的是不是真話呢？

於她而言，這個年輕的瞎子，幾乎就是她的活菩薩，滿鎮子的人都知道，為了給兒子吃上藥，牛被她賣了，地也被她賣了，除了一小片菜園，她什麼都沒剩下，再也沒有任何東西可賣的時候，她竟然只須扮作瞎子的母親，牽著他去縣城裡走上一天，分來的錢就可以讓自己不被餓死，甚至連兒子吃藥的錢都夠了，天底下哪有這麼好的事？如此，麻煩就來了：不斷有人逕自找到瞎子，說自己才是他的父母抑或兄弟，從今以後，可以由他們帶著他去縣城裡乞討。她在旁邊看著，簡直都快急死了，但也不敢開口說話——作為一個瘋子的母親，沉默，被呵斥，見人就躲著走，這些，連她自己都認為是應當的。

千怕萬怕，該來的還是要來。果然，今天，當她牽著年輕的瞎子去搭火車，麻煩來了：一對夫妻，帶著他們的三個兒子，在候車室裡截住了他們，之後又逕自告訴瞎子，說他們就是他的父母兄弟，現在，他們要正式接管他；天可憐見，如此緊要的時刻，瞎子的腦子卻犯了糊塗，只是笑著，也不說一句話，倒是她，霎時間臉色變得煞白，想了又想，想了又想，終於開了口，想要爭辯幾句，殊不料，她一句話都沒說完，對方便連聲咒罵起來，瘋婆子，騙子，不要臉，無非是這些話，她聽著聽著，想說的話一句句都被逼了回去，就在她幾乎都已經快忘了自己要說什麼的時候，火車進站的汽笛聲響了，驟然之間，她的心臟就像是要跳出身體，臉色也愈加煞白，再也沒有退路了，她終於開口說話，說自己認識他們三十年了，他們何曾有過這樣一個兒子？哪知道，剛剛說到這裡，她竟然被對方一腳踹倒在了長條椅邊上。

最後的結果，只能是她捂著胸口從火車站裡走了回來，而那年輕的瞎子，已經被裹挾著上了去縣城的火車，她一邊往回走，一邊躲避著路人的指指點點，是啊，這一路上，有人說她不得好死，有人說她兒子醒不過來是因為她在作孽，聽著聽著，她鼻子一酸，想要哭一場，終了又沒哭出來，舉目四望之後，她決定前往鎮子南邊的小旅館，去找寄宿在那裡的一個外鄉人問幾句話，不如此，她的心裡便過不去。那個外鄉人初來小鎮時找她問過路，所以，以後遇見了，他總是跟她打招呼，當此千般疑難之際，除了他，她實在再也想不起還有誰能說上幾句話了。

在小旅館裡，她如願見到了正在寫作的外鄉人，問他，自己到底算不算個騙子，如果算，兒子是不是因為她當了騙子才醒不過來？哪裡知道，那個外鄉人竟然根本回答不了她的問題，踟躕了好半天，外鄉人竟然告訴她：他來此地，是為了給不遠處一個景區裡的景點編故事，這些景點開發出來才一年時間，他卻要給它們各自編出跟程咬金、七仙女乃至王母娘娘有關的故事，自然都是無稽之談，但是為了幾個錢，他還是言聽計從的來了，所以，如果她是騙子，那麼，他也是。

事情竟然是這樣。雖然多少有些驚訝，但是，外鄉人的話多少還是讓她心裡好過了一些，所以，當天晚上，她睡得比前一天踏實。

第二天天快亮的時候，她的胸口又劇烈地疼痛起來，大叫著，她猛然睜開眼睛，全身上下卻無一處能夠動彈，當然不能就這樣死了，她藉著一點微光，四處尋找著可以救命的東西，但滿目過處，樣樣都是無用的；又過了一會，門外的雨聲再次挽救了她，她像是抓住了救命稻草一般去想：要是喝上一口水，說不定就能緩過來。於是，驟然間，她使出全身力氣起了身，又踉蹌著打開了房門，跑到屋簷底下，抬起頭，大口大口地喝著雨水，謝天謝地，她終於好過了許多，喝夠了雨水，便又再次彎下腰去，一聲接一聲地喘息。

天剛濛濛亮，在搶走了瞎子的那戶人家前，她拎著一籃子雞蛋走過來，逕自跪下了，是啊，事到如今，她還是指望他們能將那個年輕的瞎子還給她，除了這條路，她實在是沒有第二條路可走了。不斷有人打她身邊經過，她橫豎管不了那麼多，一個個的，全都訕笑著打了招呼，身體直挺挺地跪著卻是沒有挪動半步。哪裡知道，這家人自從昨日進城之後，全都沒有回來，跪了半天，既沒有人出來呵斥她，也沒人伸手接過她的雞蛋，漸漸地，她有些撐不住了，蜷縮著，伸出手去狠狠地攥住了胸口，就在她想要喘上一口氣的時候，那個所謂的中醫竟然跑來找她了，說她兒子醒了，正在找她。

幾乎是閃電般的速度，她一下子直起了身體，難以置信地看著對方，突然間，還未及等他答話，她便站起身往診所的方向跑，跑了幾步，想起那一籃子雞蛋，又回頭拎起來，再跑，跑出去幾步，還是回來了，小心翼翼地，將那一籃子雞蛋在跪拜的這戶人家的院牆上放好了，她這才又重新喘息著狂奔而去。

並未過去多長的時間，可能連一個小時都不到，她從診所裡出來了，不僅沒有帶兒子回家，相反，臉上還流了一臉的血：她又錯過了兒子醒來的時刻。原來，等她跑進診所，兒子已經重新陷入了巨大的癲狂，而且，不知從哪裡找出一把菜刀，高高舉起，正要跑出門外，嘴巴裡還高喊著要殺這個要殺那個。她的膽子都快嚇破了，不要命地撲了上去，死死抱住了兒子的腿，哪知道，兒子竟然一刀砍在了她的臉上。

好不容易將兒子重新綁起來安頓好了，她才從診所裡出來，去鎮子上的醫院包紮自己的臉，這時候，診所門外早就聚攏了一大群人前來圍觀，但這一幕並不陌生，兒子瘋了之後，被人圍觀著指指點點，早就變得像種莊稼一樣熟悉了。沒想到的是，這一回的指指點點竟然跟她無關，一句一句，倒是全都跟那個所謂的中醫有關，說他連包紮一下傷口都不會，又說他連當歸治什麼病都不知道，這麼一來，她又急死了，生怕兒子就此被那個所謂的中醫趕出門去，趕緊的，一邊捂著臉，一邊求大家不要再說了。

正午之後，大雨又下了起來，她從醫院裡出來，迎面便遇上了那個正要回到小旅館裡去的外鄉人，猛然間，她忘記了疼痛，三步兩步跑過去，說出了自打跟他相識就想說出的話：要是兒子好了，他能不能給兒子找個工作？因為兒子和他一樣，總是關在屋子裡寫寫畫畫。可是，還等不到對方回答他，她自己卻又說：如果不是寫寫畫畫，兒子也不會瘋。一邊說著，她一邊想起了什麼緊要之事，也不管對方還在沒在聽她說話，轉頭就跑進了雨幕。

在那戶搶走瞎子的人家門前，她又來了，雖說雨越下越大，院門外無一處不是泥濘不堪，她還是半刻也不猶豫地跪下了：這戶人家果然沒有領受她的那一籃子雞蛋，現在，它們被扔在院牆底下，一個一個的，全都碎了。她顧不得心疼那一籃子雞蛋，重新變作了眼神裡滿是凶惡之光的母狼，跪在那裡，死死地盯著院門：她在凶惡地垂涎著那年輕的瞎子從門內走出來，對她說，他要跟她一起走。這當然是癡心妄想：院門突然打開，三兄弟齊齊奔了出來，一把將她拉扯起來，要趕她走，嘴巴裡也毫不留情，滾蛋；瘋婆子；別做夢了，你那個兒子再也醒不過來了。等等等等，無非是這些話。

三兄弟說到她兒子再也醒不來的時候，她呆呆地愣怔了片刻，突然間就像狼嚎般喊叫了起來，她說，她兒子就要醒過來了，如果不信，你們看這裡——說著，她掀起了自己的衣袖，露出一條觸目的傷疤，再告訴眼前的三兄弟：每次兒子要拿刀砍人，離醒過來就不遠了，真的，求求你們了，他再吃幾服藥就好了，你們看，這一刀也是他砍的，砍完沒多久，就醒過來了。

狼嚎般的喊叫，並未得到任何菩薩的保佑，三兄弟中的一個跑進了院子裡，再推出來一輛摩托車，剩下的兩兄弟不由分說地，將她舉起來架上了摩托車的後座，就這麼，一個推著摩托車，另外兩個在後面死死架住她，她就像一個即將押赴刑場的犯人，徒勞地反抗了幾下，再也沒有力氣動彈，只好任由他們繼續推著摩托車往前走，半個小時後，他們將她送回了鎮子外的家，放下她，三兄弟掉頭就走，她在屋子裡愣怔了一會，又如夢初醒，追了出去，三兄弟卻早就在雨幕裡消失不見了。

下一個喊叫著捂住胸口的早晨，她醒來得比平日裡要晚一些，連日的陰雨終於止住了，鳥雀們開始鳴叫起來，有那麼一剎那，陽光照射進來，胸口的疼痛也消失了，她甚至懷疑自己可能會長命百歲。稍後，她在一堆農具裡找到了一把砍柴刀，再在屋簷下坐定，一下一下地去磨亮——既然下跪沒有用，她便要帶上砍柴刀去把那個瞎子搶回來。正磨著刀，她又突然對自己怨怒起來：如果兒子再吃幾服藥就能回來，到時候，要是看見他的房間亂糟糟的，這可怎麼得了？這麼想著，心就提到了嗓子眼裡，她趕緊磨好刀，幾乎是狂奔著去給兒子把房間收拾好了。

一切收拾停當，她出了門，沒想到的是，雨雖說已經止住了，山路卻在連日裡雨水的沖刷下垮塌了，所以，這一路，她走得比往日裡更加艱難，每走幾步就要摔一跤，已經能看見山下的鎮子的時候，她差一點再次摔倒，情急之中扶住身邊的一棵竹子，竟然笑了起來：身上帶著砍柴刀，卻不知道砍一棵竹子給自己做拐杖，果真是老糊塗了。於是，她便蹲下身去砍竹子，就在這時候，胸口的疼痛像電擊般猛然襲來，她來不及伸手去捂住，也沒有來得及叫喊一聲，便軟綿綿地倒在了竹子邊上。

然而這一次，她再也沒有醒來。

小周與小周

「……她看人世皆是繁華正經的，對各人她都敬重，且知道人家亦都是喜歡她的。有時我與她出去走走，江邊人家因接生都認得她，她一路叫應問訊，聲音的華麗只覺一片豔陽，她的人就像江邊新濕的沙灘，踏一腳都印得出水來。」

——在胡蘭成的書裡，他曾經記敘了這麼一位漢陽女孩子小周，湊巧得很，在漢陽，我也認得一個叫小周的女孩子。

和民國年間的小周一樣，我認得的這個小周，也是頗得周邊四鄰歡喜的。她開著一間美髮店，只要是小孩子來剪頭髮，多半都不要錢。閒下來，她也像個小孩子般，樓上樓下瘋跑。平日裡，她除了養狗，還養了一群鴿子，為此故，後來我只要想起她，第一個念頭便是她又牽著狗在巷子裡奔跑，哪怕雨天，她的裙子上沾滿了泥點，終究還是不管，奔跑著，笑著，使一條街都變得亮堂，變得有顏色。

還有鴿子，她老是在美髮店的天台上餵鴿子，餵飽了，一隻隻地捧在手掌裡，盯著看一會，再一隻隻將牠們送入空中，鴿子們飛遠了，她還在盯著牠們看，既認真，又心不在焉。

她多少有些心不在焉，因為她只對一件事情認真，那就是做演員。打我認識她，她就奔忙在本地的各家文藝院團之間考試，但從未獲得錄取的機會。失敗太多，難免陷入沮喪，但她很快便又打定了主意，重新牽著她的狗在巷子裡瘋跑了起來。因為她相信，這只是暫時的，她不過是在走周迅的老路。

是的，在所有的女演員裡，她最喜歡周迅，不，應該說，她只喜歡周迅。美髮店的牆壁上，除了一張價目表，張貼的全都是周迅的畫像——海報，封面，掛曆，插圖，不一而足。她想當演員的念想不是因周迅而起，但是，這世界上一個名叫周迅的存在的確給了她最為重大的安慰。這安慰並非是野心，並非是自己一定要像周迅那樣被整個國家的人知道，一開始，僅僅是喜歡，喜歡她幾乎每一回出現在銀幕上的樣子，而後才是敬慕——如果自己也能像她一樣，從小城出發，最終變作國家的玫瑰，果能如此，該有多麼好啊。

只要那個名叫周迅的演員仍然在演戲，漢陽小周對她的想像就不會停止，做演員的執念就不會停止，非如此不可，唯有如此，她才能忘掉不願直視的周遭：多病的母親，漸漸增長的年齡，門庭冷落的美髮店，以及，她越來越成了街談巷議的笑柄。

我也看過不少周迅演的電影，有一回，在黑暗的影院裡，看著銀幕上的周迅，我突然明白了，小周身上的神態，那種既認真又心不在焉的神態，也來自周迅，她一直都在模仿她，這模仿著實耗費了不少心力，但不得不承認，她模仿得剛剛好，我剛剛能從她的眉眼和奔跑中看見周迅的影子。與此同時，在她拒絕了許多次提親之後，以街坊四鄰看來，她幾乎成了一個怪胎，如此，嘲笑既起，就愈演愈烈，她卻還是不顧，美髮店有一搭無一搭地開著，大部分時間裡，她都在醫院裡照顧母親，剩下的空閒，她照舊遛狗和餵鴿子，每一回，鴿子們早就飛得老遠了，她還在盯著看。

有一個雨天，我在巷子口遇見了小周，她全身上下都被雨水淋濕了，本來已經從我身邊跑過去了，又折回來，站到我的傘下，跟我說，她去看周迅了，可是她的運氣實在太壞，乘坐的公車在半路上拋錨了，她好不容易趕到江邊的電影院時，周迅卻剛剛結束電影的宣傳活動離開了。

和往日相比，她的話少了許多，也幾乎沒有笑過，最令我詫異的，是她開始懷疑自己一輩子的運氣也就這樣了，她告訴我，她要離開，去北京，她就不信自己混不出來。因為不知道該如何勸說她，我便將自己當作她的聽眾，聽她說了一路，自始至終，她都在說，她要離開，她一定會離開。

可是，哪有那麼容易離開？為了給母親治病，她家的房子已經賣掉了一半，美髮店自然關門了，母親的病卻非但沒有好，反而越來越像是不久於人世的樣子，但越是如此，她越是告訴自己，也跟更多的人說：她要走，她馬上就要走，最遲下個月她一定會走。

漸漸地，關於她的笑柄不再單單是她想做演員的事了，還有她的遲早一定去北京，人們個個都心知肚明，卻偏要故意問她什麼時候去北京，又或者逕自告訴她，北京最近的天氣不錯，去了就多待一陣子，不要著急回來。每逢此刻，她倒是鎮定的，像一把劍，定定地站住，再告訴對方：她馬上就要走，最遲下個月她一定會走。

最終小周還是去了一回北京，在她結婚之前。

據說，她本來是不用結婚的，照她自己的意思，是想把剩下的一半房子也賣掉，好給母親湊夠剩下的醫藥費，母親怎麼也不肯，好幾回尋死，說是寧願早死幾天，也不願她將來連個住的地方都沒有，如此反覆了好幾回，不知道因了什麼樣的機緣，她結婚了，對方答應，幫她出母親的醫療費，還答應她，帶她去一回北京。

她在北京待了三天，每天都去一趟北影廠，一句話也不說，就在大門口坐著。關於北影廠的大門，在許多娛樂報導裡都是一個神奇的所在，似乎有不少想當演員的人都在這裡等來了機會，有的報導甚至說周迅當年也曾出現在這裡，所以，小周去這裡倒是也不奇怪，只是她沒想到的是，離開的前一天，她竟然真的等來了拍戲的機會——她被人叫進北影廠，在一部清宮戲裡扮演了浣衣局的宮女，洗了整整半天衣服。

回來後她就結了婚，沒過多久，母親還是去世了，又過了一段時間，她剩下的那一半房子也賣掉了——卻原來，她嫁的這個人，是個身染毒癮多年的人，之所以娶小周，是因為他父母隱瞞了真相，想找一個女人管著他，來收他的心，至於他自己，早就已經債台高築了，結婚沒多久，他和小周的家就被債主們砸了，不得已搬回小周開美髮店的房子，沒過幾天又被砸了，為了幫他還債，小周心一狠，賣掉了房子，這一回，對於這條街，她才算是真正離開了。

就算要搬走，她也沒忘記牆壁上的那些畫像和海報，一張張都被小心地取下帶走了，還有她的狗和鴿子，也伴隨著她消失無蹤，我在經過那間房子的時候，總要駐足一會，似乎稍等片刻，那個蹦蹦跳跳的小周便會出現在樓梯上。

終究沒有，自打她搬走，這麼多年過去了，我只見過她三回。

第一回，是在協和醫院，我從擁擠的門診大廳裡出來，突然就看見了小周，她一個人，在停車場邊上，擺起小攤，正在專心地給一個老人剪頭髮。都說歲月催人老，她卻一點都沒有變老，僅只頭髮長了些，她一邊剪，還一邊笑著和旁邊圍觀的人說話，站著不動的時候，她的右腳會輕輕踮起來，一如從前的樣子。我正看著，城管卻來了，擺小攤的人們紛紛奔逃，她也不例外，可是她給人家的頭髮才剪了一半，只好扶著那老人往前跑，沒跑兩步，剪髮的工具們散了一地，她只好回來一樣樣地撿起來，臉上還掛著笑，並沒有多麼慌張。

第二回是在武昌的長江大橋下面，這一回，她沒有給人剪頭髮，卻是在賣鴿子。鴿子們飛得到處都是，江水邊，石階上，還有一株桂花樹的樹梢上，都站滿了她的鴿子。每一回，當樹梢上的鴿子朝她俯衝過來，她便噘著嘴，張開雙臂，像是抱住了自己的孩子，待到抱住了，她就一隻隻地親，一隻隻地跟牠們說話，而她的丈夫就躺在不遠處的石階上，可能是毒癮沒能戒除的原因，眼見得的虛弱，也不說話，只有當鴿子們飛向他的時候，他才會暴怒著喊叫起小周的名字。

我最後一回見到的小周，其實並不是她本人，而是她的遺像——為了討得一點毒資，她的丈夫手舉著她的遺像，回到了她從前住的房子，終日對現在的房主取鬧，非要說當年賣房子的價錢太低了，現在必須給他找補，否則，他就不走，我恰好遇見了，這才知道：小周已經死了，她穿得乾乾淨淨的，跳了長江。

世界上竟然再也沒有小周這個人了。一個人的消失，竟然如此輕易和徹底，偌大的塵世絲毫也沒有被驚動，就像她活著的時候，她的笑，她的奔跑，她想當演員的執念，其實從未獲得無論多麼微薄的見證。

小周並不知道，許多年以後，我在影院裡看了一部名叫《孔雀》的電影，電影裡的女主人公，雖說比她當初的年紀要大，卻也和她一樣，不斷地對人宣布著她的即將離開，看著女主人公在一座塵沙之城裡獨行與四顧，一時之間，我竟難掩悲傷，頭腦裡滿是小周當年斬釘截鐵說出的話：我要走，我馬上就要走，最遲下個月我一定會走。

小周也不知道，又過了一些年，在廈門，我見到了周迅，這才知曉，原來周迅的朋友們也叫她小周。那天晚上，在鼓浪嶼對岸的一家酒店裡，我和周迅一起，去佟大為的房間裡喝酒，喝得高興了，周迅放了音樂，也不管我們，一個人，自顧自地，躲在角落裡舞蹈了起來，霎時間，我便想起了你，漢陽小周——你給人剪頭髮，你餵鴿子，你蹦跳著奔下樓梯，你對著牆上的畫報看了又看，既認真，又心不在焉。

窮親戚

油菜花的表姊不是牡丹，公雞的表妹也不是天鵝，就像世上的窮人，他們的親戚多半都是窮人，甚至是比窮人更窮的人。我也不例外：在這城市裡，一年到頭，總歸會有來自家鄉的近親遠親找到我，但是，於我有求的，也都不是什麼大事：一週的飯錢；找個過夜的地方；被打了，又或被欠了工資，給我打個電話，問問該怎麼辦。如此而已。

這一回遇見的事情，卻是要棘手得多：我最小的表妹，她原本是在郊區的工廠裡打工，有一天早晨從宿舍裡醒來，突然就厭惡了人生，想一死了之，去工廠外的小診所買了安眠藥，吞下了，但是沒死成，被救活之後，不用說，被工廠開除了。她暫時不再尋死，但也不想回家，這城市裡有她眾多打工的姊妹，她就在這些姊妹的宿舍之間輾轉流連，與此同時，又將另外一件事情當作了救命的指望。

我豈能不管她？接到來自家鄉的電話，我足足找了一個星期，最終在一家乾洗店的閣樓上找到了她，幾乎是強迫著將她帶走，住進了我的工作間，那也無非就是一間三十平方米的房子，但住下她已經足夠了。

現在，我終於可以了解清楚，那件被她當成救命指望的事情，到底是什麼，說來再簡單不過：她有一個姊妹，在鄂爾多斯打工，這個姊妹說，鄂爾多斯不但掙錢容易，生活也全然不乏味，完全不同於終日站在機床前的一潭死水；好消息是，這個姊妹馬上就會回來探家，到時候，她可以帶上自己一起前去鄂爾多斯。所以，她一直在等待，這等待甚至讓她產生了幻覺：她一遍遍地跟我描述著鄂爾多斯，酒店，霓虹燈，風，地下賭場，但是我知道，這一切都是她想像出來的。

我還知道，在陽台上，在她的房間裡，她一直都在哭，但也一直沒哭出來，有時候，她會偷偷地站在鏡子前，長時間打量著鏡子裡的自己，等待著自己哭出來，「人生如夢——」這是她剛剛學會的話，我聽見她在電話裡對姊妹說，「我連哭都不會哭了！」但是，她不知道的是，她其實是會哭的，有時候，我在客廳裡寫作，可以隱約聽見房間裡的她在睡夢中發出的囈語和叫喊，它們是驚恐的，在夢裡，它們是她的敵人，她怒斥著它們，最後，終於放聲大哭。

就像等待果陀一樣，她在等待著那個女孩子從鄂爾多斯回來，在等待中，她日漸焦慮，幾乎坐立難安，漸漸從一個她變成了兩個她。一個她是：從不看電視，覺得電視劇都是騙人的，倒是抱著一堆雜誌徹夜翻看，乃至讀出聲來，對於雜誌上的某些文章和段落，她大為嘆服，想辦法將它們都掛在嘴邊上，跟我聊天的時候，她有意無意都要將話題引向她感興趣的地方，最終，她會順利地背誦出雜誌上的那些話，用它們作為談話的結論，「太陽每天都是新的」，「因為懂得，所以慈悲」，「豈能盡如人意，但求無愧我心」，等等等等，無非這些。

另一個她卻正在變得前所未有的尖刻與乖戾：沒來由的暴怒，一刻也離不開零食，手持電話本到處打電話，但是，每打一通電話都是以爭吵和哭泣而告終，如果我去提醒她，她不該任由自己無度地怨天尤人，她便會正告我，她是在等待，她馬上就要去鄂爾多斯了，等待於她，已經變作了一個巨大的容器——一切悲上心頭和百無聊賴都是因為它，而它又讓她動輒陷入劇烈的擔心，擔心身體，擔心鄂爾多斯的女孩子已經忘記了承諾，擔心幾乎全部未曾發生的事情，最後，又將這些擔心帶入了嶄新的暴怒與無精打采之中。

然而，鄂爾多斯的女孩子始終沒有回來，她的等待也來到了極限，她決心不再等下去了，她要自己去找她，所以，她想要我給她一點錢，以作上路的盤纏。但我告訴她，我不會給她，除非她要跟我解釋清楚：為什麼每一天她都會在睡夢裡發出驚叫，她之前的打工生涯裡到底發生了什麼，還有，她為什麼要尋死？

這些疑問，其實已經被我反覆提起，但是，每說一次，話頭剛起，就迅速被她掐滅了，這一回卻是躲不過去了，她必須要說出來，才能換來前去鄂爾多斯的盤纏，她想了又想，這才開口說話。

事情起源於一種紅色的藥丸——在她打工的工廠，擁有著眾多駭人聽聞的森嚴規定，譬如遲到一次要加班五個小時，譬如午飯只能站在機床背後吃，在這些規定面前，人人都被折磨得五內俱焚，吃也吃不下，睡也睡不著，這時候，主管就發給她們一種紅色的藥丸，說是吃下了就會精神抖擻，幾乎人人都吃了，她也吃了，吃下去之後，果然精神好了許多，相當長一段時間裡，這紅色的藥丸就是她的救命稻草，也是更多人的救命稻草。然而，後來他們慢慢才知道，那其實就是普通的口服避孕藥，也就是說，在吃下藥之前，他們的身體並沒有什麼問題，之所以覺得精神抖擻，完全是因為心理暗示的緣故。

當別人都在慶幸自己的身體沒事的時候，我的小表妹，她卻受不了了，因為她突然認識到，自己可能是愚蠢的。自小她就活得認真而極端，認真的人都有強烈的自尊心，儘管沒有念過什麼書，但她也大致可以猜測得出來：既然一顆紅色的藥丸都可以騙過自己，那麼，在許多時候，她肯定被更多的東西騙了，如果她一直生活在被欺騙之中，那麼，還有必要活下去嗎？

「我也沒辦法，別人看起來都是小事，可我就是過不去，所以我非要去鄂爾多斯不可——」她說，「以前我覺得是我在操作機床，後來就不了，我盯著機床看，發現我根本就不存在，我就是鉚釘，是沖頭，是冷卻管，總之，是沒有腦子的，那我到底是誰呢？」

我不再作聲，只在心底裡歎息著，給了她盤纏，再給她兩個月的生活費：世間眾生，誰能逃得了對「遠方」的渴慕和追逐？更何況，在受侮辱受損害之時，如果沒有一個「遠方」作為念想，作為安慰，我們又如何能欺騙自己度過諸多難挨的此刻？這個「遠方」，於昆德拉是巴黎，於南唐李煜是淪落的故都，於千里送京娘途中的趙匡胤是開封，於我是寫作，於我的表妹來說，就是鄂爾多斯。她既然想去，遲早就一定會去，儘管到最後她會知道，所謂鄂爾多斯，不過是另外一粒紅色的藥丸，但是現在，且讓她先走進「遠方」裡去，再讓「遠方」來檢驗她想像中的「清醒」，為了獲得這些「清醒」，只有天知道，她到底背會了多少雜誌上的文章和段落。

第二天一早，她就坐上了去鄂爾多斯的火車。而我的生活還將繼續，繼續寫作，繼續發呆，繼續迎來散落在這城市各處的窮親戚。

接下來找我的窮親戚，實際上只是我的遠親，雖說我應該叫他表舅，但他的年紀其實比我大不了幾歲，十年裡我並沒有見過他幾回，但是作為一個老好人，作為被交口稱讚的孝子賢孫，他的好名聲卻一直被我熟知，所以，當他給我打來電話，儘管我對他說起的遭遇覺得匪夷所思，但還是趕緊去接了他，讓他住進了我的工作間。

大概在半年以前，他在工廠裡做工的時候，和另外一個工友一起，被工廠裡的鏟車撞了，當即，兩個人的腰都被撞斷，迅速住進了醫院。他受的傷要輕些，住了兩個月的院以後，算是重新站了起來，他的工友則沒有這麼好的命，時至今日，還癱瘓在病床上接受治療。這只是悲劇的開頭，緊接著，工廠只肯賠他們一點點錢，作為一個怯懦的好人，他接受了，但工友的兄弟妻女卻不肯甘休，開始了漫長的逐級上訪。

為了突出上訪的效果，他們做了一塊木板，然後，又強迫我的表舅繼續扮作癱瘓的樣子，躺在木板上，被他們從一個大院的門前再抬到另外一個大院門前，理由是，真正的癱瘓者必須繼續接受治療，而他作為共同的受害者，理當跟他們一起上訪，還不能私自接受工廠賠償的那一點點錢，否則就是對他們的背叛。老天作證：他簡直害怕死了。他一邊怕工友的兄弟妻女對他不依不饒，另外一邊，他又怕有一天他會被人抓起來，到了那時候，一家老小的吃喝可如何是好？

在假扮了兩個月的癱瘓之後，恐懼大過了一切，他實在承受不了了，終於和工友的兄弟妻女不告而別，住進了我的工作間。自此之後，他便閉門不出，並且不斷地對我強調，他必須閉門不出。終日裡，他只做一件事情，那就是跪在地上，對著虛空裡的十方菩薩死命磕頭，再眼巴巴地等著風平浪靜，到了那時，他好出去找一個新的工作。

除了恐懼，慌張也如影隨形：磕頭的時候，嘴巴裡念念有詞；不磕頭的時候，嘴巴裡還在念念有詞；一天到晚，窗簾緊閉，他就躲在窗簾背後往外眺望，看看那些逼迫他躺上木板的人找來了沒有，他深信，即使今天沒有找到他，明天他也一定會被他們找到。「這可怎麼辦？」他的滿眼裡都是火燒一般的焦慮，「這可怎麼辦？」我安慰他，讓他些微放心，聽我這麼說，他也似乎好過了些，也在認真地聽，等我說完了，他卻又驚慌失措地笑了起來：「我知道，你這是在寬慰我。」

而事實上，這個膽小到怯懦的人，幾乎無一日不在違背自己定下的禁戒：他每天都在出門，且不是去往他處，而是去醫院，去看那個至今還癱瘓在床的工友。「畢竟，」他對我說，「我們是好兄弟。」每次前去，他都像打了一場仗，因為怕被兄弟的妻女發現，從來都不進病房，遠遠地掃一眼，掉頭就狂奔而去。回來之後，他再一遍遍對我說起他和這個兄弟的情義，在自己最窮困的時候，這個兄弟借過錢給他，如果不是因為怕被抓起來，他確實應該配合他們，將那一齣戲演下去，可他就是怕。

可是，在我看來，他其實是過分強調了他眼下的生活，慚愧，怕，幽閉，磕頭，反覆說起自己和兄弟的情義，這一切都被他過分強調了，他其實是對它們上了癮，不如此，他便不知道怎麼度過失魂落魄的現在，他非要這樣，才能說服自己。在如此緊張的情勢裡，他只能什麼也不做，就像他一遍遍地用言語和狂想給自己製造出風聲鶴唳，然後，再用去醫院探病來冒犯這些風聲鶴唳，這樣，他既能仍然對自己放心，反覆確認自己還是從前的老好人，又可以告訴自己，你甚至在做一件了不得的事，以此再來躲避他不肯繼續躺在木板上的萬般焦慮和自譴。

他為什麼每天晚上都要像個地下工作者般，火急火燎地去醫院走上一遭呢？按照他的說法，危險其實是在一步步升級：他開始給他的兄弟買水果和營養品；他甚至進了病房去跟對方說話；最危險的一次，果真就被對方的妻女發現了，她們一直追著他跑出了醫院，好在他還是順利脫了身。在我看，骨子裡，他其實是希望他們找到他，他甚至故意升級危險，希望他們早一點找到他。

——所謂勇氣，不光是武松打虎，也不光是倒拔垂楊柳，有時候，它需要的，恐怕僅僅是一頓酒，一個犯了糊塗的念頭，乃至一個儀式，這既是勇氣的激發，也是勇氣的磨損，但就是在對勇氣持續展開的磨損中，勇氣又漸漸被抹消了突出、嚴重乃至神聖，最後，它終於被視作了常物，懦弱的老好人才算有了跟它平起平坐的可能。

他的努力沒有白費，這一天早晨，我打開工作間的門，看見了讓人震驚的一幕：男男女女，七八個人，竟然全都跪倒在我的門口。我與他們素昧平生，但實際上我早就已經認得了他們，他們正是將我的表舅放置在一塊木板上再抬著他四處奔走的人，只不過，這一回，強迫換作了哀求。我聽見我的表舅在屋子裡歎息了一聲，終究還是走了出來，看看我，再看看他們，搓著手，一遍遍地問：「這可怎麼辦？這可怎麼辦？」問了足有十幾遍，他才差不多是帶著哭音對跪倒的眾人說：「是禍躲不過，我跟你們走。」

我還是說實話吧。他言語裡夾雜的哭音，首先自然是因為無辜，此去之後，恐懼怕被抓起來的憂慮，再不能被他關在窗簾之外了，它們都將重新真真切切地進入他的生活，但是，這哭音裡也隱藏著微妙的激動，那種姑且不論結果好壞、先硬著頭皮迎來一個結果的激動：「我一直都在等，你們怎麼現在才找過來呢？」

我並沒有送他離開，不是因為門外北風呼號，天上降下了鵝毛大雪，而是因為表妹打來了電話，沒有錯，就是我遠在鄂爾多斯的小表妹。再說，我幾乎可以確定，當我的表舅跟著眾人離去，在他們之間，其實已經滋生出了某種怪異的親密。雪下得太大了，他們暫時還沒有走遠，還在一樓的樓道裡躲雪，如此，我一邊接著小表妹的電話，一邊還可以聽見樓道裡的討論：我的表舅正在責怪對方，木板太硬，太冷，他躺上去受不了。

先說表妹。我早就知道，鄂爾多斯並不能將我的小表妹從枯燥與瑣屑造就的水火中拉扯出來，但是，我還是沒想到，她的夢竟然破滅得如此之快。長話短說：那個被她當作救命指望的女孩子，根本就沒有從事什麼流光溢彩的工作，事實上，她是一個暗娼，小表妹趕到鄂爾多斯的時候，她剛剛被警察抓起來。隨後，她一個人在鄂爾多斯奔走到今天，終究還是沒有找到什麼像樣子的工作，就在剛才，她身上僅剩的錢卻被人偷了，就算她已經決定離開鄂爾多斯，回來，可是，如果我不寄錢給她，她便連一張回來的車票也買不起了。

電話裡，我的小表妹言語急促，甚至錯亂，說到最後，終於放聲大哭，但我沒有阻攔她，任由她哭，世間之事，無非如此：千里萬里地趕去鄂爾多斯，不過是重新學會了哭，但這也未嘗不是好事一樁，當此之時，「太陽每天都是新的」有何意義？「因為懂得，所以慈悲」有何意義？它們都不能趕走她幻想過的酒店和霓虹燈，還有風和地下賭場，當她在會背誦的那些文章和段落當中一一自取其辱時，她唯有哭泣，才有可能帶來些微但卻是真正的「清醒」，哪怕「清醒」之後，她又要再去尋找一個未曾踏足過的鄂爾多斯。

好在是，哭泣之後，放下電話之後，我的小表妹給我發來了短信，短信裡有我給她寄錢的地址，那是一家她剛剛找到的做洗碗工的餐館，在地址的後面，她還寫了一段話，這段話不是來自於哪本雜誌，而是她自己寫的，要我說，它們其實比她從雜誌上背下來的那些話要好得多：「我所經歷的是不幸嗎？如果它是，我自己都不想安慰自己了，我總算明白，不管去這裡還是去那裡，最終不過是成為了一個證據，證明被騙、流浪、走投無路都是真實存在的，根本不存在什麼過得很好的人，也根本不存在什麼過得很好的生活。」

而在我樓下的樓道裡，熱烈的討論還在繼續：我的表舅終於使身邊的人相信，重新換一塊木板是有必要的。看著窗外的彌天大雪，我突然想：此時此刻，就在這司空見慣的滿目風物裡，造物之主其實安排和呈現出了三種人人概莫能外的命運——一種是我，躲在窗簾背後，既沒有安靜下來，也沒有走出屋子；一種是我的小表妹，先是呼號著奔向了「遠方」，再被「遠方」不由分說地驅趕回來；還有一種，就是我的表舅，是不是身在一座囚籠裡已經不重要，如何使自己的囚籠更舒適，更精緻，才是迫在眉睫的事。

就在我胡思亂想的時候，雪漸漸下得小了，我的表舅也慢慢跟隨他的同伴走遠了，過了一條小河，再繞過一條荒廢的鐵路，他們停下腳步，依照安排，闊別多日之後，我的表舅重新躺在了那塊木板之上。天氣還是太冷了，他其實躺也不是，坐也不是，看上去，既像一個落魄的匪首，又像一具可憐的活祭；他們也只能繼續往前走，一行人，在雪地裡緩慢地行進，越往前走，就越像一支淒涼的送葬隊伍。

鬼故事

進入豐都（舊名酆都）境內，高速公路上，同行的人紛紛說起鬼故事，一個說起荒村野店，另一個便要說危樓孤墳，端的是：千秋萬代，鬼影幢幢。入夜之後，我們在城裡住下，我想要尋一家小酒館喝酒，說鬼故事的人卻都紛紛不去，說是怕真的遇見鬼，找來找去，我只找到一個同行者，跟我一樣，在此前的高速公路上，他也沒有鬼故事可講。

深夜街頭，三兩杯下肚，話也多了起來，我問他為何不說鬼故事，踟躕再三，他說起了緣由——他自小與母親相依為命，離開母親之後，多半時間又生計艱難，遲遲沒能將母親接來同住，最不堪的，是自己遲遲沒能結婚，讓母親操碎了心，突然有一天，母親去世了，他正好在廣西的一個音訊斷絕之地出差，等他趕回來，母親早已經下葬了。

自此之後，在他的故鄉，在左右四鄰的眾說紛紜中，他的母親變成了鬼：每逢閃電之夜，街坊鄉親們就會遇見他的母親，她逢人就打聽，她的兒子到底結婚了沒有。這些傳言幾近荒唐，他當然不肯相信，但是，說的人實在太多了，幾次酒後，他悲從中來，買了機票飛回老家，桑樹林，汽車站，榨油坊，已經破敗的家中——這些傳說母親會出現的地方，他都找過，也都等過，但是，他再也不曾見過她。

我大致明白了他為什麼不肯講鬼故事，和他一樣，我也幾乎不講鬼故事，其中緣由，與我的一位遠房親戚有關，說起來，我該叫她姑姑，她的死，算得上是一場橫禍：夫妻二人渡漢江的時候，她竟落水而死，我的姑父呼天搶地，也只能眼睜睜看著她被湍流席捲而去，遺體都沒找到。但是，出乎所有人的意料，死亡並未將他們分開，在姑父的視界裡，乃至是在他的餘生中，她並未走遠，只是化作鬼魂，重新又回到了自己身邊。

穀禾苗韭，春種秋收，我的姑姑和姑父一直在一起。在姑父的敘述中，他的妻子幾乎無處不在：田埂上，集市裡，喝醉後，生病中，她都能被他輕易看見，有的時候他們互相說話，有時候又相顧無言，如此一來，我的姑姑便成為了方圓幾十里最著名的鬼魂。關於她的種種傳說越來越聳動，但最聳動的仍然出自於姑父之口——有一天，他濕漉漉地回家，痛哭著告訴兒女，剛才，他也在漢江裡失足落水了，生死交限之時，已有厲鬼纏身，拖著他前往地府，幽冥之中，他們的母親突然出現，聲嘶力竭，喝退了那些厲鬼，他才得以返回陽間，只是，他們的母親跟他說，自己投生的時刻就要到了，此後再也不會與他相見了。

說來也怪，自此之後，儘管關於姑姑的傳說從未止息，但我的姑父卻閉口再也不提了，就如同他相信妻子在死後仍然和他共度了十年一樣，一直到他自己死去之前，他都相信妻子已經重新投生了，全然如同相信一個菩薩指示的真理。

有了姑姑打底，我的確就像一條漏網之魚，逃過了幾乎所有鬼故事的駭怖，反倒時常覺得那些鬼魂可親。花鳥江湖，亭台莽棘，鬼故事裡一點都沒少，幽魂弄清影，何似在人間，更何況，因為這是故事，我甚至覺得，那個靜止和斷絕的陽間塵世，在鬼故事裡一點點得到了伸展，陰陽混淆之後，沉重肉身，虛空情欲，都結出了祕密和不可言傳之花。

為此故，大多的幽冥志怪文字都不合我的心意，《玉曆寶鈔》裡，所有鬼魂的居所都形同煉獄；《夷堅丁志》裡，鬼魂返回陽間行騙，為的只是吃一頓飽飯；《搜神記》裡更說，如果有人飲酒時杯中之酒無故減少，那多半就是有鬼在偷喝。幸虧還有《聊齋志異》，還有《搜神後記》——為了報恩，《聊齋志異》裡的葉生漂泊半生，卻渾不知自己早已死去多年；《搜神後記》裡，死於激流的樂妓在無數朝代更替之後仍然苦守江底，為的是提醒過往船隻不要在此罹難。我得說，這才是合我心意的幽冥地界，兄友弟恭，父慈子孝，一樣都不曾少，彼處渾如此間，劫波渡盡始成人，因緣具足便相逢。

說起來，類似《聊齋志異》裡葉生式的故事，我也聽聞過一回。那是在雲南的一個小村莊，陰差陽錯，我前來此地寓居寫作，投宿在一間廢棄的舊屋裡，沒過幾天，便發起了高燒，又全身戰慄，幾近於傷寒，輾轉去幾十里外的小診所看了好幾次，卻總也不好。正當不知如何是好的時候，有鄉親前來，指點我去山腳下的一座墳墓前燒香，說是只要如此我就能痊癒，我當然迷惑不解，來人也是好心，便對我說起了民國年間眼前這間舊屋裡發生過的鬼故事。

卻原來，這間舊屋的主人，曾是一個戲班的樂師，跟隨班主拉了二十年琴，雖說一直獨身一人，但幸蒙班主照顧，二十年走街串巷，至少沒有餓死；有一回，戲班過境去緬甸演出，因為琴拉得好，被當地軍閥看中，意欲強留下他，為了能夠將他帶回雲南，演出結束之後，班主沒有走，反倒也留下來，就在軍閥家中做苦工，為的是等著他釋放的那一天，過了兩年，緬甸起了內亂，這個軍閥被流彈打死，他們二人才算回到了雲南各自的家。

雲南也是亂世，班主久未歸家，家中已近斷炊，為了討一口飯吃，班主只好重新組班，於是前來找樂師再度入班，不料，樂師自緬甸回來即身染沉痾，躺在床上無法起身已經有一段時日了，但是儘管如此，樂師還是慨然允諾，掙扎著起身，自此追隨班主又十年，步履所及，遠至南洋，直到班主故去，他才又回到了這個天遠地偏的小村莊。

當樂師回到村莊，迎接他的，竟然是所有人的驚恐，只要有人看見他，立即便嚇得落荒而逃，他惘然四顧，不知所以，終是非要找人詢問緣由不可，這一問，巨大的驚恐卻留給了他自己——早在十年之前，他就已經亡故了，十年間追隨班主在外遊蕩的，不是他的肉身，卻僅僅是他的魂魄。樂師當然不信，三天三夜，想盡辦法問遍了所有人，直到當年幫他下葬的人將他帶到自己的墳前，他才哀號著遁入山林，自此消失了蹤影。

可是，從民國至現在，樂師的魂魄卻時常作祟，經常在半路上攔住人，要人答他是人是鬼，如果答作是人，他才欣喜離去，如有不知情者答得不對，多半都會被他施以病災，這一回，我雖然沒有被他攔路截住，但畢竟是投宿在他的舊居，這無故的病災只怕與他少不了干係。

聽完舊居往事，我當然買了紙錢香燭，在樂師的墳頭焚燒一盡，說來也是奇怪，沒過兩天，發燒與戰慄全都不治而癒，於是，我便再攜紙錢香燭前去，在那墳前小坐的時候，我心裡竟全無嗔怨，倒滿是惻隱：作魔作障，終是離鄉之愁；繾綣不去，也無非是驚詫於人之不能為人，而做人尚且還未做夠。要我說，這一點貪戀在人間也是正道，唯願他在現在的居處告別流落，娶妻生子，錯過所有的亂世。

人鬼殊途，但都怕流離失所，如果陽間是故鄉，奈何橋上，剝衣亭中，孟婆店外，簇擁再多魂魄也是不觸犯律條的吧？唐人所著之《會昌解頤錄》裡記載：有一荒山野湖，湖中有鬼終日啼哭，有膽大者偷偷聆聽，這才得知，因為湖中已經數百年無人沉溺，按照律條，既然無人替代，他便不能投生，然而時間太久了，錄鬼簿上已經找不到他的名字，陽間又無人為他祭祀，他真正成為了孤魂野鬼，念及陽間，念及命運，他又如何能不號啕？

志怪文字讀多了，我便偶爾墮入空想：在那伸手不見五指之處，鬼魂們如何想像自己的陽間故鄉？是荊州之於劉備，還是雷音寺之於唐三藏？如此之念並非是我的空穴來風，而是稍加留心，便能從如麻軼事裡讀到太多鬼魂們的塵世貪戀：歐陽修過沔城，四野裡空寂無人，卻憑空傳來歌哭，打聽之下，才發現他路過的正好是一片舊戰場；嘉慶年間的秦淮河，每到夜半三更，燈火滅盡，聲色止息，便有淒涼的越調從石橋底下傳出，據說，清軍入關時曾在此地將諸多歌妓沉殺於秦淮河中，清朝已是中葉，她們還在唱明朝的歌。

如此，便需要祭奠，唐朝開元年間，有人在河邊遇見一具骸骨，心生悲憫，投之以食，剛要離開，有聲音破空而來，說的竟是慚愧與感謝。千百年來，如此悲憫從未停止風沙星辰裡的運轉，終成兩個節日，清明與七月半，雖沒有除夕盛大，人們過起來卻也動情和專心，要我說，這兩個日子就像是兩封信：我這邊尚且安好，你那裡又當如何？又像是幾杯薄酒，我已一飲而盡，你也大可不醉不歸，做人做鬼，終歸需要一點生趣，若不如此，做人的如何做人，做鬼的如何做鬼？若不如此，如何能夠說明，儘管陰陽相隔，但我們全都端坐一道名叫死亡的筵席上？

在湘西，一個巫風甚盛的小鎮子上，七月十六這天，我趕上過一回祭鬼儀式。

小鎮子上的鬼故事是這樣的——此地因為身處於苗疆與漢地之間，歷代都多生刀兵之禍，冤魂多了，難免擾人，所以，每年七月十六，便要在鎮上的城隍廟祭鬼，為何是七月十六呢？因為前一天是七月半，鬼門大開，魂魄們探親的探親，訪友的訪友，這是不能破壞的規矩，但是，卻有一些魂魄，或蜷縮或遊蕩，就此流連不去，這便壞了規矩，就要驅除，就要在七月十六這天，送他們去往他們該去的地方，所以，這裡的祭鬼，其實是驅鬼。

不知是否因為巫風過盛，我剛來小鎮沒幾天，便聽說了好幾樁鬼魂擾人之事，有一樁是說，鎮上醫院門口的大鐘，早已朽壞多年，這幾天卻無故響了起來，每當響起來，就算沒有風，大鐘下邊的樹葉和別的碎屑也會莫名飄動起來，必定是鬼魂們正聚集於此；另一樁，發生在一間酒鋪前，每每夜半時分，就有人在虛空裡大喊著要買酒，店主和周圍的鄰居循聲出來，卻從未看見一絲半點的人影，這便是鬼了，鄉親們個個說起來都言之鑿鑿，有的甚至逕自問我看見了鬼沒有，我當然搖頭。他們便一再對我說起真相：鎮子上不僅有鬼，而且還不少，入夜之前貼著牆角往城隍廟裡走的都是，不過不要緊，新魂與舊魄，每一個都能在七月十六這天被主事的道士辨認出來。

果然，七月十六的晚上，新魂舊魄們的名字都被寫在了黃紙上，每一張黃紙前，都點著一盞油燈，燈盞們在祭案上一字排開，明明滅滅，如果哪盞燈滅得早，便說明這盞燈的主人已經清醒了，認命了：人間雖好，終非久留之地，今日離開，為的是明年再來；更多的燈卻還沒有滅，一盞盞的，有的像是在賴床，有的像是坐在車站的長椅上遲遲不願意上車，如此，道士們便開始了作法——爆竹轟鳴，鍾馗像高懸半空，祭案邊散落著錦雞剪紙，道士們的口中念念有詞，無一樣不是傳說中讓厲鬼遁逃的物事。

於是，更多的魂魄們認命了，燈盞漸次熄滅，只剩下寥寥幾盞還亮著，其中一盞燃燒得最為明亮，據說，它背後的亡靈在生前也最是不堪：一個七歲的小女孩，母親在她一歲時亡故，而父親為了一點生計也只好常年在外打工，突有一天，她給自己生火做飯的時候，被烈火燒死在了廚房裡。

到了最後，除了這最明亮的一盞，別的燈火全都熄滅了，道士們便請來了桃木劍，和所有人想的一樣，這最後的利器一旦亮出，火苗忽閃了兩回，頓時變得黯淡，須臾之間便要滅盡，可是，就在最後的要害之時，突然，一聲痛哭傳來，桃木劍被憑空裡伸出的一隻手搶奪過去，扔進了夜空，在場的人定睛看去，卻原來，扔走桃木劍的是一個滿身泥濘的年輕人，鬍子拉碴，肩上還扛著行李，全然是出了遠門歸來的樣子，他痛哭著，穿過道士們，緊緊地、不要命地護住了那盞將要熄滅的燈盞。

不用說，他便是那死去女孩的父親。

接下來，不斷有人上前去勸說年輕的父親，告訴他，人間也有枉死城，人間也有鬼門關，他應當放下燈盞，讓亡靈一路好走。可是，年輕的父親卻不發一語，自顧自地抱住燈盞，自顧自地痛哭，幾個遠親也走上前，像是要把燈盞搶過來，不料，年輕的父親竟突然推開了眾人，護住火苗，發足狂奔起來。其實，並沒有什麼人在他身後追趕，但他卻陷入了巨大的癲狂之中，一邊呼喊，一邊驚慌失措，沒過多久，他便跌入了城隍廟門前的河流，幸虧這條河並不深，他踉蹌著從河水中站起身，一步步往前走，燈盞被他高高舉在頭頂上，雖說河面上有風，但燈火卻一直都沒有滅。

必須承認，站在圍觀者的隊伍裡，我幾欲淚下：這世界上哪有什麼空穴來風的鬼故事？哪一樁鬼故事裡沒有站滿塵世中的傷心之人？那些月夜迷途和曠野奇遇，那些荒村作魔與孤城作障，說到底，他們都是未及流出的淚水，只不過更換了凜冽的面目，像銀針扎身，像烈焰入口，為的是讓活著的人相信，人鬼同途，地府與陽間本是一場生涯的兩般面目，我們仍然活在對方的咫尺之內，仍然可以繼續親愛、爭吵和比翼雙飛——你看那河水中的父親，就算已經從癲狂裡甦醒過來，依然還是將燈盞高高舉過了頭頂，一步步，小心翼翼往前走，就像是，天地之間再無旁人，唯有他和他的女兒行走在無人之境。

曠野上的祭文

這一日，恰恰是春分，我回了故鄉，去給死去的親人們遷墳。時間剛過正午，天光卻是晦暗擴散開去後的死寂，我出了村子，朝著埋葬親人們的山岡上走過去，時令雖是春分，真正的春天卻遠遠沒有到來：漫天的西風呼嘯著颳過曠野，幾叢枯草被捲上了半空，眼前的作物們都被蒙上了一層薄薄的白霜，矮小，不蒙垂憐，看上去，就像一個個垂死的少年。

穿過一片收割後的稻田，遠遠地，我便看見了一條狗，我以為那是條野狗，哪知不是，看見我走近了，牠先是跑遠，又再跑回來，卻只圍繞著牠身邊的一堆墳土打轉，與我偶爾的對望，竟然以牠小心翼翼地避開而告終，當我確切地走到牠的身邊，牠只是低低地哀鳴了一聲，彷彿牠正深陷於不幸之中，而我，也許是可以懂得牠之不幸的人。

事實也是如此：當我看清楚墓碑上的名字，轉瞬間，我便懂得了牠。埋在墳土中的那個人，這條狗的主人，竟然已經死了。從來沒有人告訴我他的死訊，一如我相信，從來不會有任何一個別人向他人轉述他的死訊。他的墳地上好歹也栽著一塊墓碑，但碑角卻沒有一個落款，看起來，就像崩裂四散的墳丘一樣潦草；顯然，他的死就如同他的生——每個人都看見他了，但沒有人去聽他的動靜；他一直都在我們中間，他又一直都不在我們中間。如果非要在他的墓碑上刻下一個親人的落款，那恐怕只能刻上眼前這條狗的名字。倒是不奇怪，所謂塵世凶險，所謂生死森嚴，人人都活在自己的光景裡，更何況，人人的光景裡都埋伏著七重九重的刀兵，總在對付，總在對付不完。

也是湊巧，幫我遷墳的人遲遲不來，茫茫曠野上，徒剩一人一狗，然而，那條狗要陪伴的，卻是已經死去的人；彷彿墓中的軀體有了知覺，哀求地底的根枝鑽出了地面，如果定睛看，墳丘上遍布的蒺藜中間，竟然長出了一小截柳樹，更小的樹枝上，幾枝嫩芽正在蠢蠢欲動，那條狗便不時湊過去，想要伸出舌頭去舔，可是，每到舌頭湊近之時，又怯怯地收了回來，牠就像是生怕驚擾了它們。

這眼前景象竟然在剎那之間讓我激動難言：雖說多年來我出門在外，可是在我和墓中人的各自生涯裡，終究有過不少相逢交集之處，也許，我該掏出隨身的紙筆，尋一處稍微避風的地方，為他寫下隻言片語，燒在他的墓前，就當作是一篇不為人知的祭文？是啊，這祭文當然是無用的，就像墳墓前的狗一般無用，就像蒺藜叢中的柳樹芽一般無用，可是，在這滿目世界，有用的東西太多了，無用便理當存在，應該讓那些微小的無用，像刀刃和火焰一樣生出幽光，僅存一息，也要在綿延不絕的有用裡說上一句：我們一直都在。

多少有幾分荒唐，但事情就這麼發生了：西風呼嘯的下午，我背靠著墳頭，掏出紙筆，躲在一塊殘損的墓碑之後展開了追憶，苦思冥想，一字一句，當然，得再說一次：這一字一句，就算寫得再多，放在這廣大塵世裡，終究都是無用的東西——

先說他的腿。他有一條跛腿，然而，在他二十歲出頭的某一年裡，他卻搶到了繡球。此地的婚禮，每回臨近結束之際，新郎都要向光棍們扔出一只繡球，就像西式婚禮上新娘砸出的花環，撿到繡球的人便就此沾吉，被視作討到了彩頭，弄不好，他便成了此地的下一個新郎。這一回，不偏不巧地，繡球砸在了他身上，他簡直不敢相信自己的眼睛，但也知道立即起身，懷抱繡球狂奔，以此逃避眾多光棍們的追趕，可是，誰叫他是個跛子呢？沒跑開兩步，他便被光棍們趕上，齊齊將他壓在了身下，待光棍們起身繼續往前，他已幾乎衣不遮體，紐扣上卻卡著一朵繡球上掉下來的假花。他下意識地追上去，卻又訕訕地退了回來，彷彿突然想起來：他從來就獲得過和那些人一起追逐的機會。在這短暫的瞬間裡，他的臉上一直在笑著，終究還是不捨，不管不顧地追了上去，因為這突然的歡樂過於巨大，他一邊奔跑，一邊也像他人般發出了激動，甚至是張狂的呼喊。

那時的我年歲尚幼，儘管如此我也可以看出，他從來沒奢望過那只繡球被自己占為己有，他只是迷戀上了追逐的歡樂，而歡樂總是像他的那條跛腿一樣短暫：沒過多久，他便從人群裡被扔了出來，他再鑽進去，又被扔出來，如此反覆多次之後，他終於重歸了屬於自己的命運之中——在離光棍們稍遠的地方，他拖著跛腿來回奔走，身體一高一低，光棍們往東，他便也往東，光棍們往西，他便也往西，一邊打著手勢為光棍們叫喊，一邊又沒忘記羞慚，回頭對著看見他的人訕笑，手勢終於變得勉強，卻始終沒有就此放棄，這樣也好，這樣好歹可以證明，面對這巨大的歡樂，他並沒有置身事外。

這提心吊膽的歡樂，竟然毀於一匹瘋馬：光棍們的追逐擊打，驚擾了馬廄中的一匹棗紅馬，這匹馬突然變得瘋狂，朝人群衝撞過去，人群四散，他卻不好閃躲，也只有拖著一條跛腿，生硬地躲避著馬匹，人群在哄笑，他也只好笑，這笑又有幾分發自肺腑——所有人都在盯著他看，這大概是他從來想都不敢想的事。他可能都快忘了自己是個跛子的時候，馬匹終於對準了他，硬生生地撞了過來，在眾人的驚呼聲中，他仰面倒在了地上，一轉眼的時間，瘋馬咆哮著遠去了，他隨即坐起身來，愣怔地看著眼前眾人，似乎是恍若隔世，臉上卻流了一臉的血，他照舊還在笑，笑著笑著，卻又哭了起來。

人世消磨，他的哭泣當然不止僅此一回。時隔多年之後，他已經變作了頭髮花白的中年人，我又目睹過一回他的哭。

那是在一場葬禮上。死者是他的遠房姑媽，偶爾會給他送來點吃的，無非是幾個雞蛋、幾個番茄和南瓜之類，在他父母死後的幾十年裡，這位遠房姑媽，大概是唯一會想起他的人，但是，卻沒有人通知他遠房姑媽的死訊，這也不奇怪，說不定，就算遠房姑媽的兒女，也並不知道他們的母親曾經去偷偷地看望過他，是啊，偷偷的，在這窮鄉僻壞，貧困一點點擠乾了人們身體裡勉強動情的部分，那些火苗一樣稍縱即逝的好，只能偷偷的。

終究他還是知道了遠房姑媽死去的消息，於是做賊似地前來，躡手躡腳地置身在了弔喪的人群中間，他顯然知道自己今時今日姓甚名誰：伴隨光陰的流轉和他年歲的加深，無可挽回的，他越來越被視作一個不祥之兆，沒有妻子，沒有孩子，沒有牛馬，沒有不打補丁的衣裳，他當然被人群和田野所不齒——別人種地，他也種地，可就是這麼怪，他每一年的收成都遠遠不如別人。從前，當他打人前經過，還有人對他指指點點，到了後來，指指點點也沒有了，他就像是一棵樹，又或溝渠邊的一蓬亂草，長在那裡，站在那裡，但是沒有人會去專門看他一眼，唯有幼童或牲畜撞上了他，幼童的父母和牲畜的主人才會呵斥著走上前來，就好像，他的身體裡埋藏著理所當然的不潔和汙穢。

所以，在遠房姑媽的葬禮上，他一時躲在廂房的拐角，一時藏在院子裡那棵梧桐樹的後面，苦挨著時間，指望著葬禮趕緊開始，他好夾雜在人流中靠近靈柩，去哭，去三拜九叩，可是，這一回，他還是沒有如願：被姑媽的兒女看見之後，他們不由分說地趕走了他，在離開之前，他跛著腿，圍著梧桐樹打轉，不斷告訴他們，其實，他和他們是親戚，但是沒有用，他們的怒吼還沒持續多久，他就落荒而逃了。

然而他沒有走，我看見，他就站在屋後的田埂上，稍後，可能是怕被人發現，又臥倒在了田埂邊的溝渠裡，這樣，當屋內的哀樂響起，他便隱約也可以聽見，便能和弔喪的人們一起三拜九叩，唯一的不同，是他們跪在靈柩前，而他跪在溝渠裡。屋子裡的人哭，他也哭，一開始，他哭得並不劇烈，沒過多久，天知道他想起了什麼，竟然不再跪了，而是就此翻倒在溝渠裡，蜷縮著身體，咬緊了牙關去哭，我能看得見他的身體戰慄不止，右手還死命攥著一把土，就像是攥著幾個過去年月裡的雞蛋、番茄和南瓜。殊不料，他哭得忘記了周邊的時候，出殯的隊伍走出了院門，向著他所在的方向過來了，我也在出殯的隊伍裡，一心以為他會被人看見，哪知道，就算哭得多麼劇烈，他也蜷縮得好好的，始終不露半點痕跡；隊伍走遠之後，我轉身回望過去，他仍然沒有現身，在他的藏身之處，只有幾片剛剛撒出去的紙錢在上下翻飛。

也許，我該為他作證：他不光沒有不潔和汙穢，相反，他甚至是個潔淨的人。有一年，村子裡請了戲班來唱戲，我恰好回鄉，也去看了，正好坐在他的身邊，他似乎想跟我說幾句話，末了也沒有說出來，我反倒聞見了他身上好聞的洗髮精味道，再看他全身上下破爛卻整齊的衣衫，心裡一動，當即便想告訴坐在身邊的其他旁人：他不光沒有不潔和汙穢，相反，你們認識那種砸鍋賣鐵也要把自己收拾得乾乾淨淨的人嗎？他就是啊！可是，我終究沒有去告訴旁人——「生活」一詞，多半是「慣性」二字作祟，現在，在「慣性」作祟的時刻，我卻並沒有抽身而起，說到底，如果戲台下的眾人是他的迷障，而我，也是迷障中的一分子。

我和他認真地攀談過，不知何故，無論我說了多少，他卻總是不接話，那是在我返鄉的長途客車上，出乎意料地，他竟然也出了趟遠門，此刻正要回家，我和人換了座位，坐到他旁邊，再找他問東問西，他卻兀自一個勁地點頭，再不說多餘的話。還要過幾年，我才偶然從他自己的嘴巴裡得知，這回出遠門，他是去看望一個女人，結果卻陰差陽錯地被關進了派出所。

我還記得那天我是和他一起走回了村子，春天，滿目的油菜花都開了，蜜蜂們一直在身前繚繞不去，他突然停下步子，對我說：「……還是你們好。」

「還是你們好」——是啊，我們一直都比他好，我們有妻子，有孩子，有牛馬，有不打補丁的衣裳，他則不是，哪怕有過一個女人來到他的身邊，到頭來，那女人終究還是別人的妻子。

那個女人來自鄰縣，是個瘋子，有一回瘋病發作，扒上過路的貨車，竟然流落到了此地，和他一樣，寄居在油菜地邊上的一口廢窯裡，沒人知道他們是否有過肌膚相親，反正他們兩個人都很少進村，如果不是那女人經常在光天化日之下狂奔呼號，逼迫得他只好吃力地跟在後面追來追去，只怕沒人知道村子裡多出來了一個女人。所以，當那女人的丈夫辛苦找來此地，看見的卻是她只認跛腿的他做丈夫時，難免怒火中燒，立即施予了暴打，雖說旁邊也零散聚了幾個村子裡的人，但是，沒人知道事情的原委，也就沒人阻止這場暴打，只是聽著他一遍一遍地訴說，他說：自始至終，他都只是送給了她一點衣被和吃喝，他和她，是乾淨的。

事情到此並未結束。第二年，農曆新年剛過，他賣了收成，買了幾件女人的衣服，坐車去了鄰縣，他想去看看那個瘋女人。結果，等他辛苦地打聽到她，找上門去，迎接他的，卻是一場嶄新的暴打，鬼使神差地，他還被送進了當地的一家派出所。不巧的是，當地正在發大水，一條大河正在臨近破堤，他被關進派出所裡的一間屋子之後，警察們鎖了門，全都上了河堤去抗洪，整整四天半，他們忘記了他，等到洪水止住，警察們回到派出所，他早已經餓得奄奄一息了。

「這是命！」——好幾年過去了，那難以言傳的四天半，一直安靜地待在他的體內，從來無人知曉，突然有一天，一場雪後，他變作了另外一個人，臉上掛著紅暈，雙目炯炯，散發出異常的熱情，他再也不羞怯了，見人就說話，不管是誰，他都要拉扯住，再說起他那被人遺忘的四天半，他說自己的事，就像是在說別人的事，語氣中，多少夾帶著挖苦。儘管如此，也沒人願意聽他說，一個個的，全都逃脫了他的拉扯，他也不惱怒，走了一個，他就再換一個，說到最後，他總歸都會歎息一聲：「這是命！」

我也被他拉扯過，甚至足足聽他講了好幾遍，我大致明白他：那四天半，是他迄今為止遭遇過最大的驚駭，這驚駭於他而言，遠遠大過他對這眼前世界的全部想像，他害怕它們，就將它們藏起來了，可是，只要有藏不住的時候，它們就會攝他的魂，乃至要他的命，所以，他唯有大著膽子，打碎從前的心肺和肝膽，再說出它們，才有可能將那河水般的驚駭趕出自己的體內。只是他不知道：就算有人停下步子，聽他說了幾十遍，終究還是無濟於事，他臉上的紅暈和眼睛裡散出的光都在說明，他離瘋掉已經只剩下一步之遙了。

如果就此徹底瘋掉，他應當會成為此地最廣為人知的存在，一個瘋子，無論如何都會比一個跛子更加著名，可事實上，他並沒有，在其後多年裡，他時而發瘋，時而不瘋，但有一樁事情，不管瘋與不瘋，他都保持著驚人的一致，那就是：呵斥與驅趕，他始終都聽得進去，它們一直都是他的親人。

即使是被人趕出寄身之地的時候，他也絲毫未作抗辯。這年冬天，先是下了很大的雪，之後，收購了窯廠的人就來了。如無意外，這一場雪後，停產多年的窯廠就要重新復工，於他而言，卻是不能再在這裡住下去了。在此之前，窯廠的買家已經來了好幾次，警告他，趕緊搬走，否則，他們便要親自動手了。每一回，他似乎都聽進去了，又像是沒聽進去，別人一旦說話，他就只管笑著點頭，到了買家前來準備復工的時候，他還沒有搬走，不用說，最後的結果，是他的全部家當都被扔出了窯外。

據說，在那艱險要命的關口上，他沒有呼喊，也沒有推搡，竟然還是一直在笑，家當們散落在雪地裡，他看上去也全然沒有捨不得，可能是雙腳受了凍，他就站在人群裡，小心翼翼地原地踏著步，只要有人看他一眼，他便又趕緊將步子停了下來，實在是：瘋和不瘋，他都是清醒的，如果他的一生也有功業，那便是用滿臉的笑和全身的無用持續證明著自己的清醒。到了最後，家當們都扔在雪地裡了，窯廠買家帶領的人群也離開了，他卻沒有彎下腰去拾撿家當，而是跟著他們信步往前走，等到他們走遠了，曠野上便只剩下了他一個人。

那個冬天，我在村子裡寫作，聽說他被趕出窯廠的消息，便動了念頭，想要去尋他，待我走上一座山岡，卻只看見他化作了漫漫曠野上的一個黑點：他已經走得太遠了，但他似乎還要一直走下去。世間萬物，遲早都逃不脫一個定數：離開了窯廠，他總歸會找到一個新的住處，再過些時間，他甚至會收養一條狗，這條狗會見證他所剩無幾的時間，也將見證一小截柳樹是如何長在了他的墳頭。然而此刻的雪幕裡，他還在繼續朝前走，唯有天知道他打算走到哪裡，漸漸地，雪幕只差一步便要將他徹底籠罩，他馬上就將迎來消失，這明明白白的消失，酷似一個正在發生的寓言：那白茫茫裡的一個黑點，不僅僅是一個人，他其實是所有人，一邊往前走，一邊走投無路，忽然情欲悲怨，忽然稼穡勞苦，路過了三千里五千里，終究是人人都站在了死亡的門口。

——終於，我說到了死。至此，我墓中的弟兄，我已經寫下了對你的全部追憶。你看，遠遠的，幫我遷墳的人總算出現在了半里開外的地方，這篇潦草的祭文便也來到了它的結束之處，如前所說，這曠野上的祭文不為人知，但它為你的狗知，為滿天西風與你墳頭的一小截柳樹所知，我便不至當它百無一用。所謂生死有命，接下來，我要去遷墳，你且去投生，只是你的狗還要獨自苦挨這大風四起的黃昏光陰；說起來，這祭文裡還有一句要緊的話來不及寫下，不過沒關係，我一邊去遷墳，一邊再慢慢地說給你聽。

那要緊的一句，我還非得要說給你聽不可，那就是：如果再世為人，就算又拖著一條殘腿，你其實也可以這樣活——與閃躲為敵，與奔逃為敵，把一切欲言又止之時拽到你的身前，再將它們碎屍萬段，當然要像樹木和草叢一樣安靜，但也不要忘了，在一切你打算踏足的地方，你都要先闖進去再說，管他山海關還是娘子關，這都是非過不可的五關，過了五關，再斬六將，斬殺奔馬前的訕笑，斬殺幽閉中的驚恐，你管他們是銀槍將還是白袍將，哪怕心如死灰，你也要斗膽上前，與他們大戰三百回合，不是你死，便是他亡，如此一來，縱然落不得一個全屍，你也算是在你踏足之地打下了木樁，像拴住牛馬一樣，先拴住了你的人，又拴住了你說過的那些話，如此走一遭人世，眾生抑或眾神，你的歌聲與哀聲，他們才算作是彼此遭逢，又彼此驗證；最後，切切不要忘了那條狗，牠可能是你在上一世裡唯一得到的愛，願你再世為人之時，更早一點找到牠，收養牠，不，不僅僅是牠，你要更早一點找到更多，一個人，一盞燈火，一間不被驅逐出去的房子，因為它們不是別的，它們正是人之為人的路線圖和紀念碑，它們正是你的雙手和跛足，乃至全身上下從未觸碰過的愛。

我墓中的弟兄，記住我說的話：那些你要找的東西，一旦找到，你就要趕緊吃下去。

我墓中的弟兄，言盡於此，後會有期。白紙黑字，伏維尚饗；前生後世，伏維尚饗。

臨終記

抵達之時，天色已近黃昏，我在昏暝中上山，滿山都是飄飛的紙錢，在紛散的紙錢之間，夾雜著一簇一簇的小小火焰，此行我是來上墳，此行卻是兩個人的塵世終點。當我在祖父的墳前站定，往山下看：磷肥廠的滾滾濃煙掠過青蔥田野奔入天際，大小礦洞裡的挖掘機轟鳴作響，近在眼前的地方，每一座墳墓上都在響著歡快的兒歌——滿山的往生者都需要原諒：這些年，做紙活的藝人已不多見，親人們再也送不來紙糊的燈籠，只好用玩具店裡的塑膠燈籠代替。實在是：人生如寄，山東山西。

親愛的祖父，去年此時，你我二人，推杯換盞，把酒言歡；今年再來，山頂徒增青墳一座，墳前已有野花幾朵，此中情境，恰似我過去聽過的邊地山曲：「山在水在石頭在，人家都在你不在。」此次前來，我有兩事向你稟告，一件是：大河改道，湧入我們鎮子的小河中，這條早已乾涸的河流，竟死灰復燃，日夜咆哮，遠遠看去，像是一頭暴怒的獅子。這第二件，說來也簡單：我還是老樣子，原地踏步，且越來越不以為恥，哪裡像你，在臨終之前的半個月裡，不分晝夜地給自己備下好菜好酒，端的是大快朵頤，我問你是為何，你告訴我，從來只欠一吃，從來不欠一死。

只是看起來，指日之間，我仍然無法成為你希望的那個人，若是你來問我所為何故，我也恐怕只好用來時車上聽到的歌回答：「天才不夠天才，壞又不夠壞，天天都想離開，卻不知道到哪裡才能換骨脫胎。」

只說當初，緊趕慢趕，我還是未能趕上你的臨終時刻，但是，既然在場的人已經再三描述，我也自當爛熟於心。是夜三更時分，你從一場昏迷中甦醒過來，知道大限已近，既沒有眼淚，也沒有叫喊，只是平靜地告訴大家：「我看到了好多鬼。」

天知道你是不是真的看見了好多鬼，真實也好，幻覺也罷，總之在場的人愛莫能助，只能眼睜睜地看著你自己承擔自己的最後命運，「好多鬼啊，有的在拎我的包，有的在拽我的衣服，」你繼續說著，突然，你對床前眾人吼叫起來，微弱，卻是一如既往的說一不二：「都走，你們都走！我來對付它們！」

僅僅只為不違拂你的旨意而非其他，床前眾人諾諾而退，退出房間，只在門口站了兩三分鐘，立即推門而入，而你已駕鶴西去，那句突然喊出的命令，成了你在人間說過所有話中的最後一句。如果在天有靈，你大概已經知道，你臨終前的棒喝，一直在親朋故交中間流傳，幾乎成為一個小傳奇，卻在莫名其妙地壓迫著我。如你所知，活著並不比死去容易，這些年，我讀了那麼多的書，寫了那麼多的字，眼見得的形跡可疑，日復一日顧左右而言他，並且篤信那些想像中的「真理」：「在他們中間，即使有一位把我擁到他胸前，我也將在他那更強大的存在的力量中消失。」

這是里爾克的詩歌，還有更多人的更多詩，對於他們，我心服口服，可是，我為什麼會心服口服？為什麼在他們開口之前我便閉上了嘴巴？在許多時刻，它們其實是魔障，鱗次櫛比，橫亙於前，阻斷了我用遭遇通往它們的道路，而《碧巖錄》上卻記載著這麼一段——釋迦老子，初生下來，一手指天，一手指地，目顧四方云：「天上天下，唯我獨尊。」雲門道：「我當時若見，一棒打殺與狗子吃卻，貴圖天下太平。」

親愛的祖父，話說到此，你該大致明白我的意思，我其實是想說：幻覺裡的鬼，還有現實中的死，當他們前後到來，你不是別人，先是遠在天邊近在眼前的里爾克，將消失視為前提，而後變作手執打狗棒的雲門和尚，發了金剛之怒，生出來的，卻是伸手可及的慈悲，我妄自揣測：定有一種物事，它在指引你，抬頭見喜，出門遇佛，即使只剩下垂危的肉身，也照樣不被魔障籠罩，我在找它，你能否告訴我，它在哪裡，又到底是誰？

天色已然黑定，你我二人，別不多敘，你自然知道，我還要繼續往前，下了這座山，步行數里，上得另一座山去，不到山頂，就在山腳底下綿延開去的灌木叢邊，那裡便有姑媽的墳。在姑媽的墳前念詩是多麼矯情啊，可我還是想起了伊莉莎白·畢肖普的句子：「秋分時節的眼淚，還有打在屋頂上的雨珠，兩樣東西都被曆書所預言，但只有做祖母的才明白。」不為別的，因為父親跟她長大，她是他的姊姊和母親，我也跟她長大，她是我的姑媽和祖母。父親和我，一生中，我們要愛上許多人，譬如我們對方，譬如他的孫女，我的女兒。可是有一件事情，早已命中注定：我們最初的愛，都源自於埋葬在眼前這座墳墓裡的女人。

墳墓裡的這個女人，五歲喪父，九歲喪母，東家做牛，西家做馬，在被祖父收養之前，她已經赤著雙腳度過了好幾個冬天。年歲稍長，早早婚配，生下大堆兒女，各自苦度艱難，如此歲歲年年。四十多歲，她便有了自己的長孫，幾年之後，這個長孫觸上高壓線，總算挽回一條命，但也被迫截了肢，一夜之間，她的頭髮，全都白了，也就是在那天，我自從懂事以來，看到了她的第一次哭泣。

說起她的一生，無非是幾件對襟藍褂、一身做菜的好手藝和周邊村鎮人盡皆知的菩薩心腸：那些修傘的補鍋的外鄉人，凡是遇見她，有誰沒吃過她燒的飯菜？然而，與這菩薩心腸匹配的，並不是十里八鄉的熟絡，卻是巨大的、終其一生的沉默。不管是我，還是眾多鄉鄰，只要想起她，撲面的印象，便是她的幾乎從不說話。幾十年中，她的臉上總是有笑意，除了這笑意，就連哭泣，她也全都放在身體裡，從不拿出來。所以，在她彌留之際，我冒著彌天大雪回鄉，走到她床邊，當她開口，僅僅一句，我便如遭電擊。

當她看清眼前站著的人是我，竟然放聲大哭，她哭著說：「我的兒啊，你回來看我了！」

她這一生，從未用過這樣的口氣說話，原來，她也能夠這麼說話！當她說完，閉上眼睛喘氣，不光只有我，屋子裡的所有人，全都驚呆了，一陣短暫的慌亂與沉默之後，所有的人都哭了。

在過去的光陰裡，人人都知道她心裡藏著苦，不止一點一點，而是一片一片乃至一座一座的苦，為了她好，我們都忘了，只道是，此恨人人有，貧賤百事哀；全然不曾料想，那一片一片，一座一座，全都還在，她只是為了我們好，便當作自己忘了，唯有到了與人世告別的此刻，她才不小心露出了破綻。在破綻的背後，是她赤腳的少年和寡居的中年，是再三的難產和多少言語的無用，是篤信各路菩薩，卻沒有菩薩能回報她一朵蓮花；這些，這一切，有一個共同的名字，他們的名字叫姑媽。

那天下午，我的姑媽，接連哭泣，到了晚上，她突然說想吃葡萄——為什麼，這個世界上的姑媽，都是行將離開人世才說自己想吃葡萄？我和堂兄，騎著摩托車，馬不停蹄，連夜趕往縣城買葡萄，我知道，她若是能見到外面的彌天大雪，定然又會緘口不言。謝天謝地，我們在縣城裡買到了葡萄，回來的路上，雪越來越大，山路泥濘，幾乎中斷，我們只好推著摩托車，一步步朝前行。

雪花撲面的夜裡，我懷揣葡萄，跌跌撞撞，卻也只好如此安慰自己：如果我不是走在此刻，而是走在姑媽的生涯中，你看這滿目大雪，還有陷塌的山路，最後，它們都要歸於沉默，非得要撕開它們，度過去，才能從心肺裡掏出忍耐與美德。要等到後半夜，等我回到她的床前，才會知道：就在我們出門不久，姑媽就連帶她的沉默一起作別了人世。而在山路上的我還渾然不知，只是埋著頭作如此想：定有一種物事，它在指引著我們，讓我們止於傷心，免於崩潰，即使只剩下垂危的肉身，尚能哭出聲來，我一直在找它，姑媽，你能否告訴我，它在哪裡，又到底是誰？

紫燈記

離開東京的前一天，連日的重感冒和花粉過敏終於止住了，雖說涼風一吹，我仍然頭疼欲裂，但是，為了一樁說不清楚要緊還是不要緊的事，我還是坐上了去府中的電車，電車裡人跡稀少，沿途所見也和十五年前並無什麼分別：高樓，小店鋪，看板，奔湧的人流，選舉車的噪音，一張一張漠然的臉，滿世界的櫻花都開得像心如死灰的人正在自殺。

唯有到了府中車站，往外走時，月台上突然響起了〈秋櫻〉的調子，我的心裡還是震顫了片刻。

十五年前，我曾經每日裡在這車站進出，一草一木無不爛熟於心，所以，一旦在站前的小廣場上站定，那些埋伏在身體裡的記憶，霎時之間便就全都復活了：往東是綠町，往西是晴見町，更遠的地方，還有天神町和分梅町。

我要去的地方，正是分梅町，也不知道算不算矯情：我去那裡，是要找一盞燈。

那盞燈，有半人高，懸掛在一座狹小神社的門口，因為是用紫色的油紙包裹，到了晚上，它便通宵散發著紫色的光芒，每逢下雨的晚上，光影在雨霧裡散開，彌散了半條街，看上去，就像一場召喚，如此，哪怕隔得遠遠的，我也總想快跑兩步，好去靠近它。

在神社的門口，紫燈照耀之處，有一間電話亭，幾乎每隔兩三天，我都要去那裡給國內打電話，如果下雨或者落雪的夜晚，神社的屋簷下總會三三兩兩聚著些躲雨躲雪的過路人，過路人裡自然也有中國人，這樣，我一邊打著電話，一邊就能聽見屋簷下有人說中文，當然也有心上去攀談幾句，但終於還是沒有。

——那應該是在耶誕節前後吧？其時，東京雖然沒有像往年那樣陷入大雪，雨水卻是終日不休，下了整整半個月，那天晚上，我從打工的地方回到府中時，已經都快要到了凌晨時分了，終於沒能忍住去神社前的電話亭裡打個電話，電話卻壞了，撥了半天都沒撥通，我只好推門而出，頹然離開，卻被一個人撲面攔住了。

對方說的是中文，逕自告訴我，天氣實在太冷了，如果我有錢的話，他想找我討一點，好去買酒喝。見我不知所以，他又接著告訴我，他知道我是中國人，因為他聽見我一直在電話裡憤怒地呼喊著「喂喂喂」。

當時，我在東京已近窮途末路，終於下定了回國的決心，只是一直沒有湊齊回國的路費，我早在心裡對自己說了好多遍：一旦路費湊齊，一分鐘也不要停，立即打道回府。可是，這一晚也不知道怎麼了，可能是因為某種莫名的怨懟，可能僅僅只因為同是天涯淪落人，我竟然毫不心疼自己口袋裡一點所剩無幾的錢，痛快地答應了找我討錢買酒的人，而且還提議，先去把酒買來，而後，就在此處，兩個人一起喝。

他顯然沒有想到，笑著連聲答應，這時候，透過那盞紫燈散出的光暈，我這才看見，他的雙眼其實是壞掉的，什麼也看不見。我倒是沒有多想，只想著趕緊來一場放縱，既然他的眼睛看不見，我就狂奔到了街角還沒關門的最後一家小店，掏出所有的錢，全部買了酒。

說起來，還是青春好，手起刀落，不管不顧。

酒買回來，雨也下大了，我們端坐在紫燈之下，一人一瓶，身上也就熱烘烘地暖和了起來，有時候，當我抬頭望見頭頂上的紫燈，竟然生出了今夕何夕之感，甚至懷疑自己不是在異國，而是在故鄉的家門口，母親和方言，都近在咫尺。多少有些傷感的時候，我便問他所為何來，又何以至此，他其實知道，我是在問他的眼睛，也就如實告訴了我。

原來，他是雲南人，早我八年就到了東京，一直沒能混好，只好四處給人打工，服務員，看門人，在馬路上刷油漆，在車站和學校賣電話卡，這些生計，他全都幹過。兩年前，他在一家垃圾處理公司打工的時候，從吊車上墜進了一處山丘般的玻璃堆，當即，兩隻眼睛都被玻璃碴刺瞎了，近幾年，他一直在忙著和那家垃圾處理公司打官司，但時至今日，他還沒有收到一分錢的賠償款。

聽完了他的出處和來歷，除了默不作聲，我也不知道說些什麼好，終了，還是只能跟他繼續乾杯。又遲疑了一會，我問他，還想不想回國，他卻讓我去看頭頂上的燈，然後告訴我，從前，他眼睛還看得見的時候，這裡一共有三盞燈，一大兩小，看上去，就像一家人，這麼多年下來，兩盞小的早就不知所終了，只剩下了最大的一盞還在這裡。他的情形跟這盞燈差不了多少：國內的妻子帶著孩子早就消失了，不管寫了多少信也不回，所以，他也就不回去了。

好吧，往事不要再提，且讓你我再乾一杯。

突然間，他似乎想起了一件什麼事情，將酒瓶放到一邊，如夢初醒般，熱切地告訴我，他其實還有幾瓶從雲南帶來的酒，地底下埋過十年以上，是他這輩子喝過最好的酒，堪比瓊漿玉液，他一直捨不得喝，這兩年，因為打官司，居無定所，所以，他把這幾瓶酒存在一個朋友處，莫不如，就在最近，找個時間，他和我二人將那兩瓶好酒喝掉，也算了卻了一樁念想。

我當然說好，他便愈加興奮，不斷搓著手，一半是因為穿得少，一半是因為即將到來的一醉方休。

有酒不覺夜長，但酒總有喝光的時候，雖說雨水更加猛烈，可是為了第二天的生計，我終須和陌路上相識的朋友說再見了，臨走前，我留了電話給他，又問他是不是住在附近，我可以送他回去，他卻笑著並未回應，說來慚愧，哪怕他沒地方住，我也沒辦法幫上他，因為我自己也寄居在別人的方寸之內。我還記得，當我走到巷子口，回頭去看他，在紫燈的照耀下，他靜止端坐，就像一個入定的僧人。

而今十五年過去，我又來了，卻總是止不住的迷路，越往前走，越發現自己的記憶並不可靠，原來，往西走才是綠町，往東走才是晴見町。每戶人家門口的櫻花都開得好，所以，每戶人家看起來都是一樣的，好不容易，越過了幾條溝渠與鐵路，都已經快要入夜了，我總算到了分梅町的地界，分梅町卻也是櫻花遍街遍地，那家神社，那盞紫燈，我始終都沒找到。

類似的情形，十五年前我曾遇見過一次——那是在我回國的前幾天，終日裡東奔西走之後，我離湊齊路費已經越來越近了，恰好這時，那個曾經和我一起痛飲的朋友打來了電話，約我再去那盞紫燈之下，將他的瓊漿玉液喝完，說來也是怪，那一天，我恰好發了高燒，下了電車就開始跌跌撞撞，站在街上茫然四顧，竟然覺得自己身在九霄雲外，怎麼也找不到那盞燈，到了後來，實在支撐不住，也就回了自己的寄身之地。

事實上，自從那晚相逢之後，我的朋友，每隔兩三天就要約我一回，說是那兩瓶酒早就被他從朋友處取回了，現在，只等著我去跟他一飲而盡，可是，我卻沒有心思，回國的路費已經使我幾近癲狂，四處找零工，又在每一個零工裡惡狠狠地計算著歸期，下了零工，就守在旅行社的外面，盯著電子顯示幕上的便宜機票資訊，再惡狠狠地渴望著一張可以買得起的便宜機票從天而降。

哪裡知道，好運氣真的來了，忽有一天，我剛走到旅行社門前，只一眼，便看見了一張便宜機票的資訊出現在了電子顯示幕上，有那麼短暫的一剎那，我心臟狂跳，鎮定了再三，才確認自己真的沒有看錯，隨後，幾乎是手腳顫抖著走上前去，訂下了機票。

也是湊巧，正在買機票的時候，那個紫燈下的朋友又打來了電話，只是這一回，他的邀約都還未再次說出口，我便逕自告訴了他，我要走了，歸期就在兩天之後，其時情境，說是欣喜若狂也毫不過分，這樣，我的朋友便不再邀約，轉而還勸我少喝些酒，多省點錢，以備回國路上的不時之需。

而我已經根本無心在東京多停留一天，以至於，在歸期的前一天晚上，我就向著成田機場出發了，我打算去機場裡過夜，一來是可以少一天再在府中寄居，二來是早一點到機場也更令我不再陷入莫名的恐懼與焦慮。不過，我未曾想到的是，電車已經快要進入東京市區的時候，我朋友的電話又來了，他告訴我，為了不麻煩我，原本他是想帶上酒直接去機場找我喝掉的，可是，他的眼睛實在不好，轉了一下午也沒有轉出府中地區，所以，如果時間來得及，他想還是請我去到那盞紫燈之下，再將那兩瓶好酒喝完，就當給我送了行。

真的是好酒。他在電話裡接連說了好幾遍：真的是好酒。

一時之間，某種悲痛竟然在暫態之間將我席捲了，這悲痛，首先是我對自己的厭倦：我和朋友的相逢，以及其後的邀約，看似只是一樁不足道的小小機緣，但實際上，他們就是從天而降的情義，好像被雨水或河水沖洗過的石頭一樣清清白白，卻被我置若罔聞，全然忘在了腦後；而後，這悲痛也和我的朋友有關：一樁小小機緣，被他看得如此認真和重大，而我卻要走了，明朝巴陵道，秋山又幾重，接下來，他一個人的異國生涯又當如何度日呢？

所以，電車到了下一站之後，我下了車，再重新上了回府中的ＪＲ山手線，是啊，無論如何，也要陪他把酒喝完。

實際上，也不知道為什麼，那天晚上，我的醉意都來得特別快，大概是因為臨別，也可能是因為地裡埋過的酒格外的烈，半瓶還未喝完，我的身體裡便生出了酩酊之感，再看頭頂那盞紫燈，只見它隨風飄搖，忽近忽遠，然而，天上卻並沒有起風。

既然醉了，我便說起了醉話，告訴他，如果我再有來東京的一天，一定帶上正在喝的這種酒，到時候，可別忘了不醉不歸，他聽了只是笑，笑著笑著，又劇烈地咳嗽起來，這才跟我說，上一回時間太短，他沒來得及告訴我，他的肺上長了東西，只怕等不到我再來找他喝酒的那一天了。

好像一盆冷水澆淋，我的醉意醒了一半，遲疑了半天，終於還是問他，何不就此回國，哪怕死在家鄉，也總比死在這裡好，他卻還是一笑，像上回一樣，他讓我去看頭頂上的燈，再對我說，從前這裡一共有三盞燈，一大兩小，看上去，就像一家人，這麼多年下來，兩盞小的早就不知所終了，只剩下了最大的一盞還在這裡。他的情形跟這盞燈差不了多少：國內的妻子帶著孩子早就消失了，不管寫了多少信也不回，所以，他也就不回去了。

直到這個時候，我才發現，他也醉了。他一邊說著話，一邊仰起頭去，就像是在認真地凝視著頭頂上的那盞燈，當然，一如既往，他什麼也看不見。

「走了！」突然間，他站起身來，逕自朝前走，又對我說：「好好活！」

——十五年了，我當然沒有忘記我朋友的叮囑，他要我好好活。可是，世事就是如此弔詭，在絕大部分時間裡，他的叮囑又每每被我忘在了腦後，就像當初忘記了他的邀約。我得向他承認：十五年裡，我未能脫胎換骨，相反，每到一地，我都把它過成了當初的東京，迷路，莫名焦慮，又心猿意馬，漸漸地，甚至對這心猿意馬的生涯不以為恥，反以為榮。

好在是，今天，此刻，在被櫻花們竄改的街巷裡兜兜轉轉了小半個夜晚之後，偶然的一瞥，我竟然如遭電擊——是啊，我終於看見了那盞紫燈，它就在離我不到五百米的地方，越往前走，紫色的光芒便離我越近，終於，手腳顫抖著，我來到了光芒的中間，盯著它，看了又看，看了又看，好久不見，它還是原來的樣子，只是街對面的櫻花被風吹拂過來，落了滿身的花瓣。

親愛的朋友，我來了，你在哪裡呢？紫燈作證，我沒有食言，不僅帶來了你我曾經喝過的酒，而且，這酒也在地底下深埋過十年以上，不多不少，一共兩瓶，一瓶給你，一瓶給我，我也不管你是死是活。

義結金蘭記

夜深之後，東南風吹滿了整座山谷，田野上，月光下，簇擁的桑葉碰撞在一起，發出撲簌的聲響，漸漸地，小雨落了下來，但若有似無，月光也未消退，使得大地上的一切看上去都顯得更加簡單，也更加清白。

我剛打算關窗入睡，沒料到，一支十數人的隊伍，卻經過我窗前的道路，正要走出村子，人群裡，有人打著手電筒，有人用手機將眼前照亮，幾乎沒有人說話，但是，幾聲似乎一直在壓抑的低泣還是被我聽見了。

隨後，我就看見了牠：那隻方圓百里以內聞名遐邇的猴子。一見之下，我的心裡便有了不祥之感，未曾有半點猶豫，我也趕緊跑出門，走進了沉默的隊伍，一邊走，一邊去盯著牠看：因為連日的疾病，牠早已不復當年之勇，只是安靜地坐在一張椅子上，再被前後幾人抬起來，慢慢往前走，而牠，要費盡力氣，才能調轉頭去，看看這個，再看看那個。借著一點微光，我看見牠的手被牠女兒緊緊攥在了手裡，那忍不住發出低泣之聲的，正是牠的女兒。

是啊，這隻病入膏肓的猴子，卻有一個身為人類的女兒。

如果要將這神賜般的機緣道盡，還得從十多年前說起——說起這片黃河岸邊的縣域，真正是荒瘠貧寒，絕大部分土地都可謂十種九不收，好在是，老祖宗留下了一門絕技，是為耍猴，所以，男子們成年之後，每遇農閒時節，多半都要帶著自己的猴子，離家萬里去討一條活路，到了年關將近時，才從各地奔赴回來，因此，每一年，在春節前的幾天裡，火車站，泥濘的小路，拖拉機上，渡船上，到處都是頂著一身風雪的人和猴子。

不知從哪一天開始，一群無主的猴子，竟然嘯聚到了一起，將此地的山河當成了昔日的水泊梁山，打家劫舍雖然還說不上，但是，圍攻家禽，一夜之間掰盡田地裡的玉米，甚至攔住獨行的人索要食物，這些都是常有的事情。這群猴子的首領，因為膽大包天，幾乎無人不識，漸漸地，人們不再稱牠猴子，而是叫牠宋江宋公明，在逃過了幾次捕殺之後，宋公明的隊伍越來越龐大：那些死了主人又或不堪繁重訓練的猴子們，全都逃出來，聚到了牠的麾下。

就算半世英雄，也終有馬失前蹄之時，忽有一夜，宋公明帶領手下眾兄弟去榨房裡偷油，不料中了埋伏，被一支火銃打傷，只好捂住傷口奔逃，沒逃多遠，牠就和眾兄弟失散了，獨自沿著黃河岸邊尋找躲避之地，哪裡知道，前幾日剛好下過雨，堤岸崩塌，牠竟失足掉進了黃河，只好懷抱著一棵和牠同時掉入黃河的樹，隨波逐流，等待著命運向牠顯露真身。

花開兩朵，各表一枝：話說黃河邊的村子裡，住著一個傻子，說是傻子，卻也算不上太傻，娶過親，還有一個女兒，妻子雖說已經跑了好幾年，但他一個人帶著女兒長大，卻也沒有少過女兒一口吃喝。和別的成年男子每年都要出去耍猴不同，大概是因為傻，也是因為太窮了，他既沒有錢買一隻猴子，也沒有馴猴的本事，只好靠四處做苦力過活，對此他倒是並無不滿意之處，稍有空閒，他便讓女兒坐在自己的脖子上四處巡遊，見人就驕傲地迎過去，就像頂著一面旗幟。

這一日黎明時分，天剛濛濛亮，傻子坐渡船過黃河，他要到黃河對岸的一家採石場裡去做工，船行到一半，他便看見了那隻被人喚作宋江的猴子，其時，牠正在水中奄奄一息，一見之下，傻子便要跳入河水去救牠，身邊人趕緊阻攔，紛紛說那猴子已經死了，可是沒有用，傻子非說那猴子的手還在動，說話間，傻子已經跳入了水中，傻子雖說傻，水性卻是極好，沒花多大工夫，他便一把抓住了正好被波浪翻捲過來的猴子。

接下來的事，更是讓船上的人覺得匪夷所思——事實上，當傻子拽著猴子剛一上船，同行的人便認出了這猴子姓甚名誰，紛紛勸說傻子，趕緊就此罷手，以免養匪為患，哪裡料到，傻子全然不管不顧，脫下自己的衣服，綁住了猴子的傷口。渡船到岸，他竟然沒有下船，反而掉頭回返，將那猴子扛回了家。

不做傻事怎麼能叫傻子呢？但是，儘管如此，十里八鄉的鄉親們也不會想到，傻子竟然傻到了這個地步：他將那猴子收留在家裡，給牠治了整整兩個月的傷。

一開始，隔三岔五地，還會經常有人去傻子家裡看看熱鬧，當他們看見傻子家裡只剩下兩碗稀飯，傻子卻一碗給了女兒一碗給了猴子之時，終不免搖頭歎息，漸漸地，因為首領受傷，此前聚眾作惡的猴子們全都風流雲散，人們也就忘了傻子的家裡還住著猴子世界的宋公明這件事了，隨後，秋風漸起，青壯男子們早就帶著自己的猴子出門掙錢去了，唯有傻子，脖子上坐著女兒，手裡牽著猴子，終日頂著大風在黃河岸邊來回奔走——他是在教那右腿差點被火銃擊斷的猴子重新學會走路。

分別的那一天，是個大雪天，因為生計日益艱難，家裡已經揭不開鍋，傻子便帶著女兒和猴子一起去了採石場：採石場燒的是大鍋飯，所以，女兒和猴子總歸都能吃上一口兩口。沒料到，那猴子還是給傻子惹了不少麻煩：到了吃飯的時候，人們看見當年的賊寇如今溫馴地被傻子的女兒牽著手排隊，就忍不住上前來嬉笑挑逗，哪裡知道，霎時之間，那猴子勃然變色，故態復萌，惡狠狠地追逐著挑逗牠的人一路狂奔，滿採石場裡都是他們的驚叫聲。

好不容易，那些奔逃的人們才小心翼翼地返回來，一回來，就紛紛圍住傻子，指責他，說他分明已經養匪為患，傻子也不說話，只是呵呵笑；吵鬧了一會，人們突然發現，那猴子沒有再回來，傻子的女兒四處尋找，卻遍尋不見，直到她急得哭了起來，遠處才傳來了猴子的叫聲，眾人舉目去看，只見那猴子端坐在遠處的山崖上，全身上下都已經被白雪覆蓋，傻子的女兒連聲呼喊，要牠回來，牠卻沒有回來，仍舊沉默端坐。到了這時，又有人開始對著傻子說笑，說他算是白養了猴子一場，所謂江山易改本性難移，牠該走就走，絕不會念你半點好，怪只怪你對一隻畜生講了兩個月的情義，傻子還是不說話，一邊聽，一邊呵呵笑。

說話間，那猴子突然從山崖上站起來，再轉過身，轉瞬之間，便消失在了茫茫雪幕裡。傻子的女兒哭得更厲害了，傻子慌忙抱起了女兒，一邊去給女兒擦掉眼淚，一邊張望著那猴子消失的山崖，卻還是呵呵笑。

——我猜想，彼時彼地，如果傻子不傻，能夠自如說話，大概會告訴說長道短的人們：他笑，是因為就算有救命之恩，他也從未將那猴子視作自己的一己之物。

許多年後，我被一個紀錄片導演所蠱惑，打算為他寫一部關於耍猴人的紀錄片腳本，如此，兩個人便結伴前來，在這黃河邊的村莊裡住下了，住下沒多久，我就聽說了那位猴子世界的宋江宋公明，於是，馬不停蹄地，我和導演便找到了傻子的家，然而那時候，傻子已經去世了，世上只留下了他的女兒一個人過活，好在是，已經長成少女的女兒從上到下都不曾有絲毫寒酸：她不僅活了下來，且並不比別人活得差多少。

這一切，都是因為她有一個義父，她的義父，就是當初被她父親從黃河裡搭救了性命的猴子。

話說從頭，說回當年的採石場：那年冬天，越是臨近春節，雪就下得越大，因為大雪封山，採石場的石頭運不出去，傻子的生計變得比每一年都要更加艱難，但是，除了將女兒頂在脖子上，繼續坐船去採石場做工，他也沒有第二條路可走。

突有一天，大概就是在那隻猴子從山崖上消失了兩個月之後，漫天大雪中，牠竟然回來找傻子了。那一天，天色臨近黃昏，傻子結束了冗長的苦力，正要牽著女兒去黃河岸邊坐渡船回家，此時，女兒叫喊了起來，傻子順著女兒指點的方向遠遠看去，終於看見，就在當初的山崖上，好幾隻猴子簇擁在一起，全都安安靜靜，而居中端坐的，正是宋江宋公明。多時不見，牠就像一個出去撈世界的人心願達成後剛剛返回了故鄉，抽著菸，不發一語，卻又不怒自威，如果戴上一副墨鏡，就幾乎可以和眾多著名的黑社會大哥媲美了。

一見之下，小女兒就掙脫了傻子的手，朝著山崖的方向奔去，地上的雪太深了，沒跑幾步，小女兒就趔趄著倒了下去，這可嚇得傻子不輕，趕緊朝女兒狂奔過來，和傻子同時一起狂奔的，還有猴子，只見那宋公明，扔掉手裡的菸頭，左手抄起一個編織袋，右手稍一使力，身體就騰空翻越了下來，端的是，風馳電掣，又豐神俊逸，就在十數個騰躍之間，牠便躍下山崖，站上了雪地，再一步不停地朝小女兒跑了過來，在牠身後，眾兄弟一路跟隨，個個都像是走江湖的練家子，此時情境，說牠們像是林海雪原裡正在出征的隊伍，倒也並不過分。

一個傻子，一隻猴子，幾乎同時將小女兒從雪地裡攙了起來。

傻子有點難以置信，但也不知道說什麼好，一如既往，他就自顧自盯著猴子呵呵笑，倒是猴子，二話不說，逕自打開了手中的編織袋，天可憐見，平常人家的吃穿用戴竟然裝了滿滿一袋子，然後，猴子示意傻子將這一袋子寶貝接過去，沒想到，傻子卻搖著頭，呵呵笑著，步步往後退。

這時候，早先已經上了渡船的人紛紛下船圍觀了過來，稍一打量，也就大致明白了：為了報答傻子的救命之恩，猴子送來了足以讓傻子和他的女兒暫時吃飽喝足的東西。因為此等機緣實在前所未見，人們不禁紛紛歎息起來，直說這世上的多少人還不如一隻猴子，又轉而勸說傻子，趕緊收下猴子的東西，以免辜負了牠的心意。

實際上，面對傻子的步步後退，猴子多少有點不明所以，只是礙於自己在眾兄弟面前的臉面，牠可能才忍著沒有發作，突然之間，牠似乎想明白了一件事情，霎時就變得怒不可遏，衝著傻子，連聲嘶吼起來，但這嘶吼對傻子全然沒有用，除了把女兒抱得更緊一點，他仍然還是呵呵笑著。

誰也沒有想到，在無計可施之後，宋江宋公明竟然發出一聲長嘯，這長嘯響徹在彌天大雪裡，卻令手下的眾兄弟個個都平息靜聲，齊刷刷站成了一排，緊接著，宋公明亮出一個手勢，眾兄弟二話不說，竟然面向圍觀的人群整齊劃一地敬了一個軍禮，眾人還沒明白過來，宋公明又亮出一個手勢，眾兄弟中的頭兩個迅即狂奔出去，在雪地裡接連三個空翻，站立住，再跑回到隊伍裡，這時候，宋公明才緩緩回過頭去，一言不發地看著傻子，如果牠能開口說話，那麼，牠大概會說：送給你的東西，絕非打家劫舍所得，身為一群能夠賣藝的猴子，這編織袋裡裝的每一樣東西，全都清清白白。

多多少少，圍觀的人們都受到了震駭——沒有要猴人的訓練和指引，這群猴子卻自行學會了賣藝，而且，還將賣藝所得送到了恩人的面前。當然，也有人說，這群猴子當初本就是跟隨各自的主人賣藝的，會上三招兩式也並沒有什麼稀罕，只是話未落音就被打斷了，更多的人趕緊去勸說傻子：傻子，傻子，再不要犯糊塗，再不要傷了宋江宋公明的心，趕緊把牠送來的東西接在手裡吧。

如夢初醒一般，傻子愣怔著被人們推搡著朝猴子走過來，未料到，那猴子卻像是被他傷了心，再不看他一眼，手拎著編織袋，跑到黃河岸邊，將那編織袋扔在了渡船裡，掉頭就走，走出去一段路，終於還是折返回來，走到小女兒跟前，對她比比畫畫，似乎是在叮囑她：不要忘了將那渡船上的編織袋帶回家。

一切交代完畢，那猴子才帶領著眾兄弟再次消失在了雪幕裡，直到牠們走遠了，人群裡的傻子這才似乎明白過來，此前發生的，到底是怎樣一樁機緣，但是，猴子已經走遠了，他也只好喃喃地說著誰也聽不懂的話，然而，眼睛裡卻湧出了淚水。

——十幾年後的今天，此刻的深夜裡，當我站在十數人的隊伍裡走出遼闊的桑田，終於站在了黃河岸邊，必須承認，哪怕河灘裡深一腳淺一腳，但是，除了緊跟著已然病入膏肓的宋江宋公明步步前行，我也借著月光在不斷眺望著黃河的對岸：當初的採石場早已夷為平地了，交錯的山崖卻仍然依稀可見，值此窮途末路，不知道牠是否還想得起來，當初的自己曾在那裡上下翻越，如入無人之境？

一念及此，我就趕緊再盯著牠去看，牠卻毫無顧盼當年之念，仍然閉目端坐，呼吸聲儘管微弱，堪稱均勻，看上去，就像一個正在禪定的老僧。

現在，我已經知道了此行的目的地，我們是要護送牠，去到離此地最近的一個小火車站，然後，乘坐短途火車去往縣城，將牠送到一處要害的所在，讓牠在那裡走上幾步，又或端坐一陣子即可——好多年了，每隔幾天，不管是赤日炎炎，還是風狂雨驟，牠都要如此走上一遭，關於牠的這條固定線路，整整一座縣，幾乎算得上是無人不曉：為了順利乘車又不花錢，牠甚至學會了逃票，學會了給列車員遞上一根菸。

話說從頭，還是說回當初的採石場：作為一個帶頭大哥，那隻越來越著名的猴子，並未和傻子一般見識，每過一段時日，牠就會給傻子送來吃穿用戴，一開始，不管傻子跟牠湊得多近，牠都橫眉冷對，但是，終歸是一家人，慢慢地，傻子的女兒將父親的手遞給猴子，再將猴子的手遞給父親，如此反覆了幾次，兩隻手也就握到一起去了。

說那猴子越來越著名，絕非是空穴來風，幾年下來，不知多少人都看見過牠背著一只編織袋趕往採石場或傻子的家裡，嘖嘖稱奇之餘，遇見的人難免要說給旁人聽，旁人再說給旁人，到了後來，只要牠出行，就會有人丟下手中的活計前來一睹牠的真身，時間長了，就有人對傻子說：傻子啊傻子，牠哪裡是隻猴子，牠分明是你的兄弟，如若有心，你就該與牠歃血結義。

旁人的話，傻子全都聽進去了。一個大雨天，那猴子給傻子的女兒送來了幾斤櫻桃，還沒來得及進家門，眼前景象就嚇了牠一跳：傻子的房子竟然被大風給吹垮了。但是，儘管如此，垮塌的房子前卻站了不少人，人群圍繞著一張小方桌，小方桌上還擺著兩碗酒水，酒水邊上，兩支紅燭正在燃燒，卻原來，擇日不如撞日，傻子今日裡便要和猴子結為異姓兄弟。

笑呵呵地，傻子告訴猴子，喝了這碗酒，我們就是兄弟了——也是奇怪，平素裡，傻子著實是笨嘴拙舌，今日裡說話，卻是旁邊的人教上兩遍就學會了。那猴子還在不明所以中，傻子卻一把抓住了牠的手，劈頭跪下，先對天地磕了三個頭，再轉過身，面對猴子，又磕了三個頭，接著端起一碗酒水，仰起頭，一飲而盡，這才興奮地對猴子說：該你了！也不知道那猴子是否知道了此刻的酒水與紅燭究竟所為何故，牠似乎明白了，又似乎沒明白，反正傻子為了給牠作個樣子，又對牠磕了三個頭，牠便也照著樣子給傻子磕了三個頭，再端起另一碗酒水，仰起頭，分了好幾次才喝完。

如此，這一雙兄弟，這一樁義結金蘭，就在倒塌的房屋前完成了。

改日再來的時候，猴子不僅帶了幾張零碎錢給傻子，還帶了幾個兄弟，放下零碎錢，牠便逕自掏出一張過期火車票，衝傻子比畫了半天，傻子卻愣怔著全然不知牠在比畫什麼。猴子似乎早有準備，敲響了隨身帶的鑼，幾個兄弟立刻做鬼臉的做鬼臉，前空翻的前空翻，可是，傻子還是不知道眼前發生的究竟有何深意，如此一來，猴子就急了，衝傻子嘶吼起來，好在是，小女兒長大了，見得此景，趕緊找來了鄰居。

鄰居只掃了一眼，就大致明白了猴子的來意：牠是在說服傻子，要他像別的男子們一樣，離家耍猴，唯有如此，他才能重新蓋起一座房子。哪裡知道，傻子再傻，也知道他和猴子是結義的弟兄，竟然連連搖頭，死活不肯，這樣，猴子便又氣又急，卻也沒有走，帶領著兄弟們就在門口的樹梢上坐著，一直坐到了天黑，雙眼惡狠狠地看著傻子哄女兒睡覺，再看他裹著一卷破被子睡在屋簷下，卻怎麼也睡不著；半夜裡，雖說沒有下雨，閃電卻是一擊接連一擊落在樹前，而猴子卻紋絲未動，終於，傻子起身跑到樹下，對著樹上的猴子喊：你下來，我跟你走！你下來，我跟你走！

如此這般，傻子也終於像別的男子一樣走上了耍猴之路，但是，整整一座縣的人都可以作證：傻子與猴子，與其說是人在耍猴，不如說是猴在耍人——事實上，因為一路上都帶著女兒，傻子並沒有走太遠，多半時間就在縣城裡盤桓，最遠也無非就是走到了省會。絕大多數時候，猴子們聽從的是宋江宋公明的安排，傻子只需要抱著女兒坐在一邊呵呵笑即可，看上去，他和圍觀的看客們並無什麼分別，所以，經常是猴子們演到一半，就忍不住去捉弄傻子，要麼搶了他的帽子戴在自己頭上，要麼突然跳到他的身上讓他給自己點菸，更有甚者，竟然站在傻子身前，指令他也和自己一樣去給看客們敬禮。

日子就這麼一天天地過下去了，因為這支隊伍不僅能表演人耍猴，還能表演猴耍人，零碎錢也就日益多了起來，在省會，傻子甚至還帶著女兒去坐了一回旋轉木馬。

這一年春節將近的時候，傻子帶著猴子們回到了自己的縣城，出了火車站，他們就在站前的小廣場上拉開了架勢，打算最後演上幾場再回村莊裡過年。一如既往，宋江宋公明在場上當大哥，傻子坐在場下當觀眾，時近正午，傻子起了身，去給大家買幾隻鍋盔回來當午飯，但是，就在他穿過馬路的時候，迎面駛來一輛卡車，眨眼的工夫，他被卡車捲上了半空，再重重落下來，就這麼死了，再也醒不過來了。

幸虧了十里八鄉的鄉親，傻子再傻，鄉親們還是給他辦了一個像模像樣的葬禮。只不過，自始至終，宋江宋公明都沒去葬禮上磕頭，而是遠遠地端坐在門口的樹梢上，既未動彈，也未嘶吼，只顧盯著傻子的遺像發呆。

到了第二天早晨，人們紛紛說，那猴子等到守靈的人散去之後，哭了整整一夜，但是，也有人說他們聽到的哭聲只不過是風聲，畢竟之前從未有人聽過猴子的哭聲，說牠哭了的人也就不再辯駁，於是相約在一起，再去傻子的家一探究竟，遠遠地，他們就看見猴子還沒走，仍然端坐在樹梢上，盯著傻子的遺像發呆。

事實上，這麼多年，連同傻子的女兒，其實並不知道到了夜晚宋江宋公明到底棲身在哪裡。按理說，傻子的家也是猴子的家，但是，可能是礙於男女有別，也可能是猴子自有猴子的規矩，自打傻子死後，猴子再未進過傻子的家門，哪怕是不放心那小女兒一個人過活，給她送吃送喝越來越頻繁，也絕不進家門一步，從來都是放下東西就走，如果想多待一陣子，那也要麼是坐在樹梢上，要麼坐在屋頂上。

有一回，那小女兒實在忍耐不住，想要知道牠住在何地，趁著天黑偷偷跟上了牠，沒走幾步就被牠發現了。一反常態，牠竟然對著她憤怒地嘶吼起來，她也只好乖乖在原地站住，看著她的義父消失在了一片莽叢之中。

牠果真就是她的義父——雖說親生父親已經作別人世，但是，無論是她長成了一個少女，還是她結了婚，生了孩子，以至於今日，日子越過越好，一幢三層小樓剛剛被她建起，她的義父也從未消失，婚禮的時候，生孩子的時候，牠就坐在樹梢上抑或屋頂上，紋絲不動，但卻雙目炯炯，十幾年下來，儘管牠越來越蒼老，手下的兄弟們也日漸凋零，但是所謂每臨大事有靜氣，這個帶頭大哥，依然時刻準備著痛殲來犯之敵。

一如當初，傻子死了以後，他的妻子回來了，鄉親們連聲說這下好了，小女兒也算有人管了，哪裡知道，傻子的妻子拿到傻子的賠償款之後，沒過兩天就扔下女兒又要跑，鄉親們在黃河渡口上截住了她，替那小女兒搶回了一些錢，再拿這些錢給小女兒蓋了兩間房子。蓋房子的時候，活似一個個的監工，宋江宋公明帶領著眾兄弟前來，全都端坐在樹梢上，要是有人膽敢截留下幾塊磚頭幾根木頭，牠便從斜刺裡殺出，凶神惡煞般擋住了對方的去路。

又如幾年前，村莊裡的一匹馬突然發了瘋，橫衝直撞，一路踩踏，正巧遇見那小女兒從做工的工廠裡走出來，躲閃不及，被瘋馬迎頭撞倒，再踩踏上去，左邊的胳膊險些就被踩斷了。哪裡知道，當天晚上，這匹剛剛恢復平靜的馬就迎來了滅頂之災：宋江宋公明和牠的兄弟們星夜殺到，根本沒給牠任何反抗的機會，全都撲上去咬牠的脖子，一句話，就是要牠死，幸虧這馬匹的主人趕來，好說歹說，那嚇傻了的馬匹才終於留下了一條性命。

再如十幾天之前，已然長大的小女兒懷抱著自己的女兒，坐綠皮火車從縣城裡回村子，在距自己的村子十里開外的小站台上，她的女兒調皮，將牛奶灑在了一個喝醉了酒的外地人身上，如此小的一樁事，竟然引得外地人大發雷霆，舉手就要去打這母女，可是且慢，就在他舉手的一剎那，宋公明從天而降，尖利，乃至是淒厲地嘶喊著衝上前來，暫態之間，外地人的臉上、身上全都留下了一道道的血印子，可是，除了驚恐，除了難以置信，他也沒有別的辦法。

是啊，而今，宋江宋公明已經成了從這小月台到縣城火車站之間的常客，因為當年的小女兒已經不再需要牠去掙來口糧，垂垂老矣的自己也對吃喝一無所求，所以，現在，牠日常裡最重要的事，就是去往一處要害的所在，去那裡也沒有什麼緊要的事，無非就是走上幾步，抑或發一陣子呆。

在漫長的從前，於牠而言，能掙到錢的地方就是要害之地，時至今日，它的要害之地就只有這一處了——這一處不是他處，其實就是當初傻子為了買鍋盔而送命的地方。

這一天，因為在月台上遇見了，牠便陪著小女兒和她的女兒回村子，一路上，小女兒的女兒不斷去揪牠的尾巴，也是奇怪，從前在牠看來大逆不道的事，今日裡也並沒有令牠多麼惱怒；快要走出遼闊的桑田之時，在一條小路上，牠和她們分別了，這一回，在時隔許多年以後，小女兒終究忍耐不住，偷偷跟上了牠，可牠畢竟是天縱英才，僅僅走了幾步便發現了端倪，就此原地站住，緩緩回過身，正要怒斥之際，頭卻往前一栽，軟綿綿地倒在了地上。

說起來，直到這一天，陷入了昏迷的牠才算是第一回被小女兒請人抬回了自己的家門，只是這樣的機緣已經注定不會太多了：油盡燈枯之後，一世英雄已經到了和這個世界說再見的時候了。

在時隔幾年之後，我又來到了這個村子，個中緣由，說起來也不值一提：當年的紀錄片導演，在消失了好幾年之後，不知道從哪裡又找了一筆錢，再來說服我，重新將廢棄已久的腳本寫完，因為百無聊賴，我竟言聽計從，收拾好行李就來了。但是必須承認，這一回的倉促動身，卻是注定了不虛此行，只因為，我終於見到了聲名響徹了黃河兩岸的宋江宋公明。

我見到牠的時候，牠剛剛從一場昏迷中醒過來，卻吵鬧著非要出門，所有人都知道，牠是要像往日裡一樣，再去到距村子十里開外的小月台，坐火車，抵達縣城裡的要害之地，小女兒當然不許，攔在門口，牠竟沒有力氣拿開小女兒的手臂，愣怔了一會，大概是太陽光太晃眼，牠的眼睛裡流出了眼淚，也只好頹然坐下，大口大口喘著長氣。

稍後，牠為牠的淚水而羞澀，連忙伸手擦拭，反覆舉起了好幾次手，竟然伸不到自己的雙眼之前。

就像此刻，在滿天的東南風裡，在小女兒的低泣聲裡，我們的隊伍，終於來到了宋江宋公明費盡氣力想要踏足的小月台，然而，憑牠一己之力，再往前走卻已寸步難行，也是湊巧，前往縣城的綠皮火車剛剛到站，可能是因為火車上通明的燈火看上去就像一場召喚，牠終於深吸了幾口氣，從人群裡顫巍巍地走出來，搭著扶手，踏上了車廂的台階，列車員與牠早已算作熟識，趕緊伸出手來攙牠一把。

等牠在車廂裡站定，小女兒衝在最前面，整個隊伍正要上去和牠靠攏，誰也沒有想到的事情發生了：牠竟然攔在車廂門口，直朝小女兒搖手，頓時，小女兒就放聲痛哭了起來，說什麼也要上去，可是，牠卻心如磐石，將小女兒攥在手裡的車票錢活生生塞回了她的口袋，小女兒繼續哭喊，叫牠不要心疼錢，她現在也不缺這幾張車票錢，終究沒有用，牠仍然擋住車門，逕自閉上了眼睛，就在這推讓之間，車廂的門快關上了，火車就要開了，整個隊伍站在車邊，沒有一個人知道如何是好，這時候，反倒是牠，探出手去，從小女兒的手中拿過了一截桃樹枝，意思是讓小女兒放心——這是此地獨有的風俗：桃木在手，鬼神勿近。

就在小女兒只顧痛哭的時候，車門關上了，火車緩緩地朝著更加廣闊的原野和夜晚開去，這時候，小女兒才如夢初醒，一邊哭，一邊追著火車往前跑，整個隊伍都伴隨著她往前跑。每個人的眼睛，都緊盯著車廂裡那個正在尋找座位的一世英雄，寸步也沒有離開。好在是，沒走兩步，就有人將座位讓給了牠，牠重重地坐下，大口喘息，暫時閉上了眼睛，一似老僧禪定，一似山河入夢，一似世間所有的美德上都栽滿了桃花。

INK PUBLISHING
文學叢書 592
山河袈裟

作　　者　李修文
總 編 輯　初安民
責任編輯　陳健瑜
美術編輯　陳淑美
校　　對　吳美滿　陳健瑜

發 行 人　張書銘
出　　版　INK 印刻文學生活雜誌出版股份有限公司
新北市中和區建一路249號8樓
電話：02-22281626
傳真：02-22281598
e-mail:ink.book@msa.hinet.net
網　　址　舒讀網 http://www.sudu.cc

法律顧問　巨鼎博達法律事務所
施竣中律師
總 代 理　成陽出版股份有限公司
電話：03-3589000（代表號）
傳真：03-3556521
郵政劃撥　19785090 印刻文學生活雜誌出版股份有限公司
印　　刷　海王印刷事業股份有限公司

港澳總經銷　泛華發行代理有限公司
地　　址　香港新界將軍澳工業邨駿昌街7號2樓
電　　話　852-2798-2220
傳　　真　852-2796-5471
網　　址　www.gccd.com.hk

出版日期　2019年 4 月 初版
ISBN　978-986-387-283-2

定價　320元

Copyright © 2019 by Li Xiu Wen
Published by INK Literary Monthly Publishing Co., Ltd.
All Rights Reserved
Printed in Taiwan
本書繁體中文版由湖南文藝出版社授權出版

國家圖書館出版品預行編目(CIP)資料

山河袈裟／李修文著. --初版.
新北市：INK印刻文學, 2019.04
面； 14.8 × 21公分. --（文學叢書；592）
ISBN 978-986-387-283-2 (平裝)

855　108002748

版權所有 ·翻印必究
本書如有破損、缺頁或裝訂錯誤，請寄回本社更換